COLLECTION FOLIO

Yukio Mishima

# Pèlerinage aux Trois Montagnes

*Traduit du japonais par*
*Brigitte et Yves-Marie Allioux*

Gallimard

*Titres originaux :*

AME NO NAKA NO FUNSUI
BUDOPAN
KEN
UMI TO YUYAKE
TABAKO
JUNKYO
MIKUMANO MODE

Yukio Mishima (pseudonyme de Kimitake Hiraoka) est né en 1925 à Tôkyô. Son œuvre littéraire est aussi diverse qu'abondante : essais, théâtre, romans, nouvelles, récits de voyage. Il a écrit aussi bien des romans populaires qui paraissent dans la presse à grand tirage que des œuvres littéraires raffinées, et a joué et mis en scène un film qui préfigure sa propre mort.

Il a obtenu les trois grands prix littéraires du Japon. En novembre 1970, il s'est donné la mort d'une façon spectaculaire, au cours d'un seppuku, au terme d'une tentative politique désespérée qui a frappé l'imagination du monde entier.

Mishima fut un grand admirateur de la tradition japonaise classique et des vertus des Samouraïs. Dans ses œuvres, il a souvent dénoncé les excès du modernisme, et donné une description pessimiste de l'humanité.

# *Jets d'eau sous la pluie*

Le jeune homme était fatigué de marcher sous la pluie, de traîner derrière lui, tel un lourd sac de sable, la jeune fille qui ne cessait de sangloter.

À l'instant même, dans un café du building Marunouchi, il venait de lui signifier la rupture.

Sa première rupture !

C'était quelque chose dont il avait rêvé depuis longtemps, et voilà que cela se concrétisait !

Il avait aimé la jeune fille uniquement pour en arriver là, ou plutôt avait feint d'être amoureux, mettant toute son énergie à la courtiser, saisissant l'occasion, dans un acte gratuit, de coucher avec elle, parvenant à lui faire l'amour... uniquement pour en arriver là ! À l'instant même, après cette minutieuse préparation, il venait enfin de réussir à prononcer cette phrase : « Tout est fini entre nous. » Phrase qu'il désirait si fort et depuis si longtemps s'entendre articuler au moins une fois de sa propre bouche avec l'autorité d'un édit royal...

Ces mots ! Il avait toujours pensé qu'il lui suffirait seulement de les proférer pour qu'à cause de lui l'azur se fissure... rien de moins ! Mots si passionnément imaginés, alors même qu'il s'était à demi résigné à l'idée de les voir rester à l'état de fiction... Mots héroïques et glorieux qui fileraient tout droit sous la voûte céleste telle une flèche lâchée par son arc... Mots talismans que seul un homme, un vrai, un être humain enfin, pouvait s'autoriser à prononcer... Ces mots . « Séparons-nous ! »

En fait, Akio se souviendrait toujours d'avoir dit cette phrase on ne peut plus indistinctement, d'une voix enrouée, obstruée par une vibrante démangeaison de crachats, comme celle d'un asthmatique à la bouche pleine de glaires (une voix que même une gorgée de soda avalée en hâte avec une paille n'avait pu nettoyer).

Que ces mots aient pu ne pas être entendus, c'est ce qu'en cet instant Akio redoutait le plus au monde. Être mis dans l'obligation par l'autre de les répéter, et accepter de le faire : la mort même eût été préférable. Une oie qui, après de longues années d'attente, aurait enfin pondu un œuf d'or pourrait-elle, s'il s'écrasait avant que son partenaire ait eu le temps de le voir, en pondre un autre, sur-le-champ, et identique ?

Fort heureusement, sa phrase fut entendue. Elle fut si bien entendue qu'on ne lui demanda nullement de la répéter : il pouvait se vanter d'avoir eu une chance extraordinaire ! À lui tout seul, il avait ainsi franchi, au sommet de la montagne, la lointaine barrière si longtemps en vue.

La preuve que ces mots avaient été perçus lui fut bientôt prodiguée, aussi évidente que le bond d'un chewing-gum éjecté d'un distributeur automatique.

L'écho des conversations aux tables voisines, l'entrechoquement des assiettes, le tintement du tiroir-caisse, tous ces bruits résonnaient avec d'autant plus de force que les fenêtres étaient fermées à cause de la pluie. Ils s'éternisaient à l'intérieur en formant de subtils échos dans chacune des gouttes de vapeur chaude qui se condensaient sur les vitres, engendrant un ensemble sonore propre à embrumer l'esprit. À peine les mots mal articulés d'Akio, difficilement perceptibles dans l'assourdissement général, eurent-ils atteint les oreilles de Masako, qu'elle écarquilla un peu plus encore ses yeux déjà trop grands, des yeux qui semblaient sans cesse écarter, disloquer le monde extérieur loin de son visage émacié et plat. Plus que des yeux, ils étaient les signes distinctifs de l'échec, d'un irrémédiable échec. Et de cette déchirure oculaire se déversa soudain un torrent de larmes.

Rien n'aurait pu le laisser prévoir : des larmes sans aucun gémissement, des flots de larmes dénuées de toute expressivité et qui s'échappaient seulement avec une extraordinaire puissance.

Bien sûr, étant donné la pression et la quantité de liquide répandu, Akio en était déjà à supputer un probable tarissement. Mais ce spectacle qu'il contemplait ravissait son cœur comme la fraîcheur de la menthe. C'était exactement ce qu'il avait prévu, élaboré, puis amené à la réalité. Le résultat dépassait toutes ses espérances, malgré un côté quelque peu artificiel.

J'ai fait l'amour avec Masako uniquement pour voir ça... se dit encore une fois le jeune homme. Je n'ai jamais été l'esclave de mes désirs... Un visage féminin en pleurs, ici devant moi, devenu réalité ! L'incarnation même de la « femme abandonnée » ! Et tout cela, grâce à moi !...

Or, les larmes de Masako n'en continuaient pas moins de couler sans laisser présager la moindre faiblesse, à tel point que le jeune homme en vint à se soucier du regard des gens qui les entouraient.

Masako n'avait pas quitté son imperméable blanc, terne, et se tenait bien droite sur sa chaise. On devinait en dessous le col d'un chemisier écossais rouge, tandis qu'une force incroyable crispait ses deux mains tendues sur les côtés de la table : elle semblait s'être définitivement raidie dans cette position.

Elle regardait en effet droit devant elle, s'abandonnant à ses intarissables pleurs, sans même songer à sortir un mouchoir pour les essuyer. Sa respiration s'étranglait au creux de sa gorge délicate en rendant ce bruit mécanique que font sur l'asphalte des chaussures toutes neuves ; ses lèvres nues, qu'à la façon d'une étudiante butée elle refusait obstinément de maquiller, légèrement retroussées, tremblaient de mécontentement.

Les adultes dans le café regardaient la scène d'un air amusé. Et leur regard suffisait à jeter le trouble dans l'esprit d'Akio qui venait à peine d'acquérir le sentiment d'appartenir enfin à leur monde.

L'abondance des larmes de Masako était si extraordinaire qu'elle étonnait vraiment. Pas un instant la pression, la quantité ne faiblissaient. Fatigué de ce spectacle, Akio baissa les yeux et regarda le bout de son parapluie posé contre sa chaise. Sur le sol à l'ancienne carrelé façon mosaïque, l'eau sale avait ruisselé en formant une petite flaque. Il crut un instant y retrouver les larmes de Masako.

Brusquement il se leva en s'emparant du ticket de caisse.

Les pluies de juin n'avaient pas cessé depuis trois jours. Akio sortit du building Marunouchi et ouvrit son parapluie. Sans mot dire, la jeune fille le suivit : elle n'en avait pas. Aussi Akio se vit-il contraint de l'abriter, et il eut soudain l'impression qu'il venait de découvrir et de faire sienne cette habitude particulière aux adultes qui, tout en restant au fond insensibles, se préoccupent toujours du regard des autres. Se promener en amoureux comme ils le faisaient sous un même parapluie après une scène de rupture, cela ne signifiait rien d'autre, se disait-il, que de poser pour la galerie. Trancher de tout avec ce genre de raisonnement... ne pas déroger à sa propre logique, sous quelque forme que ce soit, fût-elle même obscure, était ainsi inscrit dans la nature d'Akio !

Alors qu'il s'avançait dans la large avenue qui

mène au Palais impérial, il ne songeait plus qu'à une chose : où donc se débarrasser de cet encombrant paquet de larmes ? Et si les jets d'eau fonctionnaient aussi les jours de pluie ? se demanda-t-il sans aucune raison apparente. Pourquoi en effet cette brusque idée de jets d'eau ? Il fit encore deux ou trois pas avant de prendre conscience du côté scientifiquement amusant de cette question qui venait de lui traverser l'esprit.

Sous ce petit coin de parapluie, tout en essayant de résister au contact froid et cruel de l'imperméable trempé de la jeune fille dont le tissu le faisait frissonner comme l'aurait fait une peau de serpent, Akio imaginait déjà une plaisanterie dont il se força gaiement à poursuivre l'idée.

J'ai trouvé ! Les jets d'eau sous la pluie ! Mettons les jets d'eau et les larmes en compétition ! Elle a beau s'appeler Masako, elle ne gagnera pas. D'abord, dans le cas des jets d'eau, c'est toujours la même eau qui circule, tandis qu'avec toutes ces larmes qu'elle va laisser s'évaporer, elle est forcée de perdre. Quoi qu'on fasse, ce combat avec une eau recyclée est perdu d'avance. Résignée, elle s'arrêtera de pleurer, et je serai enfin délivré de ce fardeau. Le seul problème qui reste est de savoir si, les jours de pluie, les jets d'eau fonctionnent ou non.

Akio marchait en silence. Masako sanglotait toujours en se collant à lui sous le même parapluie. Autant il semblait difficile de se débarrasser de cette fille, autant il était facile de la conduire où l'on voulait !

Entre la pluie et les larmes, Akio avait l'impression d'être trempé jusqu'à la moelle. Car si Masako avait des bottes de caoutchouc blanc, lui, en tout cas, dans ses petites chaussures basses, avait l'impression en guise de chaussettes d'avoir enfilé un tas d'algues spongieuses.

Ce n'était pas encore l'heure de la sortie des bureaux. Les trottoirs étaient déserts et ils traversèrent un passage clouté pour se diriger vers le pont Wadakura. Là, parvenus aux abords du parapet en bois sculpté à l'ancienne avec ses premiers balustres coiffés de leurs oignons métalliques, ils distinguèrent, dans les douves du Palais battues par l'averse, un cygne blanc. Puis, à droite, sur l'autre rive, au travers de la brume confuse des vitres inondées de pluie, leur apparurent les rangées de chaises rouges et les nappes blanches des tables du restaurant de l'Hôtel impérial. Ils traversèrent le pont. Passant entre les deux hauts remparts de pierre, à gauche, ils débouchèrent sur le jardin aux jets d'eau.

Fidèle à elle-même, Masako continuait de pleurer en silence.

À l'entrée du jardin, il y avait un grand kiosque à l'occidentale : les bancs sous le toit de roseaux y étaient plus ou moins épargnés par la pluie. Akio s'assit, son parapluie toujours ouvert. Masako, larmoyante, l'imita, mais, tournée de côté, elle n'offrait à la vue du garçon, juste sous son nez, que l'épaule de son imperméable immaculé et ses cheveux mouillés. La pluie, repoussée par la brillantine, semblait y avoir répandu les fines gouttelettes d'un liquide laiteux. Toujours en pleurs, avec ses yeux grands ouverts, Masako paraissait plongée dans un profond coma. Au point qu'Akio avait presque envie de lui tirer les cheveux pour essayer de lui faire retrouver ses esprits.

La jeune fille, obstinément muette, persistait à pleurer. Comme il était parfaitement clair qu'elle attendait qu'il lui adresse la parole, maintenir le silence était devenu pour Akio une question d'honneur. Surtout si l'on se souvenait que depuis cette fameuse phrase, il s'était bien gardé d'ouvrir la bouche. Là-bas, les fontaines lançaient leurs grands jets puissants, mais Masako ne leur témoignait que la plus parfaite indifférence.

Du kiosque, on voyait se superposer verticalement les jets des trois fontaines, deux petites et une grande, tandis que le bruit qu'ils faisaient, étouffé par la pluie, se perdait au loin. Leurs contours, au moment où ils retombaient aux quatre coins des bassins, échappant à cette distance au flou des embruns, ressortaient avec une netteté toute particulière, comme des tubes de verre qu'on aurait recourbés.

Aussi loin que portait le regard, il n'y avait personne. La pelouse entourant les jets d'eau et les haies d'azalées resplendissaient, humides, toutes lustrées par la pluie.

Au-delà du jardin, cependant, les bâches dégoulinantes des camions, les toits des bus rouges, blancs ou jaunes, défilaient sans interruption, et si le rouge du feu au carrefour apparaissait distinctement, le vert qui lui succédait, dissimulé derrière la vapeur des jets d'eau, restait, lui, invisible.

Le jeune homme, du fait même qu'il demeurait assis, enfermé dans son mutisme, se sentait envahi d'une immense colère. Et la joyeuse plaisanterie qu'il avait imaginée quelques instants auparavant avait désormais complètement disparu de son esprit.

Il ne comprenait pas contre quoi il faisait face avec tant de rage. Alors qu'à peine quelques minutes plus tôt, il s'était senti pousser des ailes tel un cheval céleste volant au septième ciel, il souffrait maintenant d'une contrariété inconnue. Ne pas avoir réussi à venir à bout des larmes de Masako qui s'entêtait à pleurer n'expliquait donc pas entièrement son désarroi.

Je la pousse dans le bassin et je me sauve... il suffit de le vouloir, et l'affaire sera réglée ! pensa le jeune homme toujours aussi fier de lui. Seulement, cette pluie qui l'enveloppait, ces larmes qui le cernaient, ce ciel bouché comme un mur, lui faisaient ressentir une frustration absolue. Frustration qui, l'oppressant de toutes parts, avait réduit sa liberté à n'être plus qu'un bout de loque mouillée.

Le jeune homme en colère n'avait plus qu'une envie : faire du mal. Laisser Masako se tremper jusqu'aux os, forcer les yeux de cette fille à s'imprégner de la vue des jets d'eau, rien d'autre n'aurait pu le calmer.

Se levant brusquement, il se mit à courir, sans un regard derrière lui, à courir sur le gravier du chemin circulaire qui dominait de quelques degrés les allées autour des bassins, pour s'arrêter enfin en un point précis d'où il pouvait voir, de biais, les trois jets d'eau.

La jeune fille se mit à le poursuivre sous la pluie, s'arrêtant en catastrophe tout contre lui dès qu'il stoppa, le bousculant presque, s'agrippant au manche du parapluie qu'il tenait au-dessus de lui. Son visage ruisselant de larmes et de pluie lui parut très pâle. La poitrine haletante, elle lui demanda où il allait.

Et Akio, qui s'était juré de ne rien dire, répondit le plus simplement du monde comme s'il n'avait attendu que cette question :

« Je regarde les jets d'eau ! Regarde donc toi aussi ! Tu peux pleurer tant que tu veux, tu ne leur arriveras jamais à la cheville ! »

Alors, tous deux, le parapluie incliné en arrière, soulagés de pouvoir se quitter du regard, s'absorbèrent dans la contemplation des trois fontaines : celle du centre, particulièrement imposante, flanquée de chaque côté d'une plus petite, en garde du corps.

Le vacarme incessant des jets d'eau et des bassins rendait difficile à distinguer le bruit de la pluie tombant dans l'eau. Les seuls sons qui, paradoxalement, parvenaient aux oreilles lorsqu'on s'attardait en ces lieux étaient, par intermittence, les lointains vrombissements des véhicules, tandis que le bourdonnement ambiant des fontaines restait si étroitement inséré dans la trame de l'atmosphère qu'à moins de tendre l'oreille, on aurait pu se croire cloîtré dans un parfait silence.

L'eau, tout d'abord, explosait en minuscules gouttelettes sur le vaste bassin de granit noir, puis continuait sa course le long du rebord sombre pour s'écrouler en de grosses taches comme une étoffe à dessins clairsemés.

Au centre du bassin le grand jet s'élançait vers le ciel, protégé par six colonnes d'eau qui dessinaient en plusieurs courbes un arc étoilé s'étirant sur l'horizon.

Avec un peu d'attention, on voyait que ce jet puissant ne s'arrêtait pas à une hauteur déterminée. Dans une absence de vent presque totale, le liquide, imperturbable, s'élevait tout droit vers le ciel pluvieux, gris et maussade, atteignant des sommets toujours différents. Parfois, se dressant avec fougue jusqu'à une hauteur stupéfiante, la gerbe, déchiquetée, explosait pour retomber en un petit crachin.

Et l'eau, presque au sommet de sa course, absorbant l'ombre du ciel couvert qui se devinait à travers elle, reflétait un gris triste, tout moucheté de blanc de Chine. Plus qu'un liquide, on aurait dit de la poudre, une poudre écumeuse ne cessant de s'agglutiner dans l'espace, tandis que le jet en son entier s'enveloppait d'embruns lourds comme de gros flocons blancs qui dansaient en se mêlant aux gouttes, semblable à de la neige fondue.

Akio, cependant, plus encore que par les trois

colonnes principales, était fasciné par les jeux d'eau qui les entouraient en courbes étoilées.

Et surtout, il y avait ce grand jet de la fontaine centrale qui ébrouait en tous sens ses longs cheveux blancs bien loin au-dessus du granit noir pour se précipiter ensuite hardiment vers la surface du bassin. Akio se laissait peu à peu captiver par cette vitesse constante avec laquelle l'eau s'éparpillait aux quatre points cardinaux. Lui qui, jusqu'à présent, avait conservé toute sa lucidité, subissait inconsciemment le charme de l'eau dont la vivacité le fascinait au point de se retrouver projeté dans un autre univers.

L'effet était le même quand il regardait les colonnes de liquide.

Au premier abord, celle de la fontaine centrale ressemblait à une sculpture aquatique, immobile et comme au garde-à-vous. Cependant, en déplaçant son attention vers l'intérieur de l'eau, Akio put y déceler l'esprit transparent du mouvement même qui montait continuellement de bas en haut, et qui, sans faillir, remplissait de sa vertigineuse vitesse ascendante tout un volume cylindrique, suppléant ainsi à chaque instant au vide pour conserver toujours la même plénitude. Akio savait qu'au bout du compte, tout en haut dans le ciel, c'était l'échec, mais il trouvait fantastique la constance de la force qui soutenait cet éternel désastre.

Finalement, ces jets d'eau devant lesquels il avait traîné la jeune fille, c'est lui qui s'était absorbé dans leur contemplation, et tandis qu'il en appréciait la beauté, son regard fut attiré encore plus haut vers ces nuées qui ne cessaient de déverser leurs trombes.

La pluie lui mouilla les cils.

Sous un ciel bas, bouché d'épais nuages, elle tombait sans relâche, dru. L'espace, où que l'on se tournât, n'était plus que pluie. Et cette pluie qui lui prenait le visage se révélait être exactement la même que celle qui battait les lointaines tuiles rouges des buildings et du toit du grand hôtel. Son visage presque imberbe et luisant de jeunesse, la terrasse déserte au béton tout gercé aperçue au-dessus d'un des immeubles du voisinage offraient une même surface consentante, battue par la même averse : rien de plus. Du point de vue de la pluie, ses joues et les surfaces de béton sales étaient de même nature.

L'image des fontaines qu'Akio avait juste sous les yeux s'effaça soudain de sa pensée. Et tous ces jeux d'eaux sous la pluie ne furent plus désormais pour lui que la répétition vaine d'un mécanisme stupide.

Ainsi pendant que son esprit vagabondait, il en oubliait la plaisanterie qu'il avait tout d'abord imaginée, puis la colère qui l'avait pris ensuite. Il sentit son cerveau se vider brusquement.

Et, dans ce néant, il ne restait plus que la pluie.

Le jeune homme se mit à marcher au hasard.

« Où vas-tu ? » demanda la jeune fille en lui emboîtant le pas dans ses bottes blanches, bien déterminée, cette fois-ci, à ne pas lâcher le parapluie.

« Hein ? Où ! Mais où je veux ! Cela ne regarde que moi ! Je te l'ai bien dit, tout à l'heure, non ?

— Quoi ? Qu'est-ce que tu m'as dit ? »

Le jeune homme regarda avec horreur ce visage qui l'interrogeait, ce visage tout mouillé, mais dont la pluie avait balayé toute trace de larmes. Si les yeux humides et rougis gardaient encore le souvenir des pleurs, la voix, elle, ne tremblait déjà plus.

« Qu'est-ce que tu veux dire avec ce "quoi" ? Je te l'ai fait comprendre assez clairement, non ? Tout est fini entre nous ! »

Juste à ce moment-là le jeune homme, derrière le profil de la jeune fille marchant sous la pluie, aperçut des azalées qui fleurissaient çà et là sur la pelouse, en taches amarante, minuscules, hargneuses.

« Ah ? Tu as dit cela ? Je n'ai rien entendu, pourtant ! » répliqua la jeune fille d'une voix on ne peut plus normale.

Sous le choc, le jeune homme faillit tomber à la renverse. Il fit péniblement deux ou trois pas et parvint enfin à bégayer les seuls mots de protestation qu'il ait pu trouver :

« Mais alors... pourquoi... pourquoi pleurais-tu ? C'était complètement idiot ! »

La jeune fille ne répondit pas tout de suite. Ses petites mains trempées tenaient toujours fermement le parapluie.

« Je ne sais pas, moi... les larmes me sont venues comme ça, sans raison... »

De colère, le jeune homme voulut crier, mais à

sa voix se substitua un impitoyable éternuement et il pensa que si cela devait continuer ainsi, il allait attraper un rhume.

# *Pain aux raisins*

## 1

Seul, tournant le dos aux crissements immaculés des vagues, Jack commença à gravir la pente sablonneuse de la large trouée rocheuse qui longeait l'hôtel Yûigahama. C'était un soir du mois d'août, à onze heures trente.

Parti de Tôkyô en stop, il avait réussi vaille que vaille à arriver jusque-là, non sans mal. Il avait raté en tout cas l'heure du rendez-vous convenu avec Peeter, Hymenara et Keeko à Inamuragasaki, gare de la ligne d'Enoshima. Et, pour couronner le tout, le camion l'avait déposé là, dans cet endroit pour le moins inattendu, mais d'où il avait quand même la possibilité d'atteindre leur lieu de rencontre. Le seul inconvénient étant que ce détour avait rallongé de beaucoup la distance à parcourir.

Peeter et les autres avaient dû certainement l'abandonner et, sans autre forme de procès, se rendre directement sur place.

Jack, vingt-deux ans, était taillé dans une sorte de cristal transparent. N'avait-il pas eu toujours en tête de devenir un homme invisible ?

Maîtrisant parfaitement l'anglais, il gagnait un peu d'argent avec des traductions de science-fiction, avait fait l'expérience d'un suicide manqué, et, plutôt maigre, montrait un beau visage comme sculpté dans un ivoire immaculé. On aurait bien pu le frapper, le gifler, jamais ce visage n'aurait émis la moindre réaction, de telle sorte que personne jusqu'à présent n'avait tenté de le faire. « Si tu fonces sur ce type et que tu te cognes à lui, tu te retrouves tout de suite de l'autre côté, avec l'impression d'être passé au travers sans y avoir rien compris... oui ! oui !... tout ce qu'il y a de plus vrai ! » avait dit un jour, en un jugement définitif, un habitué de leur café de modern jazz.

Le passage entre les deux parois rocheuses se rétrécissait maintenant dangereusement, les étoiles au ciel restaient peu nombreuses. Au fur et à mesure que Jack montait, le grondement des vagues, derrière lui, et l'écho ronflant de la route à péage se faisaient plus lointains. Ce fut bientôt partout la plus profonde obscurité. Du sable s'écoula du dessous de ses pieds, nus dans ses sandales de caoutchouc.

Jack se dit que quelqu'un, quelque part, avait dû nouer les ténèbres. Un grand sac bien fermé dans lequel avaient été engloutis plein d'autres petits sacs. D'infimes, de minuscules déchirures y formaient les étoiles, sans qu'on pût trouver aucun autre accroc de lumière

L'obscurité dans laquelle il marchait, immergé, le pénétrait peu à peu. Impression d'éloignement de soi dans le bruit de ses propres pas. Réalité existentielle réduite à quelques faibles ondes perdues dans l'atmosphère. Et grâce à cette existence restreinte à l'extrême, Jack ne parvenait pas seulement à écarter les ténèbres : il se glissait entre les atomes de la nuit.

Pour se garantir une liberté totale et une transparence absolue, le jeune homme bannissait muscles et graisse superflus. Seul lui importait d'avoir un cœur en pleine santé, seule l'animait l'idée d'être un de ces anges sculptés dans le sucre blanc dont on se sert pour les gâteaux.

Tout cela cependant n'était peut-être qu'hallucinations dues aux somnifères. Avant de sortir de sa chambre, Jack en avait avalé cinq comprimés avec ce qu'ils appelaient dans leur verlan un verre de « rebiè » (bière).

La côte qu'il avait maintenant fini de gravir débouchait sur une vaste esplanade. Il aperçut deux voitures blotties au loin : vieille paire de chaussures gisant sur la terre sablonneuse et dure.

Jack se mit à courir. « Je cours ! Moi ! Je cours ! » s'écria-t-il, stupéfait, toujours comme à la poursuite de lui-même. Un large chemin continuait au-delà du plateau, s'ouvrant à droite sur une profonde vallée où stagnait une obscurité encore plus impénétrable. Soudain Jack vit monter l'éclair d'une flamme veloutée. Tout comme une inondation jaillissant par le trou d'une digue, il lui sembla qu'à partir de cet endroit les ténèbres se désintégraient bruyamment.

Piétinant les herbes sèches, il visa le fond de la vallée et, dérapant le long de la pente sablonneuse qui n'avait presque plus rien d'un chemin, se mit à dégringoler. Une mouche glissant dans un pot de mélasse, pensa-t-il.

Le bourdonnement des gens en contrebas se faisait de plus en plus proche, mais il y eut encore une courbe au flanc du vallon et la grande flamme aperçue un instant plus tôt se déroba à sa vue, le laissant seul avec l'écho des voix, sans la moindre trace d'une silhouette humaine. Sous ses pieds il y avait de plus en plus de pierres. Des pierres qui, comme dans un rêve, enflaient brusquement en l'empêchant d'avancer, puis, se mêlant à nouveau au sable jusqu'à s'y abolir, redevenaient toutes plates.

Arrivé à la hauteur d'un rocher en surplomb, Jack aperçut sur l'autre versant une grappe d'ombres géantes qui se reflétaient en dansant. Et tout de suite après, il vit le feu. Mais les flammes faiblirent soudain, si bien que seuls restèrent éclairés sur le sol irrégulier où les pierres se mélangeaient au sable les pieds des danseurs évoluant comme s'ils tissaient une toile, alors que surnageaient encore leurs visages cernés par la nuit.

La seule chose qu'il reconnut vraiment fut la voix aiguë de Keeko en train de rire.

« Arrête !... Je suis une aristocrate, moi !... d'une honorable famille nombreuse, avec six enfants... où j'ai été choyée comme un papillon, une fleur ! protégée du moindre insecte, pou ou puce... Enfin... une demoiselle de bonne famille, quoi... alors, gare à toi !... »

Jack trébucha sur une masse noire encore plus obscure que la nuit, y portant instinctivement la main. Il se mit à bredouiller une excuse, car il venait d'effleurer une peau étrangement froide, bien qu'humide de sueur, terriblement douce au toucher, comme une argile noire artistiquement pétrie : la chair d'une épaule !

« Never mind[1] ! » dit Harry le Noir qui, sur le tambour à conga qu'il tenait serré entre ses genoux, frappa un coup du plat de la main. Et ce premier battement partit immédiatement se répercuter sur les parois des montagnes environnantes en un écho alterné et confus.

## 2

Le petit groupe d'habitués d'un café de modern jazz avait ainsi décidé de célébrer la fin de l'été par une « tiepar » quelque part près de la mer, une surprise-partie aussi peu banale que possible. Ils se devaient au moins de danser le twist sur le sable ou de servir un cochon rôti, tout entier. Et, sans qu'ils en sachent exactement l'origine, il leur fallait aussi une danse primitive initiatique. Dans une grande excitation, ils se mirent, chacun de

1. En anglais dans le texte. *(Toutes les notes sont des traducteurs.)*

leur côté, à la recherche d'un endroit propice pour finalement tomber d'accord sur cette vallée inhabitée. Mais ceux qui étaient allés acheter la bête à rôtir dans la campagne des environs de Tôkyô étaient revenus, faute d'argent, avec un demi-cochon seulement.

Qui aurait pu penser qu'ils découvriraient un endroit si sauvage non loin de ces plages vulgaires où la foule serrée comme des moutons se complaît dans une ennuyeuse promiscuité ? Quoi qu'il en soit, ils rêvaient d'une place où brilleraient les couleurs satinées de leurs jeans usés.

L'endroit : il devait être rigoureusement sélectionné, purifié, sanctifié. Ces jeunes pour qui les enseignes au néon, les affiches de films sales et déchirées, les gaz d'échappement des voitures, les phares tenaient lieu de lumière naturelle, de parfum des champs, de parterre moussu, d'animaux domestiques, de fleurs des prés... ces jeunes avaient eu envie pour cette fois d'un sable qui ressemblât à un tapis de luxe, d'un « ciel étoilé absolu » faisant penser aux décors les plus travaillés.

Pour pallier la stupidité du monde, il fallait d'abord procéder en quelque sorte à un véritable lessivage de cette stupidité, à une sanctification passionnée de ce que les moutons considéraient comme ridicule. Singer justement leurs articles de foi, leurs enthousiasmes mercantiles.

C'était en gros le but de cette tiepar. Trente, quarante jeunes gens réunis en pleine nuit. À leurs horaires à eux, à leurs propres heures de travail, pendant leur propre jour à eux.

Le feu faiblissait brusquement, noyé dans la fumée, pour repartir de plus belle : Jack comprit que c'était à cause de la graisse du cochon qui, embroché sur une épaisse tige de fer, achevait de rôtir. Quelqu'un, de temps à autre, l'arrosait d'un vin rouge bon marché. Visage invisible dont seules les mains, tandis qu'il opérait, se laissaient deviner à la lueur des flammes.

Le tam tam de la conga de Harry le Noir continuait à résonner ; plusieurs jeunes gens dansaient le twist sur le sable. Un sable parsemé de galets qui forçait à stabiliser et plaquer fermement au sol la plante des pieds pour finir par danser lentement dans la seule rotation des genoux et des hanches.

Contre la paroi de la falaise s'entassaient des caisses de rebiè et de jus de fruits. Et les bouteilles vides qui jonchaient les galets concentraient à leur surface les vagues lueurs de la nuit.

Les yeux de Jack, qui auraient dû maintenant être habitués à l'obscurité, ne parvenaient pourtant pas à distinguer les visages de tous ceux qui étaient de la fête. Bien loin d'être une aide, les flammes basses et rampantes du feu de plein air constituaient au contraire un obstacle. Ici et là dans l'obscurité scintillait pour aussitôt s'éteindre l'éclair d'un briquet ou d'une allumette qui, accaparant les limites du champ de vision, empêchait de reconnaître qui que ce soit.

Le timbre des voix non plus ne lui était pas d'un très grand secours. Les bruyants éclats de rire, le tapage de la fête, dominés par les ténèbres environnantes, se trouvaient brouillés par la nuit, tandis qu'à chaque instant la déchirait la conga de Harry, avec les cris aigus dont il marquait le rythme et qui donnaient l'impression qu'on pouvait regarder jusqu'au fond de sa gorge toute rose.

Jack reconnut cependant par miracle la voix de Keeko et, se laissant guider par elle, il parvint à agripper un de ses bras aussi frêle qu'une mèche de lampe.

« Ah ! Te voilà ! Tu es seul ? demanda-t-elle.

— Exact !

— Tout le monde t'a attendu à Inamuragasaki !... mais comme on sait que tu n'en fais qu'à ta tête, on t'a précédé... en tout cas, bravo ! tu aurais pu te perdre si facilement !... »

Elle lui tendit ses lèvres dans la nuit. Jack suivit distinctement le mouvement parti des joues vers la bouche et perçut l'éclair blanc des yeux. Alors, comme toujours, en guise de salut, il posa doucement ses propres lèvres sur celles de Keeko, les effleura, puis s'en éloigna. Un baiser sur la paroi interne d'un bambou.

« Où sont donc les autres ?

— Hymenara et Peeter sont là-bas. Gôgi est là lui aussi... mais comme sa meuf n'arrive pas, ça lui a tapé sur la boîte crânienne ! Tu ne devrais pas trop t'en approcher ! »

« Jack » : tout le monde s'était maintenant à peu près habitué à ce surnom, mais pour « Gôgi », personne n'avait encore compris ce que cela voulait dire. Cela avait peut-être un rapport avec le mot « Gôgi », le « magnifique » ?

Keeko tira Jack par la main et, passant au milieu des danseurs de twist, le conduisit devant un groupe assis près des rochers au pied du ravin.

« Eh ! Jack est arrivé ! »

Hymenara répondit d'un signe de main lent et endormi. Même dans cette obscurité, il portait des lunettes de soleil.

Peeter alluma exprès son briquet pour l'agiter plusieurs fois devant son visage, à gauche et à droite. Ses paupières supérieures étaient maquillées d'un grand trait bleu qui s'étirait finement en montant jusqu'aux tempes où une poudre argentée étincelait à la lueur de la flamme.

« Qu'est-ce que ça veut dire, cette mascarade ?

— Peeter doit faire un petit spectacle, après... » expliqua Keeko restée sur le côté.

Gôgi, à moitié nu, de mauvaise humeur, était adossé à un arbre un peu à l'écart. Mais lorsqu'il sut que c'était Jack, il s'approcha à tâtons dans l'obscurité, puis s'assit en tailleur sur le sable en écartant les herbes, et le salua amicalement d'une haleine chargée de rebiè.

Jack ne ressentait aucune attirance particulière pour Gôgi ; pourtant ce dernier persistait dans de profondes démonstrations d'affection. Il était même venu une fois chez lui avec une fille, histoire de passer un moment.

Gôgi faisait du body-building, était fier de son physique. Il possédait un corps tout en muscles au point d'en être sinistre, et, lorsqu'il remuait légèrement un seul de ses membres, cela déclenchait un mouvement en chaîne de tous ses muscles, mouvement subtil qui se propageait aussi vif que l'éclair. Le monde était un parfait non-sens. Les hommes complètement stupides. Tout en partageant ces idées avec ses camarades, Gôgi avait, tout à fait gratuitement, étoffé sa musculature. Mais s'il avait bien tenté de s'en faire un paravent contre les atteintes de la sottise, il s'était finalement assoupi sans en prendre conscience dans la nuit de cette force aveugle qui caractérise essentiellement toute masse musculaire.

Ce qui gênait Jack, c'était l'opacité particulière de la réalité charnelle d'un Gôgi. Lorsqu'elle était debout, là, devant vous, prête à vous barrer la route, elle faisait écran au vaste panorama d'un monde transparent, et ce corps, en exhalant une forte odeur de transpiration, troublait le cristal qu'en permanence Jack s'efforçait de préserver. L'étalage omniprésent de cette force était on ne peut plus agaçant. L'odeur fade et tenace de ses aisselles, son corps velu, sa voix inutilement puissante, tout cela faisait que, même dans l'obscurité la plus complète, Gôgi signalait sa présence, tel que l'auraient fait les sous-vêtements les plus sales.

Ce sentiment de dégoût ébranla bizarrement Jack, le poussant à prononcer des paroles qu'il n'aurait pas réellement voulu dire :

« C'était justement une nuit comme celle-là... quand j'ai voulu me suicider... oui... exactement... il y a juste deux ans... Tiens ! Ces jours-ci, ça pourrait être l'anniversaire de ma mort !... si... si... sans blague... »

Ce à quoi Hymenara répondit, d'une voix à peine voilée d'un rire sardonique :

« Si l'on incinérait Jack, il fondrait tel un morceau de glace !... psitt !... »

De toute façon Jack était guéri maintenant. Il s'était trompé en pensant que son propre suicide entraînerait automatiquement la destruction de cet univers de moutons endormis. Transporté sans connaissance à l'hôpital, on l'avait réanimé et, là, il s'était mis à examiner tout ce qui se trouvait autour de lui. Ce sale monde moutonnier le cernait, toujours aussi vivant, incurable. Il n'y avait donc plus, pour lui, qu'à guérir.

Peeter se leva enfin et entraînant Jack vers le feu :

« T'as déjà vu la meuf à Gôgi ?

— Non... connais pas...

— Il ne cesse de répéter qu'elle est vachement belle... nous, on n'a encore jamais vu... Dans la mesure où elle l'a pas complètement largué, d'ici l'aube, elle fera certainement une apparition...

— Elle est peut-être déjà là, en fait... dans ce noir, on ne la voit pas, c'est tout ! Elle attend que la lumière de l'aurore dévoile son visage !... Mademoiselle veut ménager ses effets ! La classe, quoi !... »

Avec un léger frémissement, le vent leur apporta en pleine figure une forte odeur de graisse cuite : ils détournèrent tous deux la tête.

# 3

Jack fit quelques pas à la recherche de rebiè. Sur cette courte distance, il trébucha plusieurs fois sur des pierres, des sacs de voyage, des masses toutes molles. Un couple, étroitement pelotonné comme un paquet bien ficelé, les lèvres jointes, n'eut absolument aucune réaction lorsqu'un des pieds de Jack, dans sa sandale en caoutchouc, le heurta légèrement.

Où était donc la meuf à Gôgi ?... Elle pouvait se trouver dans ce groupe de nouvelles têtes qui s'agitaient là-bas... ou s'être cachée à l'ombre des grandes herbes, des buissons enfumés... ou bien encore s'être glissée dans les dunes de sable plongées dans la nuit et qui menaçaient de s'effondrer au moindre effleurement de leur flanc...

Puisqu'elle était « si jolie », on devait pouvoir s'attendre que, là seulement où passerait sa silhouette, flotte une pâle lueur transperçant les ténèbres... Et que dans ce sombre vallon, sous le ciel étoilé gonflé de vent marin, partout, le beau visage nimbé de lumière révèle sa présence.

« Bon ! On commence ! On commence la cérémonie ! Et après cette danse, ce sera le partage du cochon ! Vous avez entendu ? On s'y met tous ! Attisez le feu ! Allez-y de "cœur bon" ! » hurla Hymenara avec cet embarras habituel de la voix causé par les somnifères. Sur les verres de ses lunettes de soleil projetées soudain dans la proximité du feu se reflétaient, en miniature, les flammes du brasier.

La conga s'était tue. Harry séchait la peau du tambour avec une bougie. Au fond du ravin, les jeunes gens gardaient le silence. Quelques cigarettes incandescentes, perdues dans la nuit environnante, mimaient d'haletantes lucioles.

Jack avait fini par trouver une bouteille de rebiè et demanda à un inconnu qui, près de lui, se faisait remarquer par la blancheur de ses dents, de la lui décapsuler, ce qu'il fit d'un coup sec de ses fortes incisives. Des lèvres du garçon s'échappa alors une mousse blanche qui alla couler jusque dans sa chemise. Puis, avec un air satisfait, il se mit à rire en découvrant à nouveau le parfait alignement de ses dents immaculées.

Lorsque Peeter apparut en courant vêtu d'un seul « bain de slip » la conga reprit, accélérant son rythme. Les flammes s'élevaient haut dans le ciel : çà et là sur son corps étincelèrent sauvagement les peintures bariolées et les poudres d'argent dont il s'était enduit.

Jack n'arrivait pas à comprendre l'ivresse extatique de Peeter. Pourquoi donc danser ? Était-il frustré ? Était-il heureux ? Ou alors était-ce tout simplement un peu mieux que de mourir ?

En quoi croyait donc Peeter ? se demanda Jack dans sa totale transparence. Le corps resplendissant dans la lumière du feu, Peeter dansait. Avait-il donc menti à Jack lorsqu'il lui avait dit un jour la souffrance qui, chaque nuit, tel un lourd édredon humide, l'accablait ? La solitude qui hurlait comme la mer, la solitude qui chevauchait les nuits de la ville inondées de lumières scintillantes... mais alors pourquoi l'invitait-elle à danser ?

Jack croyait que c'était à ce point précis que tout devait s'arrêter. Du moins, pour lui-même, c'est là qu'il s'était arrêté. Et que peu à peu il était devenu transparent.

Pourtant, la danse était bien un signe, un signe discontinu, venu du plus profond de l'être humain, tiré par une main mystérieuse. Et Peeter semait à la volée ces signes qui se répandaient dans les ténèbres ambiantes comme autant de cartes multicolores... Jack, inconsciemment, se mit à scander le rythme avec ses pieds.

Les yeux de Peeter avec leurs paupières ombrées de maquillage, le blanc de ses yeux, brillèrent un instant au feu lorsqu'il renversa la tête en arrière. Une grosse larme solitaire dans la nuit... Puis un homme aux hanches ceintes d'une peau de léopard, tenant dans une main un cimeterre et dans l'autre un poulet vivant, immaculé et tremblant, arriva. C'était Gôgi !

Gôgi, dont les muscles de la poitrine en sueur rayonnaient maintenant devant les flammes, Gôgi apparut. Et Jack ne vit plus que le noir chatoyant de cette chair orangée, plus profond encore que l'obscurité des ténèbres qui les entouraient.

« Regardez ! Regardez ! Il le fait ! » s'écrièrent les jeunes gens tout autour. Que voulait donc prouver Gôgi ? Son bras imposant appuyait fermement la tête du poulet sur une pierre. La bête se débattait, des plumes blanches s'en échappaient qui, aspirées par la chaleur des flammes, s'envolaient très haut à une vitesse incroyable. Cette ascension de plumes blanches ! Jack connaissait bien un autre envol tout aussi léger, celui des sentiments lorsque le corps souffrait d'une angoisse mortelle.

Aussi détourna-t-il le regard. Après le bruit obstiné de la lame qui s'abat, il n'y eut plus sur la pierre ni cri ni sang pour ce volatile qui se contorsionnait encore, tronc et tête séparés.

Pris de folie, Peeter saisit la tête et se mit à se rouler sur le sable. À ce moment précis Jack put comprendre quelle exaltation l'habitait. Lorsque Peeter se releva enfin, sur sa poitrine plate de jeune homme, on distingua nettement un filet de sang qui coulait.

L'oiseau lui-même n'avait pas dû saisir l'accomplissement de cette mort intervenue au cœur d'un jeu stupide, de cette mort bouffonne. Les yeux grands ouverts, honnêtes, avaient dû s'emplir d'une immense interrogation... Cependant Jack n'avait pas voulu regarder. Sanctification au sein d'un jeu, la gloire hasardeuse qu'avait reçue l'oiseau à la tête couronnée d'une crête rouge projeta un faible reflet écarlate dans le cœur de Jack, un cœur glacé mais dépourvu de toute cruauté.

Ça ne me fait rien ! Je ne sens rien ! rien du tout ! se dit-il.

La tête blanche du poulet serrée dans une de ses mains, Peeter se releva et dansa tout autour du feu, décrivant des cercles qui s'élargissaient de plus en plus follement. Repérant les filles, il leur appliquait au visage la tête de l'oiseau en continuant à tourner.

Suivit alors une longue série de petits cris aigus et Jack se demanda pourquoi les filles gémissaient toujours de la même façon. Soudain, on entendit un cri plus beau que les autres, plus clair, un cri presque dramatique qui s'éleva dans le ciel étoilé pour s'éteindre aussitôt. Jack n'avait aucun souvenir d'une telle voix. Et si c'était la meuf à Gôgi, la fameuse fille « vachement belle » ?

## 4

Jack était quelqu'un de très gentil.

C'est la raison pour laquelle, jusqu'au matin, il resta à somnoler sur le sable et les herbes sèches, dévoré par les moustiques. Il se joignit aux autres quand ils décidèrent de se baigner dans la mer et ne rentra à Tôkyô qu'en fin d'après-midi, complètement épuisé. Dans sa chambre, il s'endormit comme une masse, sans plus avoir conscience de rien.

Lorsqu'il s'éveilla, un silence de mort régnait dans l'étroite pièce de quatre tatamis et demi. Pourquoi faisait-il si sombre dès le matin ? Il regarda sa montre. On était toujours le même jour et il était presque onze heures du soir !

Il s'était endormi la fenêtre ouverte, mais pas un souffle d'air n'avait pénétré à l'intérieur et son corps, au réveil, se trouvait aussi trempé qu'une serpillière. Il mit en marche le ventilateur, prit sur son étagère *Les Chants de Maldoror*, et, à plat ventre sur son matelas, se mit à lire.

Il s'agissait encore et toujours du passage qu'il préférait entre tous : les noces de Maldoror avec le requin.

*Quelle est cette armée de monstres marins qui fend les flots avec vitesse*[1] *?*

Il s'agissait de six requins.

*Mais quel est ce tumulte des eaux, là-bas, à l'horizon*[2] *?*

C'était l'histoire d'une gigantesque femelle qui allait devenir l'épouse de Maldoror.

Le réveil posé à côté de son oreiller scandait le temps d'un son lourd et obstiné sans se laisser anéantir par le ronronnement du ventilateur. Pour Jack, c'était un simple objet décoratif acheté par pure ironie et qu'il n'avait jamais utilisé en tant que tel. Sa conscience, en effet, semblable à un mince filet d'eau, s'écoulait tranquillement de nuit comme de jour et s'il était parvenu, dans ce flux, à se conserver un ego transparent comme le cristal, il le devait à une longue habitude de tous les soirs, le réveil étant son ami intime, son Sancho Pança en quelque sorte, qui ne manquait jamais pour son bien de transformer cette routine en comédie. Le son de cette mécanique bon marché constituait

1. *Les Chants de Maldoror, in* Lautréamont, Germain Nouveau, *Œuvres complètes,* Bibliothèque de la Pléiade, Gallimard, Paris, 1970, p. 121.
2. *Ibid.*

une merveilleuse consolation, rendant absolument ridicule sa propre continuité existentielle.

Ce réveil, les œufs au plat qu'il se faisait lui-même, une vieille carte de transport périmée depuis longtemps... puis le requin, oui, le requin aussi, pensa Jack avec conviction.

Il revécut alors la tiepar de la veille : on aurait difficilement pu trouver plus absurde. La tête du poulet, le cochon noir de charbon... mais le plus cruel avait été le petit matin. Tous, ils avaient espéré le plus beau, le plus extraordinaire des levers de soleil, tel qu'on n'en voit qu'une fois sans doute par millénaire. Ce fut en fait l'aube la plus horrible, oui, vraiment horrible, la plus sale, la plus triste qui soit.

Lorsque les premières lueurs éclairèrent l'ouest, ils comprirent que les arbres qui ornaient leur « vallée sauvage » n'étaient qu'un amas de vulgaires broussailles bêtes à en mourir, humides de vent marin, de celles qu'on trouve absolument partout. Et s'il n'y avait eu que cela... La lumière avait glissé en tombant doucement le long du versant ouest, remplissant peu à peu tout le vallon, une lumière blanche comme de la poudre à laver, jetant un jour cruel sur les cadavres de bouteilles de bière, de jus de fruits, de Coca-Cola, sur le feu fumant et défait, les trognons de maïs jetés çà et là, avec leurs horribles traces de dents, toutes sortes de sacs abandonnés négligemment, les bouches entrouvertes des dormeurs demeurés enlacés à même les pierres, les herbes, le sable... et au-dessus de ces bouches, les moustaches aux poils parsemés, et sur ces bouches, des parcelles de rouge à lèvres... les journaux épars (ah ! ah ! dans les rues nocturnes, combien ne paraissent-elles pas poétiques, ces grandes feuilles de journaux... mais ici, quelle misère !)... tout cela sous la lumière miroitante du jour. Théâtre sanglant des pique-niques moutonniers.

Certains étaient partis avant la fin de la nuit et, à l'aube, il n'y avait plus trace de Gôgi.

« Où est Gôgi ? Sa meuf n'a pas dû venir finalement et il a fui ! Il est plus fier qu'on aurait pu le penser », avait dit Peeter.

*Un jour, jour néfaste, je grandissais en beauté et en innocence ; et chacun admirait l'intelligence et la bonté du divin adolescent. Beaucoup de consciences rougissaient quand elles contemplaient ces traits limpides où son âme avait placé son trône. On ne s'approchait de lui qu'avec vénération, parce qu'on remarquait dans ses yeux le regard d'un ange* [1].

Cette idée d'ange qu'avait conçue Jack s'était peut-être au fond nourrie de ce genre de phrases poétiques qu'on trouve dans *Les Chants de Maldoror*. Tic-tac, tic-tac : près de son oreiller, le réveil riait vulgairement comme s'il ne pouvait apporter aucune réponse. L'image d'un ange rôti lui apparut confusément à l'esprit. Avait-il si faim ?

Océans où reposent les grands voiliers qui ont sombré, navires naufragés remplis de toutes les

1. *Ibid.*, p. 97.

richesses du monde, de toutes les amours du monde, de toutes les significations possibles, c'était eux, lui et les autres, qui auraient dû les découvrir quelque part sur la mer... Haut dans le ciel, une balance aux plateaux de verre, penchant d'un côté... Souffle doux de trois chiens marchant sur la grève... Jack, à l'instant qui avait précédé son acte suicidaire, s'était imaginé agitant le monde comme un dé. Y avait-il une raison valable pour que les dés ne soient pas ronds ? Ah ! un seul dé rond ! Le résultat flotterait entre tous les points possibles qui sortiraient sans s'arrêter et les paris resteraient à tout jamais ouverts !

Jack avait faim. Tout était là, dans la seule faim de Jack. Il se leva, alla ouvrir la porte du placard. Il n'avait pas de frigidaire.

Et il n'y avait rien à manger.

*Se trouvent en présence le nageur et la femelle de requin, sauvée par lui. Ils se regardèrent entre les yeux pendant quelques minutes*[1]...

Jack, l'estomac vide, se sentit brusquement défaillir. Il secoua une boîte de biscuits de riz qui ne fit entendre qu'un faible bruit de miettes. Quelques mandarines pourrissaient au fond du placard, dévorées de moisissures verdâtres. Il aperçut au bord des étagères une file ininterrompue de minuscules fourmis rouges. Les écrasant consciencieusement l'une après l'autre en remontant la file, il avala la salive qui l'envahissait sous

1. *Ibid.*, p. 122.

la langue. Arrivé enfin au fond du placard, il découvrit une moitié de pain aux raisins, oubliée là en guise de provision.

Plusieurs fourmis étaient en train d'en dévorer l'intérieur en se frayant un chemin entre les raisins secs. Jack les balaya de la main, pêle-mêle, puis se remit à plat ventre sur son matelas, et, à la lumière de la lampe, examina soigneusement l'extérieur du pain. Il en sortit encore deux autres fourmis.

Lorsqu'il mordit dans le pain, il eut comme un goût amer, acide dans la bouche. Il ne pouvait se permettre d'être trop exigeant et, pour économiser sur la quantité en prévision de la longue nuit, il grignota lentement en commençant par le bord : l'intérieur du pain conservait une étrange et moelleuse douceur.

*Ils tournent en rond en nageant, ne se perdent pas de vue, et se disent à part soi : « Je me suis trompé jusqu'ici ; en voilà un qui est plus méchant. » Alors, d'un commun accord, entre deux eaux, ils glissèrent l'un vers l'autre avec une admiration mutuelle, la femelle de requin écartant l'eau de ses nageoires, Maldoror battant l'onde avec ses bras*[1]...

*

Jack entendit frapper à la porte.

Depuis un moment déjà il y avait des bruits de

1. *Ibid.*

pas désordonnés dans le couloir, des bruits de corps qui se cognent aux murs, mais, comme dans l'immeuble on rentrait souvent fort tard, Jack n'y avait pas spécialement prêté attention.

Tout en continuant de mâcher son pain aux raisins, il se leva pour aller ouvrir. Alors, tel un paravent qui s'écroulerait, un couple, garçon et fille, entra pour s'effondrer immédiatement par terre. La pièce tout entière trembla et la lampe se renversa.

Jack ferma la porte derrière lui en considérant sans la moindre surprise ces visiteurs du soir. Le garçon n'était autre que Gôgi, dont la chemise tahitienne largement retroussée laissait voir le dos musclé.

« Vous pourriez au moins vous déchausser ! » leur dit Jack. Allongeant leurs bras l'un vers l'autre, ils s'enlevèrent mutuellement leurs chaussures avec la plus grande désinvolture. Puis, sans plus de façons, ils les lancèrent en direction de la porte, secoués d'un rire irrépressible. L'odeur d'alcool que dégageait leur haleine se répandit immédiatement dans la petite pièce.

Jack fixa longuement le visage blême de la fille qui, tout sourire, gardait les yeux fermés. C'était la première fois qu'il la voyait et elle était réellement « vachement jolie ».

Ce visage qui, même avec les yeux clos, savait pertinemment qu'on l'observait restait fier, guindé jusque dans l'ivresse, et le petit nez à la forme adorable, bien qu'il fût le théâtre d'une respiration assez violente, évoquait l'impassibilité d'une porcelaine. Les cheveux couvraient à demi le front en une jolie frange ondulée, tandis que le léger renflement des paupières laissait deviner les imperceptibles tressaillements des pupilles et collait étroitement les longs cils parfaitement réguliers. La bouche avait une forme exquise, la commissure des lèvres, si tendre, semblant avoir été sculptée sur place quelques instants auparavant. L'ensemble du visage, cependant, respirait la majesté mûre que seule possède une femme de vingt-quatre, vingt-cinq ans.

C'était donc ça, cette fameuse jolie fille... pensa Jack en continuant de manger son pain aux raisins. Gôgi, pour sauver la face, avait sans doute passé sa journée à la chercher, puis l'avait amenée ici.

« Je n'ai pas de matelas... deux ou trois coussins, c'est tout... si ça vous suffit... »

Gôgi, sans répondre, sourit du coin de l'œil. Cette nuit, le garçon avait dû décider par avance de ne plus ouvrir la bouche.

Jack, à coups de pied, rassembla trois coussins, les fourra sous le dos de Gôgi, puis retourna à son lit où, à plat ventre, il reprit sa lecture en continuant de mâchouiller son pain aux raisins.

La voix de la fille qui protestait devenait de plus en plus pressante. Jack posa son livre et, s'appuyant sur son coude, regarda.

Gôgi était déjà entièrement nu, ses muscles sous la peau brillante de sueur s'animaient fébrilement. La fille qui n'avait plus que slip et soutien-gorge affectait de pousser des petits cris de résistance confinant au délire. Son corps formait un bloc de chair veloutée, couleur de gardénia sauvage. Elle se calma. Jack alors leur tourna à nouveau le dos et se replongea dans sa lecture en mastiquant toujours son pain aux raisins.

Les cris, les souffles haletants qui auraient dû commencer derrière Jack ne se faisaient nullement entendre. Le silence dura un long moment, ce qui l'indisposa. Il regarda encore une fois pardessus son épaule. La fille était complètement nue. Unis l'un à l'autre, leur respiration faisait le bruit d'un train à vapeur qui murmure encore alors que son départ vient d'être inexplicablement retardé. Du dos musclé de Gôgi, de grosses gouttes de sueur tombaient sur le tatami.

Enfin il tourna son visage vers Jack. Toute trace de puissance en avait disparu. Y flottait même un sourire ambigu, brumeux :

« Je n'y arrive pas ; je n'y arrive pas, Jack. Donne-moi un coup de main ! »

Tout en mâchant son pain aux raisins, Jack se leva.

Il vit la virilité de son ami, bloc de muscles à demi affaissé. Alors, semblable à un arbitre indolent, il passa lentement derrière le coussin qui leur servait d'oreiller :

« Que dois-je faire ?

— Tire-lui la jambe ! Tire fort ! Je crois que ça ira mieux comme ça... »

Jack, comme s'il ramassait un morceau de cadavre écrasé par un train, saisit la fille par une de ses chevilles pour lui lever la jambe, une jambe lisse et blanche, au bout de laquelle il aperçut fugitivement ce qu'on aurait pu prendre pour la lueur d'un abri lointain. La fille ne transpirait pas beaucoup, mais la cheville glissait, et il la prit par l'autre main. Debout, leur tournant le dos, il en fut réduit à faire face au mur où était accroché, pour unique décoration, un calendrier offert par une marque de bière. Et, tout en tenant son pain aux raisins de la main gauche, il lut pour tromper son ennui :

dimanche 5 août
lundi 6 août
mardi 7 août : jour du bœuf caniculaire
mercredi 8 août : solstice d'automne
jeudi 9 août
vendredi 10 août
samedi 11 août
dimanche 12 août
lundi 13 août
mardi 14 août
mercredi 15 août : anniversaire de la fin
de la guerre
jeudi 16 août
vendredi 17 août
samedi 18 août
dimanche 20 août

La respiration de Gôgi rivalisait maintenant avec celle de la fille. Les deux jeunes gens semblaient avoir retrouvé toute leur vitalité. La jambe que Jack tenait dans sa main droite, tétanisée, lui transmettait ses oscillations en se faisant plus lourde, mais sans montrer la moindre velléité de lui échapper. Le pain aux raisins avait toujours le même goût, amer et acide, et plus Jack le mastiquait, plus il lui collait à la bouche. Tout à coup, comme s'il n'arrivait plus à le croire, Jack se retourna pour vérifier à la lueur lointaine de la lampe si ce qu'il tenait à la main était bien une jambe de femme. Au bout des pieds, le vernis rouge était légèrement écaillé, et l'ongle du petit orteil, à moitié incarné, avait une forme étrangement incomplète. Un cor dû aux talons aiguilles était en contact avec le majeur de Jack.

Avant même qu'il ait pu le deviner, Gôgi s'était relevé et lui tapait sur l'épaule :

« Allez, vieux, ça va comme ça... »

Jack laissa tomber la jambe sur le tatami.

Gôgi remit son pantalon et, sa chemise hawaïenne à la main, il se dirigea vers la porte :

« Bon... je rentre... je te confie le service après-vente, merci... »

Jack entendit la porte se refermer. Puis il regarda la fille allongée par terre, mit le dernier morceau de pain aux raisins dans sa bouche et le mastiqua longuement, la gorge sèche. Du bout des pieds, il effleura l'intérieur des cuisses de la fille, mais celle-ci, feignant d'être morte, ne montra aucune réaction. Jack s'assit en tailleur entre les cuisses écartées. Comme de l'eau qui s'échapperait d'un tuyau percé, la bêtise fusait de partout avec une énergie épouvantable. « Service après-vente » lui avait-il demandé ? Gôgi avait comme toujours de ces prétentions ridicules... Il se pencha vers elle, en un hommage exagéré. Elle pouvait faire la morte tant qu'elle voudrait, son ventre respirait régulièrement tandis que le réveil de Jack marquait les secondes de son horrible tic-tac bas et trivial.

*Les bras et les nageoires entrelacés autour du corps de l'objet aimé qu'ils entouraient avec amour, tandis que leurs gorges et leurs poitrines ne faisaient bientôt plus qu'une masse glauque aux exhalaisons de goémon*[1]...

1. *Ibid.*, p. 123.

# *Ken*

## 1

Sur le plastron de laque noir, resplendissent, dorés, les deux cotylédons de gentiane, blason de la famille Kokubu.

Dans le large rayon de soleil couchant qui pénètre par la fenêtre du dôjô, les gouttes de sueur s'échappent de l'épais kimono indigo de Jirô Kokubu, étincelantes, et volent partout alentour.

La fente du hakama[1] laisse deviner, ferme et brillante, couleur d'ambre, la cuisse, qui, en plein mouvement, fait présumer un corps jeune et dansant sous le kimono d'entraînement et son armure de protection.

Car tout est mouvement, un mouvement qui

1. « Sorte de pantalon à jambes amples et à grands plis, dans lequel on fait entrer la jupe du kimono et qu'on serre à la taille par deux cordons noués devant » (définition du *Dictionnaire japonais-français* de G. Cesselin, Tôkyô, 1939).

semble naître d'une sphère étroite de silence, d'indigo mélancolique et profond.

À l'instant même où l'on pénètre dans le dôjô, sa silhouette imprègne le regard. Autour de lui, et de lui seul, une sorte de paix, harmonie parfaite des positions.

Gardes immuablement belles, où rien ne vient détruire l'équilibre naturel du corps humain. Au cœur du plus violent mouvement, il est là, présence immobile. Comme la corde d'un arc après le tir d'une flèche, il reprend sa position initiale, tendue mais naturelle, et sans la moindre contrainte.

Telle une ombre, le pied gauche suit le pied droit, et, dans la cadence mugissante qu'imprime ce dernier, montre, comme déferle la crête blanche des vagues, un pas glissant d'automate.

Normal donc qu'il ait été choisi parmi les cinq meilleurs sabres des clubs de l'est du Japon pour participer aux Nationaux Est-Ouest en individuel ! Capitaine d'équipe, il est la gloire du club de kendô de l'université.

Mibu, un étudiant de première année, s'avance vers Jirô Kokubu pour qu'il l'entraîne à son tour. Il peut voir le visage de Jirô, tout proche, qui ruisselle de sueur derrière les barreaux de son masque. Les yeux, calmes et doux, « un vrai regard de Kannon[1] », selon une comparaison en

1. Ou Kanzeon. En sanscrit : Avalokitesvara, bodhisattva de la Compassion, « celui qui entend les supplications du monde » ou « les sons du monde ». À l'origine, personnage masculin, il se féminise en Chine dès le VII^e siècle, avant de parvenir au Japon sous cette dernière forme.

honneur dans la tradition du kendô, les yeux regardent attentivement Mibu.

Ce dernier s'élance pour une série de frappes à la tête, le sabre de bambou effectue un large mouvement de rotation ostentatoire au-dessus de lui, et la voix pousse son cri : « Men[1] ! Men ! Men ! Men ! », accompagnant le bambou qui retentit d'un bruit d'explosion réveillant en son cœur d'obscures ardeurs aiguës.

« Men ! Men ! Men ! »

Le cri s'échappe de ses fosses nasales en faisant monter un afflux de sang dans son gosier congestionné.

L'exercice d'échauffement prend fin, les deux combattants face à face se mettent maintenant en garde, le sabre à l'horizontal.

Mibu a bien progressé ces temps-ci, pense Jirô. Cependant, à ses yeux, quelles que soient l'impétuosité et la vitesse des mouvements de son cadet, ils se décomposent paresseusement en un long ralenti.

Opportunité des mouvements qui s'enchaînent un à un, des gestes analysés dans le plus grand calme. Comme un scaphandrier pose ses pieds au fond de la mer, puis d'un coup le repousse avec force et remonte en faisant flotter doucement du sable autour de lui, le sable invisible que répand Mibu danse harmonieusement dans l'élément liquide, pour se poser ensuite très lentement sur le sol.

1. Littéralement : la face, le masque.

Jirô ressentait sa propre plénitude ainsi qu'une paisible liberté dans la transpiration qui sans discontinuer lui noyait les yeux. Les mouvements de son adversaire se reflétaient dans son regard avec une précision et une lenteur de plus en plus grandes.

Mibu, dont la respiration devenait oppressante et dont les gestes se faisaient violents, montrait cependant, inscrites, eût-on dit, sur des étiquettes bien visibles épinglées aux parties concernées, toutes les possibilités d'attaque : masque, gants, armure.

C'était comme des fenêtres blanches largement ouvertes sur l'espace, où le temps se serait complètement arrêté. On distinguait nettement une de ces ouvertures au-dessus de la tête de Mibu. On en voyait une autre sur le gant de sa main droite, tendue. Là, le sabre de Jirô pouvait se frayer un passage, sans problème.

Les pieds de Mibu s'entremêlèrent confusément. Derrière le masque de fer, une écume blanche s'échappait de sa bouche hors d'haleine. Garde contre garde, la poignée de son sabre vibrait et on sentait qu'il tremblait.

Mibu avait conscience des limites de sa force. Cependant il espérait encore un peu : sans doute aurait-il pu aller plus loin, vers une immense étendue vide, irradiée de lumière blanche.

« Qu'est-ce que tu as ? Tu te relâches ! » La voix grondeuse de Jirô parut exploser au loin, blafarde.

Mibu ressentait la présence de Jirô comme une

immense paroi abrupte et bleu nuit sur laquelle ni sa propre technique ni ses propres forces n'avaient de prise. La persistance continuelle de cette conscience fatiguait Mibu. Qu'allait-il trouver au-delà de cette transpiration haletante, de ce mal au côté, de cette sueur ? Cette question l'assaillit brusquement.

« C'est bon ! entraînement de frappes maintenant ! » dit enfin Jirô d'une voix épanouie et sans aucune trace de fatigue.

Mibu souffla un instant, perdant l'occasion de travailler avec le capitaine adjoint Murata. Il s'avance alors vers Kagawa pour un nouvel entraînement.

Salut debout, position de sabre bas. Les deux kendôka s'avancent l'un vers l'autre, s'accroupissent, puis sortent leurs sabres, en joignent la pointe et se lèvent.

L'exercice est maintenant à son apogée, le dôjô résonne du fracas des sabres de bambou, des cris d'affrontement et des bruits de piétinement. D'une redoutable élasticité, l'antique plancher du dôjô semble danser sous les pieds des quarante kendôka du club. Le couchant de mai y darde trois bandes de soleil aussi larges que les fenêtres, étincelantes de poussières dorées.

Les gouttes de sueur se répandent sur le sol, les vestes indigo, épaisses, s'alourdissent encore d'humidité ; l'air du dôjô tout entier est oppressant, tel un étouffoir où s'exaspéreraient toutes les forces des pratiquants.

La fatigue de Mibu, que le capitaine avait mené

comme un enfant, ne s'était pas encore dissipée et son cœur continuait à battre très vite. Au début de l'exercice, il lui avait semblé qu'à la manière d'une route de campagne s'allongeant au grand soleil de midi, son énergie le porterait sans peine aussi loin que son regard tourné vers l'horizon. Mais, soudain, après la magistrale leçon donnée par Jirô, il s'apercevait que c'était déjà le crépuscule : au bout, tout près, il n'y avait plus de chemin et le moment approchait même où il glisserait au fond d'un ravin.

Sensation d'autant plus vive qu'il travaillait maintenant avec Kagawa.

Kagawa lui aussi avait un niveau très élevé, mais, arrogant, il privilégiait trop la force physique. Ce n'était pas un hasard si on avait renoncé à le nommer second de l'équipe. Dans sa pratique, dans son kendô, il y avait quelque part des résidus de sentimentalité, un peu trop de psychologie. La violence pure de Jirô Kokubu lui faisait défaut.

« En garde ! Kirikaeshi ! Entraînement ! » hurla Kagawa en s'impatientant.

Mibu se plaça en position d'attaque. Kagawa semblait ne plus vouloir mettre un terme à cet exercice de frappes.

Il observait le visage de Mibu, jeune et sérieux, trempé de sueur sous le masque. Les yeux étaient écarquillés, les pommettes écarlates et brûlantes ; le visage, engoncé dans son étroit masque de fer, traduisait la rage tremblante d'un jeune prisonnier.

« Cet imbécile est persuadé que Jirô Kokubu

est vraiment le meilleur ! » : Kagawa ne voulait voir que mensonge dans ce respect qui, s'adressant en réalité à un autre, prenait un tant soit peu l'apparence de s'adresser à lui.

Il était évidemment plus facile de se concentrer sur l'hostilité déclarée d'un adversaire. Kagawa conclut enfin l'exercice, satisfait de la respiration atrocement haletante de Mibu.

« Et maintenant, en garde ! Uchikomi ! »

Mibu enchaîna alors une succession de frappes d'attaque : « Kote ! Men ! Kote ! Men ! Gants ! Masque ! » reculant toujours au bon moment sans marquer un seul instant de repos.

Kagawa ne se laissait toujours pas toucher, ne montrant aucunement l'intention de lui faciliter la tâche par pure complaisance.

La pointe du sabre de Mibu pleine d'une force pathétique oscillait dans le vide. Encore un échec ! Kagawa fit un tour sur lui-même et, sur les barreaux de fer de son masque, le soleil couchant flamboya. Omniprésence du masque de Kagawa, ici et là, un instant assombri à contre-jour, un instant enflammé de lumière. Mibu pensait-il l'avoir touché que le masque avait déjà disparu...

Mibu était épuisé par ses vaines attaques, et sa voix s'enrouait légèrement. Son sabre rabattu et arrêté net en plein parcours, écarté de ce qu'il avait recherché avec tant d'ardeur, se fichait en un point du vide. Quelle force extraordinaire ne fallait-il pas pour retrouver en un instant l'équilibre perdu, pour arracher ce sabre englué au vide ?

Mibu, prêt à tomber en avant, se redressa tout

droit, tel un grand héron bleu. Devinant sa fatigue, Kagawa s'écria : « Bon ! Un combat en trois attaques, maintenant ! »

Ce défi creusa un instant d'absence dans l'esprit de Kagawa, un rêve des plus fugitifs et des plus doux. Un intérêt troublant pour une proie facile juste là sous ses yeux. La joie irrésistible de constater sa propre force.

Une joie vorace et sauvage, impossible à goûter pleinement seul, mais qu'on n'a guère le loisir de savourer tranquillement en présence d'un autre. Une joie sans lien avec la mémoire ni l'espérance, une jouissance du seul instant, dangereuse comme lorsque à bicyclette on lâche le guidon...

Une silhouette fila devant les yeux de Kagawa qui sut aussitôt qu'il avait perdu.

« Men ! » et le sabre de Mibu, accompagné d'un pas en avant retentissant, s'abattit sur le masque, d'une frappe désespérée évoquant celle d'un vrai sabre tranchant.

« Ah ! Tu as gagné ! Deuxième attaque ! » dit Kagawa d'un ton dolent.

Jirô Kokubu, qui jusque-là n'avait pas bougé des places d'honneur au fond du dôjô, s'avança devant Kinouchi, leur entraîneur, le priant de le faire travailler.

Lorsque Kinouchi n'était pas là, tout le monde au club ignorait son vrai nom pour l'appeler uniquement : « Te no Uchi san », « M. La Paume ». C'est que, pour la moindre chose, il s'en prenait à la position de la main, répétant encore et toujours : « La paume ! la paume ! ».

Kinouchi avait cinquante ans et faisait autorité parmi les vétérans. Il s'était définitivement consacré au club de kendô de son ancienne université, cédant même, pour en devenir l'entraîneur, la gérance de l'entreprise familiale à son frère cadet.

Jirô s'avança : dans sa façon de marcher, Kinouchi put lire toute la jeune ardeur qui l'animait. Le large pantalon indigo gonflé d'air se mouvait droit devant lui, avec les ondulations d'une démarche glissée des plus correctes.

Kinouchi aimait profondément cette jeunesse qui venait vers lui en le bravant. La jeunesse attaque ainsi les vétérans avec une courtoise brutalité, et les vétérans, de leur côté, souriants, attendent immobiles et sûrs d'eux-mêmes, prêts à se défendre : toute politesse des jeunes qui ne s'accompagnerait pas d'une certaine violence est malsaine, pire encore qu'une violence sans politesse.

La jeunesse venait le poignarder, le transpercer, pour se soumettre à lui. Vêtus du même habit d'entraînement, de la même armure, ils transpiraient de la même sueur... Le dôjô, pour Kinouchi, est un temps d'une immense beauté, figé pour l'éternité. Le temps de l'éclat noir de l'armure, de la danse affolée des lacets violets du masque, le temps des gouttes de sueur qui tourbillonnent. Temps du dôjô identiquement pareil à celui qu'il avait connu il y a trente ans quand il était étudiant.

Dans cette permanence temporelle, la vieillesse rejoignait la jeunesse, l'une cachant derrière le masque de fer la blancheur de ses cheveux, l'autre la rougeur de ses pommettes. Elles se reconnaissaient clairement, avec une simplicité tout allégorique, partenaires et adversaires, et c'était exactement comme si la vie, pleine d'impuretés parasites proliférant dans la plus extrême confusion, était devenue aussi limpide que la surface d'un échiquier. De cette vie parfaitement tamisée, il ne devait plus rester que la quintessence : c'est-à-dire qu'un beau jour dans un couchant d'une flamboyante intensité, la jeunesse et la vieillesse devaient se rencontrer pour croiser leurs fers en un combat décisif.

Les frappes d'échauffement terminées, le sabre pointé vers les yeux de Kinouchi, Jirô épiait toute faiblesse qu'aurait montrée son aîné.

Avec cette technique souple si caractéristique de l'entraîneur, la pointe du sabre cherchant sa voie gardait une belle distance et se ployait doucement comme un plumage. C'était là le danger, Jirô le voyait bien. Il n'y avait aucune possibilité d'attaque victorieuse, mais de là à dire qu'il se trouvait devant une porte de fer hermétiquement close... Non, c'était seulement l'image de pureté que donne un sol en tatami dans une pièce déserte ouverte à l'été... C'était l'absence de toute faille.

Kinouchi, vierge de tout appui, volait presque dans l'espace.

Jirô l'interpella alors violemment et se coula lentement vers la droite.

Sous quelque angle qu'on le regardât, Kinouchi était une pyramide transparente offrant toujours le même aspect, dépourvu de la moindre ouverture. Jirô se sentit humilié par sa propre transparence.

Kinouchi, loin, très loin de cette impatience, semblait dormir, faire une sieste, étendu confortablement tel un gros chat à la fourrure bleu sombre profitant de son après-midi.

Jirô renonça à trouver une occasion. Il sentait bien que c'était sa propre anxiété qui lui interdisait de voir les défauts de l'adversaire, que la perfection de son partenaire n'était qu'une parodie de la perfection ! Oui, Kinouchi n'était qu'un déguisement de perfection ! Car il ne peut y avoir en ce monde une seule chose dépourvue de défaut !

Une fine couche de glace l'enveloppait peu à peu, au point qu'il se sentit tout à coup immobilisé, épaules et bras solidement prisonniers de cette glace. Plus il laissait passer de temps et plus il se figeait. Il lui aurait fallu faire exploser toutes les forces de son corps pour parvenir à briser cet étau.

Les cordelettes violettes du masque de Jirô se soulevèrent avec élégance. Ses forces se rassemblèrent un instant, au moment précis où, tels des pigeons délivrés d'une cage trop étroite, ses mouvements et sa voix se libéraient brusquement.

Mais, dans une accélération vertigineuse, le

sabre de Jirô fut en un clin d'œil happé vers le haut, tandis que celui de Kinouchi s'abattait avec fracas sur sa tête comme s'il battait du fer rouge.

## 2

C'était ce printemps que Jirô était devenu capitaine de l'équipe, et, s'il avait été désigné par ses aînés, il n'en pensait pas moins au fond de lui-même que cette place lui était naturellement due.

Sa supériorité était, à ses yeux, une évidence acquise. Sa force lui était devenue comme une chemise transparente qui le serrait de près, nuit et jour ; tellement sienne qu'il pouvait presque oublier qu'il la portait.

Voici le discours qu'il tint le jour où il fut nommé capitaine : « Je ferai tout ce qui est en mon pouvoir... j'irai jusqu'au bout de mes possibilités, physiques et mentales. Ceux qui me suivront ne feront jamais d'erreur... Que ceux qui me font confiance me suivent, et que les autres nous quittent ! »

Jirô, qui avait tenu ce discours, debout à côté de ses aînés et face aux quarante autres kendôka, Jirô avait définitivement choisi sa voie.

Depuis longtemps il savait qu'en ces circonstances il dirait probablement quelque chose de ce genre, et voilà qu'il l'avait réellement fait. C'était l'accomplissement de cette prémonition. Ces mots qui étaient restés longtemps enfouis au fond de son cœur avaient enfin pris leur envol.

Par eux, Jirô s'était définitivement débarrassé de ce qui lui restait d'une enfance ordinaire. Opposition, mépris, dégoût de soi-même parfois, mollesse, émotivité, tout ça il le rejetait. Il lui fallait conserver le sens de la pudeur, mais il abandonnerait dorénavant toute fausse honte paralysante. Il rejetterait tous les « j'aimerais bien... » pour les remplacer par des « je dois... », en en faisant sa règle de vie. Voilà ce que devait être désormais sa conduite.

Il allait tout centrer sur le kendô. Le sabre était un cristal taillé, monolithe de forces claires et vives. Lorsque l'esprit et le corps, bien affilés, se figent en un faisceau de lumière, ils prennent alors d'eux-mêmes la forme du sabre... Tout le reste n'était qu'insignifiante trivialité.

Depuis qu'il était tout petit, devenir quelqu'un de fort et de droit était sa principale raison d'être. Enfant, il s'était amusé une fois à défier le soleil. Vision d'un instant presque imperceptible où tout changeait déjà : d'abord la boule de feu rouge et incandescente, puis un tourbillon qui se fixait soudain. La boule devenait bleu sombre, s'aplatissait en un disque d'acier glacé. Jirô pensait avoir vu l'essence même du soleil... Pendant un long moment, en effet, il avait vu des traces blanches. Partout où son regard se posait, elles étaient là, dans l'herbe, à l'ombre des arbres, dans l'azur du ciel.

C'était la Droiture : quelque chose de si éblouissant qu'il était impossible d'en soutenir la vue. Et une fois que la vision en avait pénétré le regard, les taches de lumière qu'on voyait partout étaient les reliques mêmes de la Justice.

Jirô pensa qu'il devait devenir fort physiquement et s'imprégner de cette droiture. Il avait l'impression d'être le seul au monde à s'aventurer dans cette voie. Et cette perspective était incroyablement, magnifiquement nouvelle !

N'est-il pas au fond bizarre que le monde excuse facilement comme étant le fait de la jeunesse divers petits écarts aux règles comme les tricheries à l'école, la négligence dans les échanges d'argent avec ses camarades ! L'homme n'a en fait que deux possibilités : être fort et droit, ou se donner la mort. Lorsqu'un de ses camarades de classe s'était suicidé, Jirô avait tout à fait admis son geste, mais comme ce garçon était assez chétif de corps et d'esprit, il regretta que ce ne fût pas, comme il le rêvait, le suicide d'un être fort et droit.

Le garçon ayant pris, paraît-il, des somnifères, avait été retrouvé mort sur son lit, le visage aussi blanc que les draps. Dans le lit on avait trouvé des peaux de nèfles éparpillées et cinq ou six gros noyaux bien brillants. Pourquoi donc avant de mourir s'être jeté sur ces fruits ? Devant la peur de perdre conscience sous l'effet du médicament, avait-il voulu s'illusionner en mangeant ces nèfles qu'il avait par hasard sous la main ?

Des peaux de nèfles et des noyaux !... L'appétit de l'homme qui va mourir !... C'est tout cela que

Jirô voulait fuir de toutes ses forces. Or, il avait déjà commencé le kendô.

Un sabre s'élance par lui-même. Cela est d'autant plus vrai que le coup porté est juste. Sans avoir vraiment visé, on appréhende le plus petit défaut de garde de l'adversaire et on frappe juste.

Comment l'expliquer ? Il se creuse tout d'un coup chez l'autre une absence d'énergie où le courant de ses propres forces, telle une eau libérée, se trouve tout naturellement aspiré. Si cette dernière force n'était pas parfaitement libre, parfaitement transparente, elle se prendrait ici et là aux obstacles et ne pourrait être attirée si aisément. Jirô en avait de nombreuses fois fait l'expérience.

Cependant pour arriver à un tel résultat, il n'y avait que l'entraînement, encore et toujours l'entraînement, transpirer et encore transpirer.

Dans le bus qui le menait à l'université, dès qu'il voyait des personnes âgées ou des femmes accompagnées d'enfants, Jirô se levait immédiatement pour leur céder résolument sa place. Certaines femmes qui l'avaient longuement remercié en prenant la place qu'il leur offrait le remerciaient encore lorsqu'il descendait du bus. Mais son attitude correcte de boy-scout ne le rendait pas pour autant particulièrement heureux. Et s'apercevoir ainsi, en jetant un coup d'œil au fond de son cœur, qu'il était loin d'en être satisfait n'était pas pour lui déplaire.

Son idée de la justice n'avait qu'un petit périmètre dont l'intérieur seul se devait d'être constamment purifié. Cela lui suffisait. Jirô ne s'intéressait ni à la politique ni aux faits sociaux. Il se contentait d'en extraire quelques ficelles, minimum vital pour ce qui lui était nécessaire. Les bavardages de ses camarades qu'il qualifiait de « stériles », il les écoutait en silence avec un petit sourire. Il ne lisait jamais non plus.

Jirô Kokubu était né à une époque vraiment étrange : en effet, concentrer ses forces spirituelles dans une activité unique, pouvoir s'intéresser à autre chose qu'à des stupidités, avoir des désirs simples et sobres, ces qualités banales, s'il en est, ne s'en présentaient pas moins comme des faits rares et isolés dans notre société.

Un après-midi de la fin du printemps, comme le cours de droit administratif venait d'être annulé, Jirô décida d'aller seul jusqu'au dôjô. Il était en avance pour l'entraînement, aussi n'y avait-il encore personne, et seule une vague et mélancolique odeur de transpiration flottait dans l'espace vide.

Il revêtit sans aucune aide sa tenue d'entraînement et s'avança jusqu'au milieu du dôjô dont le plancher très proprement astiqué brillait. Sentiment de marcher à la surface d'un lac noir, sacré. Résonance exagérée des pas qui foulent le sol. Jirô saisit un sabre de bambou et enchaîna, en les comptant, « un, deux, trois, quatre... », une série de frappes d'échauffement : trois cents.

La journée était belle et douce. Jirô appuya son visage contre une serviette suspendue à la corde à linge et s'épongea distraitement.

Toujours en hakama, et son sabre de bambou à la main, il sortit du dôjô par la porte de derrière et escalada le versant de la colline qui jouxte le côté nord du campus. Sur la prairie, entre les arbres clairsemés, il n'y avait pas âme qui vive. Jirô déposa son sabre sur l'herbe et se détendit, assis, les jambes allongées.

Il ne cherchait pas particulièrement à se retrouver seul, mais cette solitude d'après le sport, où il sentait les traces de sueur se retirer de lui aussi rapidement que la mer à marée basse, lui procurait plus que tout au monde la sensation de la plénitude de ses forces. En bas du versant abrupt s'étendait une zone industrielle, et la fumée qui surnageait flottait en déformant la vision des buildings les plus lointains.

Jirô n'attendait rien de spécial. Il regardait le ciel dégagé avec ses fragments de nuages langoureux. De la zone industrielle montaient de temps à autre, au-dessus d'un léger et envahissant bruit de fond, les klaxons des voitures, aiguilles à coudre pointues et brillantes. Il eut pourtant le pressentiment qu'un moment magnifique approchait. Quoi ? Il n'aurait su le dire. Sentiment d'avoir à être mêlé bon gré mal gré à une histoire de bravoure. Autrefois une fine lame du kendô aurait appelé cet instant : « sensation du danger imminent ».

Un bruit de détonation lui frôla l'oreille.

Dans les branches au-dessus de sa tête, il y eut soudain une violente secousse, un peu comme lorsqu'on jette un seau d'eau. Les feuilles bruissèrent : un petit sac à main blanc et gonflé tomba près de Jirô. C'était un pigeon.

L'aile qui avait été visée était trempée de sang, l'oiseau se débattait sur l'herbe. Jirô le ramassa délicatement, examina ses pattes toutes tremblantes, et, d'après la bague de métal qu'il y vit, comprit qu'il s'agissait d'un des pigeons voyageurs du club de l'université. L'oiseau, rendu muet, et dont les plumes de la poitrine se soulevaient en ondulant, hocha plusieurs fois sa petite tête nue. Ses tremblements incessants s'étaient transmis à la main du jeune homme.

Jirô se leva en se disant qu'il devait aller le rapporter au club.

Inondé du soleil qui perçait à travers les arbres, protégeant son beau pigeon affaibli dans la manche de son kimono à l'indigo profond, il se leva, sabre au côté...

C'est alors que des buissons sortirent bruyamment cinq ou six garçons. Il y en a toujours qui arrivent à se faufiler comme ils veulent sur le campus de l'université ! Une brèche dans les barbelés au bas de la colline nord, et voilà !

Ils étaient tous en jeans et l'un d'eux avait un fusil à air comprimé prêt à tirer. Après avoir grimpé la pente, écrasé les bambous nains, ils resserraient maintenant leurs rangs devant Jirô, le regardant en plissant les paupières comme dans la nuit la plus obscure.

« Rends-moi cet oiseau ! dit celui qui tenait le fusil.

— C'est un pigeon du club. C'est toi qui as fait ça ? rétorqua Jirô.

— Oui, et alors ? Maintenant c'est mon pigeon, non ? Rends-le-moi ! » dit le garçon d'une voix éraillée, prétentieuse, sur un ton à la fois impatient et doucereux, tout en secouant son menton carré.

« Quoi ! Te le rendre ? C'est plutôt à moi de dire ça !

— Pardon ? »

Le jeune garçon mit en joue la poitrine de Jirô.

« Allez ! donne-le-moi ! Vous ne vous prenez vraiment pas pour rien, vous, les étudiants !

— Allez ! Vas-y ! Tire ! Qu'est-ce que tu risques ? »

Les garçons se serrèrent encore davantage en laissant échapper des murmures à moitié convaincus. C'était juste un petit groupe de fort mauvaise humeur, mais dont ne se dégageait presque aucune animosité ni méchanceté.

Seule l'odeur immature de la jeunesse émanait d'eux qui avaient à peu près le même âge que Jirô. Une sorte de rage envahit son regard, comme lorsqu'un animal en renifle un autre de la même espèce. Son sabre cependant restait calme dans la paume de sa main.

« Alors ? Tu ne dis rien ? Je tire ! » annonça le garçon en visant la poitrine de Jirô, le doigt sur la détente.

Le sabre, dans la main de l'étudiant, se déroula en un clin d'œil sur un parcours d'une distance inimaginable pour venir s'abattre violemment sur le poignet du garçon. Le fusil tomba sur l'herbe, et au moment même où ce dernier se penchait pour le ramasser, Jirô le plus naturellement du monde s'avança en silence, et, de son pied, en écrasa le canon.

Le garçon, d'un bond, recula. Les autres en firent autant, se bousculant entre eux, tournant le dos à l'ennemi. Jirô avança encore, avec naturel, comme il aurait foulé sans la moindre contrainte un chemin vierge de tout obstacle.

Avec une volée d'injures, les jeunes garçons dévalèrent la pente le long des buissons, s'enfuyant dans le plus grand désordre. Jirô ramassa le fusil et le lança dans leur direction. L'un d'eux le prit, en se tournant vers Jirô pour lui crier :

« Imbécile ! Tu t'es fait avoir ! Il n'y avait pas de balles ! »

Puis passant par un trou dans les barbelés, ils disparurent entre les usines dans une petite rue déserte.

Jirô s'aperçut alors avec inquiétude que le pigeon qu'il tenait blotti dans sa main gauche balançait faiblement la tête. Inquiet, il relâcha un peu la pression. Le pigeon s'échappa d'un bond, plein d'une énergie inattendue, griffant de ses pattes la manche de Jirô, et s'envolant à grands coups d'ailes désordonnés. Du sang tombé de l'aile blessée se répandit sur la joue de Jirô.

Cependant l'oiseau qui avait pris son envol défaillit brusquement à la hauteur du front du jeune homme, et, un court instant — une éternité dans son regard éberlué —, en proie à la force folle qui le brisait, resta suspendu au vide. Étincelant sous le soleil qui perçait les frondaisons, pris dans l'éclat de ses plumes et de son sang lumineux comme de l'huile.

Alors, d'un bloc, le pigeon retomba sur le bras gauche de Jirô qui fut immédiatement repris par la colère. Cette colère un instant refoulée et qui, contrainte à la sérénité, avait peut-être induit la belle victoire de tout à l'heure, mais emplissait maintenant son cœur de sinistres remous. Jirô pensa étrangler le pigeon. Il serra son sabre sous son bras et approcha la main droite du cou.

Un bruit de carriole se fit entendre sur le sentier du campus.

Jirô, stoppé dans son geste assassin, regarda dans la direction du bruit.

Un vieil homme, l'homme à tout faire de l'université, s'approchait en tirant un chariot à poubelle.

Jirô pensa qu'il avait deviné ses intentions et rougit. Le vieux s'apprêtait en fait à aller vider les poubelles qu'il traînait dans la décharge au flanc de la colline.

Pour ne pas perdre contenance, Jirô s'avança vers lui.

« J'ai tout vu ! Tu as été formidable ! Bravo ! dit le petit vieillard en vêtement de travail. Depuis quelque temps on ne comprend pas ce que les jeunes ont dans la tête ! Ça me fait vraiment peur !... J'étais là-bas, caché, et j'ai tout vu ! Depuis le coup de fusil !... Hé ! tu as du sang sur la joue ! Attends ! je vais t'essuyer ! »

Jirô n'avait pas de mouchoir, le vieil homme non plus. Celui-ci entreprit de fouiller dans sa carriole, au grand désespoir de Jirô. Il n'y avait là que des publicités toutes jaunies et des bouts de vieux journaux, entassés, pourrissant dans un mélange incroyable de couleurs.

« Mais non, ça va, ça va... » Et Jirô allait s'essuyer avec sa manche, quand le vieux lui fit impérieusement signe d'arrêter.

« Attends ! Voilà ! »

Alors des détritus, il extirpa un long lis jaune fané.

« C'est un lis de serre ! Une fleur très chère ! Elle vient du bureau du président ! Avec ça, ça ira, non ? Allez, je vais t'essuyer, maintenant. »

De sa grande main qui ne cadrait pas du tout avec son corps plutôt malingre, il tira deux ou trois pétales jaunis, les plaqua sur la joue de Jirô, en essuya le sang. Jirô sentit un reste de parfum, l'odeur vaguement suave du lis.

« Regarde comme tu es propre, maintenant ! »

Et le vieillard lui montra les pétales tout rougis. La partie blanche à l'éclat brumeux avait en effet doucement absorbé le sang et, comme des veines qui ressortent sous une fine peau blanche, les pigments écarlates s'y étaient incrustés en un fin réseau.

« Merci ! »

Jirô, tout en serrant contre lui le pigeon à la tête sagement penchée, le remercia poliment.

La petite carriole passa son chemin, tranquillement, et Jirô se dirigea vers le pigeonnier du club de l'université.

Et c'est ainsi que, sans le savoir, Jirô se sortit avec bonheur d'innombrables pièges poétiques. Un pigeon taché de sang, des rayons de soleil perçant la frondaison, du sang tombé sur les joues du vainqueur, l'indigo profond de la tenue de kendô, le lis flétri, tout cela s'était en effet combiné en autant d'embûches tendues devant lui.

3

C'est toujours avec un plaisir sincère que Kinouchi reçoit ses élèves chez lui. Sa femme aussi qui considère les membres du club de kendô de l'université comme ses propres fils. Il faut dire en outre que les Kinouchi n'ont que deux filles, toutes deux déjà mariées.

Un soir Kagawa, seul et sans prévenir, frappa chez eux. Kinouchi l'accueillit avec son enthousiasme habituel. Il traitait tous les membres du club avec une parfaite égalité.

Kinouchi était assez corpulent, avec une peau claire, et des traits relativement grossiers. Malgré la force du personnage, absolument rien d'abrupt n'apparaissait sur son visage.

« Pour le job de cet été, tout est réglé, plus de problème ! dit Kinouchi en servant de la bière à Kagawa. Le directeur et les autres responsables sont très sympathiques... l'ambiance au travail sera bonne... »

Le club de kendô avait l'habitude, pour financer son stage d'été, de se mobiliser en allant travailler dans le grand magasin S. pour aider à l'emballage des paquets cadeaux dans les grandes ventes qui accompagnent les échanges de présents au début de l'été.

« C'est plutôt ennuyeux, comme travail ! » reprit Kagawa.

Mais Kinouchi répondit sans se fâcher :

« Oui, justement. Et c'est très bien comme ça. Pour les petits boulots d'étudiants, il ne faut pas quelque chose de trop intellectuel... ce n'est bon ni pour vos études ni même pour le kendô...

— Kokubu va encore se surpasser, non ?

— Celui-là, il se surpasse toujours ! Pour quoi que ce soit ! C'est une de ses plus grandes qualités, d'ailleurs !

— Il est du type à vouloir toujours donner le bon exemple !

— Et alors ? C'est très bien, non ? »

Ils se turent un instant.

Kagawa ne pouvait pas dire à Kinouchi la vraie raison qui l'avait conduit ici. Rien de très grave, mais difficile à faire comprendre à quelqu'un d'autre.

Il y avait eu, la veille, un petit incident, au bain, après l'entraînement. Un étudiant de première année au service des aînés était sur le point de frotter le dos de Jirô et ce dernier n'avait qu'à se laisser faire, sans plus, comme c'était la coutume. Or Jirô, lançant un coup d'œil du côté de Kagawa, s'était visiblement aperçu qu'il n'y avait personne à son service. Bien entendu, l'étudiant de première année, on ne peut plus sérieux, pensait certainement aller servir Kagawa après avoir servi le capitaine.

La salle de bains était vieille et sombre, le dos de Jirô enveloppé de vapeur n'offrait qu'un nœud de muscles mouillés et impassibles. Kagawa eut peur soudain que Jirô, sans rien en laisser paraître, n'ordonnât à l'étudiant, contre toute préséance, d'aller s'occuper d'abord de lui, Kagawa. Jirô n'en avait cependant rien fait et, ne se souciant plus du tout de sa présence, il lui avait tourné le dos pour s'en remettre aux mains de l'étudiant qui le savonna vigoureusement et avec force bulles.

Cette petite manifestation d'orgueil, tout aussi imprévisible qu'à moitié attendue, parut en tout cas insupportable à Kagawa. Une insolence toute naturelle, inconsciente, aurait eu un certain charme, mais, de toute évidence, celle-ci avait été volontairement pensée. Jirô avait eu conscience de la présence de Kagawa, et, craignant paradoxalement de blesser son amour-propre en lui cédant son tour, il avait choisi plutôt de « paraître » orgueilleux. Car Jirô savait toujours dans cette sorte de circonstances « ce qu'il devait faire », en dépit de ce que les autres pourraient penser de lui.

Kagawa avait observé avec des sentiments mélangés que les réactions qui autrefois résultaient d'une décision claire et franche livraient maintenant Jirô aux caprices éphémères d'une « sagesse » plutôt amère.

Il n'était pas comme ça avant... il se méfie même de moi... il en est arrivé à penser que ma façon naturelle de voir les choses est une source de « malentendus »... cet idiot est persuadé d'être « obligé de vivre entouré d'une incompréhension permanente ». Je ne supporte pas cet orgueil. Dans l'amitié, il ne peut y avoir de malentendu... pensa Kagawa sous l'emprise de la colère.

Ce dernier était quatrième dan, tout comme Jirô. Mais avec une subtile différence. Dans la classification du club subordonnée aux examens de l'entraîneur et des maîtres, Kagawa n'était que troisième dan, mais au début de ce printemps, il s'était présenté à l'examen de la Fédération et avait obtenu le quatrième dan. Or le club de kendô de l'université était connu pour être beaucoup plus sévère. Jirô, déjà quatrième dan du club, avec les capacités qu'il avait, aurait pu facilement passer le cinquième dan de la Fédération, mais il refusait obstinément de se présenter aux évaluations nationales. Kagawa en avait gros sur le cœur.

Kagawa croyait à l'amitié malgré sa propension à voir les choses de façon aussi torturée.

« J'ai très peur du stage de cet été, s'il continue à maintenir une telle pression...

— Il veut gagner le championnat du Japon et il y brûle toute son énergie...

— Disons plutôt qu'il est complètement bloqué là-dessus...

— Il est jeune... voilà tout...

— Il est comme moi... nous sommes de la même année !

— Oui, mais toi, tu es beaucoup plus adulte ! »

Kinouchi écoutait volontiers les doléances, mais sans jamais prendre parti. Il connaissait la cause directe du ressentiment de Kagawa. En effet, pendant le stage d'entraînement du mois de mai qui avait eu lieu sur place, à l'université, Kagawa avait enfreint la règle interdisant l'alcool et le tabac, et, surpris en train de fumer derrière le dôjô, il avait été sanctionné.

Jirô, face à une désobéissance, ne fermait jamais les yeux, même pour un élève de la même année que lui. Et Kinouchi comprenait tout à fait la psychologie de Jirô imposant une punition à l'un de ses camarades.

Dans les vestiaires du dôjô, était accrochée une grande pancarte : « Celui qui enfreindra la règle interdisant de s'absenter sans permission, de fumer ou de boire, ainsi que toutes les autres règles en vigueur pendant le stage, sera puni de quarante minutes de silence assis bien droit sur les genoux à même le plancher. » C'était là la limite extrême des sanctions qui se pratiquent habituellement de nos jours et malgré toute la souffrance qu'impliquait cette station à genoux sur le dur plancher, elle n'avait absolument rien de comparable avec le régime de punitions d'autrefois. Cependant, il y avait des premières années qui, au bout de trente minutes de cette position qu'imposait normalement l'étiquette traditionnelle, transpiraient à grosses gouttes ou même s'évanouissaient.

Kinouchi ne pouvait pas maintenant ne pas évoquer l'affaire.

« C'est à cause de l'autre jour, n'est-ce pas ?... lorsque tu as fumé...

— S'il vous plaît... ne parlons plus de ça... dit Kagawa en se grattant la tête.

— Bon, d'accord... mais ce que je voudrais que tu me dises, c'est l'attitude de Kokubu, après. Est-ce que depuis il se comporte tout à fait naturellement avec toi ?

— Oui, rien d'anormal... il n'y a pas de différence entre avant et après...

— Bon, c'est bien. Mais quand même, après t'avoir puni quarante minutes devant les plus jeunes, il te devait quelques mots de réconfort, non ? L'a-t-il fait ?

— Non...

— Mais même après, lorsque vous vous êtes retrouvés seuls, il n'a pas eu quelques mots gentils comme "excuse-moi... j'étais obligé de le faire pour sauvegarder la discipline... ne m'en veux pas...".

— Non... rien...

— Ainsi Kokubu ne t'a rien dit...

— Non... mais je le comprends... il est comme ça...

— Il aurait dû dire quelque chose, tu ne crois pas ?

— Mais... il n'a même pas dû y penser... pas un mot... Ah si ! il a eu un sourire...

— Un sourire ? Qu'est-ce que... ? »

Ç'avait été un beau sourire.

Lorsque Jirô devait faire face à la bêtise, résister aux complications et aux non-sens, c'était toujours la même expression qu'il arborait, ce même sourire, ce sourire silencieux qui seul lui venait aux lèvres. Kagawa était profondément jaloux de la beauté du sourire de Jirô Kokubu, un sourire de garçon pur, un sourire impossible à imiter pour quelqu'un comme lui.

La bouche de Jirô était plutôt petite. Les lèvres étaient bien dessinées. Et lorsqu'il souriait, se découvrait une belle rangée de dents blanches, en un jaillissement de pureté.

Cette réserve de Jirô, par laquelle, d'un sourire, il pensait tout régler et se faisait fort de faire comprendre aux autres combien sa position était difficile, agaçait profondément Kagawa. Jirô évitait volontairement les mots gentils, se voulait loin de tout mouvement politique ; il s'enfermait seul dans la tour d'ivoire de sa pureté, fuyant hâtivement devant la réalité des souffrances des autres. Il était évident, par exemple, que sourire à un camarade après lui avoir ordonné, en usant de son pouvoir de sanction, quarante minutes de position réglementaire à même le plancher, risquait de paraître ironique. Mais Jirô savait, lui, que son beau sourire ne pouvait en aucun cas donner une telle impression. Et, pour Kagawa, ce genre de certitudes était l'expression même de l'orgueil.

Lorsque Jirô se trouvait confronté à la douleur réelle d'autrui, non pas morale, mais physique, alors il ne souriait plus. Bien au contraire, il s'inquiétait vraiment. Un étudiant plus jeune s'était-il enfoncé la moindre petite écharde dans un doigt de pied qu'il la lui enlevait délicatement, puis lui passait du mercurochrome. Il était de son devoir de s'occuper des blessures du corps. Exactement comme un cavalier devait s'occuper de son cheval.

« Alors... il n'a rien dit... » Et Kinouchi, après un instant de réflexion, continua : « C'est une question délicate... ce n'est pas digne de quelqu'un qui a la direction d'un club... il faut que je lui parle... la prochaine fois...

— Oh non ! surtout, ne lui dites rien... je vous en prie !

— Mais je tairai ton nom...

— Ce n'est pas le problème !... seulement il va penser et repenser à ce que vous lui aurez dit pour aller encore s'imaginer fièrement qu'il n'est entouré que d'ennemis stupides ! Dans son cas, il vaut mieux ne pas trop lui mettre la bride sur le cou !

— Mais tu es en pleine contradiction avec toi-même, tu ne trouves pas ? Avec ton aide il pourrait au moins réfléchir à sa conduite actuelle et s'efforcer de revenir à plus de naturel... »

Kinouchi, ne fût-ce même qu'à demi-mot, restait attentif à ménager autant que possible l'amour-propre de Kagawa. Mais ce dernier, hypersensible, ne manqua pas de s'en apercevoir et de regretter finalement cette visite nocturne.

La compétence, la longue expérience et la personnalité de Kinouchi en tant qu'entraîneur étaient pourtant à l'abri de toute critique. De plus, cet homme de cinquante ans mêlait harmonieusement connaissances pratiques et ingénuité enfantine.

Dans son dévouement à l'université, dans ses nostalgies, par son attitude de détachement vis-à-vis de tout honneur ou profit séculier, Kinouchi entretenait à la fois, en une effervescence permanente, une longue incapacité à s'adapter à la société et de vieux souvenirs de frustrations.

Pourquoi donc la société n'était-elle pas aussi transparente, aussi belle que le monde du sport ? Pourquoi les problèmes ne pouvaient-ils pas s'y régler par le seul moyen de victoires incontestables aux yeux de tous ?... Il avait fallu à Kinouchi de longues années pour transformer la rancœur inhérente à tout sportif en une sorte de réflexion poétique.

Pourquoi ?... Pourquoi ?... Plus Kinouchi se posait encore et toujours ces mêmes questions inutiles, plus sport et jeunesse gagnaient en beauté dans son esprit. Plus on les rapportait à la dépravation de la société, plus belles encore lui semblaient la boue et la sueur sacrées des sports...

Kagawa se désespérait à l'idée qu'en faisant état de sentiments que lui-même jugeait détestables, il n'en paraissait pas moins admirable aux yeux d'un Kinouchi. Ce dernier avait connu le monde et, quel que soit le désordre qui pouvait régner dans les relations entre les membres d'un club sportif, il croyait que c'était forcément plus propre qu'ailleurs. La cause était entendue.

Il y avait aussi la jeunesse de Kagawa... les chimères de Kinouchi face à la jeunesse... son indulgence infinie face à elle, même s'il l'assortissait d'une sévère ascèse sportive... Ils avaient beau parler ainsi d'homme à homme, tout cela, Kagawa le sentait bien, dressait entre eux un brouillard infranchissable.

« Encore ! vas-tu peut-être me dire, mais... » Et Kinouchi, s'enfonçant dans son fauteuil, ponctua son discours de gestes rappelant ceux qu'on fait pour essorer une serviette des deux mains : « Le kendô, vois-tu, quand on y pense, commence dans la paume de la main et finit par la paume de la main. Voilà ce que j'aurai appris en trente-cinq ans de pratique. Ce que peut comprendre un homme après avoir vraiment étudié se résume pour toute une vie à une seule et même chose, si minime soit-elle ! Cela suffit ! Oui, il suffit d'une seule chose...

« Regarde ce sabre qui est fait de si fragiles lamelles de bambou, eh bien, il peut, par cette seule paume, vivre et mourir. C'est assez mystérieux et passionnant à la fois. Pour moi, c'est un peu comme si on détenait le secret de la rotation de la terre.

« On dit traditionnellement dans le kendô que dans la tenue du sabre la main gauche doit se comporter comme si elle serrait un parapluie ouvert et la main droite comme si elle manipulait un œuf. Combien de temps peut-on tenir à la fois un parapluie ouvert et un œuf ? Essaie un peu, pour voir ! Au bout de trente minutes environ tu lâcheras le parapluie et tu écraseras l'œuf !... C'est sûr et certain !... »

Cette histoire, Kagawa l'avait entendue plusieurs dizaines de fois. Lorsqu'il buvait du saké, Kinouchi la racontait toujours, en faisant semblant de tenir en l'air, de ses grosses mains rustres qui allaient si mal à son doux visage, un sabre imaginaire. À ces moments-là, laissant amoureusement glisser et remonter son regard sur la lame moirée du sabre invisible qu'il avait en main, ses yeux étaient pleins d'une étrange passion.

Quand Kinouchi et Kagawa en venaient à parler de kendô, tous les problèmes de communication verbale, les éventuels malentendus psychologiques disparaissaient. La conversation prenait son envol, le monologue n'avait plus rien de solitaire : chaque mot correspondait à un souvenir passionné de combat ou d'entraînement.

Il arrivait aussi à Kinouchi d'introduire au milieu de leurs bavardages une de ces histoires fantastiques que le jeune homme affectionnait.

« Dis, tu sais comment on s'y prend pour arracher avec art la peau d'un visage ?

— Non, je ne sais pas...

— Eh bien, tâche de t'en souvenir ! Cela fait partie de ce que doit savoir un bretteur averti ! C'est écrit dans le dixième tome du *Hagakure*[1].

1. Livre essentiel du Bushidô (la voie des guerriers). Lorsque, à la fin de l'époque de Heian, le pouvoir passe des mains d'une noblesse tombée en pleine décadence à celles des guerriers, le Bushidô devient l'éthique officielle. Ce code resté longtemps non écrit se formalisera à l'époque d'Edo. Cf.

Tu taillades le visage en croix, et là, dans l'estafilade, tu urines, et avec tes sandales tu écrases, et tu tires. Il paraît que la peau vient alors très facilement. Le révérend Gyôshaku aurait appris cette technique secrète au cours d'un voyage dans le Kantô.

— Passionnant ! J'essaierai une prochaine fois !

— Fais attention à ne pas choisir quelqu'un à la peau trop épaisse ! Cela pourrait rater ! »

Là, brusquement, Kinouchi changea de sujet.

« A propos, j'en reviens à Kokubu... Tu sais quelque chose sur sa famille ?

— Non, absolument rien. Il n'invite jamais personne à venir chez lui. Voilà encore un point difficile à comprendre dans son cas...

— Ce n'est pas étonnant... En fait, son père est un riche médecin, propriétaire d'une magnifique clinique de chirurgie digestive, mais, depuis que Jirô est au collège, il a pris une maîtresse dont il s'est complètement toqué... Leur vie de famille n'est pas très gaie, son père ne s'occupe jamais des problèmes d'éducation de ses enfants, sa mère, devenue hystérique, boit pour se consoler et, dès dix heures du soir, elle s'en va jouer au mah-jong chez des amis pour ne revenir qu'au petit matin... dans ces conditions... c'est bien normal qu'il n'aime pas parler de chez lui...

— J'ignorais que la situation était aussi noi-

---

Jocho Yamamoto (1695-1719), *Hagakure : le livre secret des Samouraïs*, trad. de M.F. Duvauchelle, S.I.A.M.-Guy Trédaniel-Éditions de La Maisnie, 1984.

re... » s'étonna Kagawa, tout en pensant aussitôt qu'il n'y avait pas là motif à s'apitoyer. Kokubu était Kokubu, et il s'était frayé son propre chemin dans la vie, comme un homme devait le faire.

« Bon... enfin... il faut que tu retiennes bien cet aspect des choses... Mais n'en parle à personne, s'il te plaît... Moi, je connais un peu sa famille, depuis longtemps... et c'est pour ça que je le sais... » conclut Kinouchi.

## 4

Pour que sa barbe épaississe, Mibu ne manquait jamais de se raser chaque matin avant d'aller à l'université, malgré l'opposition de sa famille qui ne voyait là qu'un gâchis de lames. Il réclama alors un rasoir électrique, mais se heurta à un refus catégorique. En signe de protestation le garçon décida de suspendre son rasage pendant une semaine, mais le peu de barbe qui lui poussa, clairsemé sur un menton lisse et ambré, ne pouvait guère évoquer le faciès hirsute de qui ne s'est pas rasé depuis plusieurs jours. Ses poils le trahissaient.

Mibu est vraiment trop gamin pour son âge, pensait le reste de la famille. En effet, le jeune garçon avait grandi sans avoir connu cette période d'obstination ou d'instabilité qui caractérise le passage de l'enfance à l'âge adulte et s'était développé sans heurts.

Mibu révérait à s'en rendre malade Jirô Kokubu,

saisissant le moindre prétexte pour en parler à la maison. « Encore ! s'écriaient, moqueuses, sa mère et sa sœur. Tu n'as donc pas d'autres sujets de conversation ! »

Faute de mieux, Mibu se rabattait sur ses cousins lorsqu'ils venaient jouer chez lui, et leur parlait de Jirô. Ces derniers, en ayant vite assez, le lâchaient rapidement.

En général, à l'âge difficile de Mibu, on refoule au plus profond de son cœur toutes ses admirations en les tenant secrètes : l'illusion orgueilleuse de l'indépendance exige la pudeur des sentiments. Ses proches en avaient déduit que si Mibu s'épanchait aussi ouvertement, c'est qu'il était resté enfant.

Mais ce n'est pas ainsi que le jeune homme voyait les choses : la sérénité de Jirô, sa grande force morale et physique l'avaient envoûté, ce qui l'avait conduit à rejeter les lâches vanités de l'adolescence.

Il n'aurait pas le droit de vote avant l'année suivante. Mais, obtenir ce droit, devenir majeur pour baigner un jour dans le bonheur familial, c'était plus qu'il n'en pouvait supporter.

Il avait été, lui aussi, puni de la fameuse sanction de quarante minutes assis sur les genoux à même le plancher du dôjô. Un étudiant de première année leur avait dit en effet du mal de Jirô. Or Mibu, qui ne pouvait tolérer qu'on critique son capitaine, avait frappé l'imbécile. Ils en étaient venus aux mains et le cadet s'était mis à saigner du nez. Le capitaine adjoint les avait surpris, et, après arbitrage de Jirô, ils furent l'un et l'autre punis, étant tenus tous les deux pour coupables.

Jirô essaya bien de questionner Mibu sur la cause de cette bagarre, mais Mibu, résolu à ne rien dire, se contenta de fixer Jirô d'un regard éperdu.

À genoux sur le plancher, ses pieds s'étaient engourdis, ses jambes l'avaient brûlé et, les minutes passant, la douleur s'était infiltrée jusqu'à ses cuisses qui avaient commencé à trembler. Mibu avait pourtant tout supporté, heureux de cette preuve de virilité.

Quelque temps après, Jirô eut vent de la cause de la dispute. Il n'en dit rien à Mibu, mais dans le regard qu'il lui portait, Mibu sentit qu'un accord tacite s'était noué entre eux. Jirô ne le traita pas mieux pour autant, et Mibu lui en fut reconnaissant.

« Mais enfin ! Que trouves-tu donc d'extraordinaire à ton capitaine ? lui demandait quelquefois sa mère.

— Kokubu est pur et droit, il est très fort et, en plus, pas du tout prétentieux... Quand je pense qu'il peut y avoir des garçons comme lui, je suis désespéré...

— Eh bien, dépêche-toi de lui ressembler !

— Impossible... je suis trop nul !

— Si tu n'as pas plus confiance en toi que ça... déplorait sa mère d'un air réprobateur, et elle continuait : Y a-t-il des parents qui peuvent entendre des choses pareilles de la bouche de leur propre fils sans en souffrir ? »

Mibu ne pouvait plus rien faire sans que cela ne tournât à l'imitation de Jirô, mais, s'il arrivait bien à marcher ou à parler comme lui, il était convaincu que jamais il ne parviendrait à arborer un sourire aussi expressif et merveilleux.

Les dix-neuf ans de Mibu lui brossaient du monde adulte un tableau rempli de laideurs, et il frémissait déjà à l'idée que Jirô Kokubu allait d'une façon ou d'une autre s'y salir. Quelle n'était pas l'infinie cruauté de ce monde si, comme Jirô, après avoir atteint un sommet, jeunesse, pureté et force devaient dégringoler, puis se fracasser de l'autre côté du versant...

Mibu s'emportait à tout propos, s'insurgeant contre la décadence de la jeunesse, aussi ses parents s'inquiétèrent-ils un instant d'un possible engouement idéologique, à tort cependant, car Mibu ne s'intéressait en rien à la politique.

Il se fit un décompte détaillé des turpitudes de la jeunesse moderne, essayant de voir si l'une d'entre elles au moins pouvait s'appliquer à Jirô. Par exemple, la vanité de la recherche vestimentaire, la satisfaction facile des désirs sexuels, l'esprit de contradiction, la perte de vraies raisons de vivre suivie bientôt par l'attachement à des principes comme celui de « la famille d'abord ! », l'aspiration à tondre son gazon le dimanche, le rêve d'un petit pécule pour la retraite, etc. Rien de tout cela ne s'appliquait à Jirô. En dehors du dôjô, ce dernier n'était qu'un étudiant des plus discrets. Il n'attirait guère l'attention : on ne l'avait jamais vu, entre autres, se mêler aux conversations obscènes ni courir les filles, et il avait banni de lui tout esprit infantile de rébellion. Son but dans la vie, c'était le kendô, et c'était au kendô seul qu'il consacrait toutes ses forces. Il n'avait jamais fait état de la moindre ambition sociale, ni non plus du moindre rêve d'un bonheur facile ou peu viril. Pour l'instant il n'avait à l'esprit d'autre futur que la victoire aux prochains championnats nationaux. Une expression comme « avenir radieux » n'aurait jamais pu émaner de sa personne.

« Le bonheur n'est pas une pensée d'homme. »

Bien que Jirô ne l'eût pas réellement formulée, Mibu se plaisait à imaginer avec l'enthousiasme de ses dix-neuf ans que cette phrase résumait la philosophie de son aîné. Il était sans doute le seul, pensait-il, à avoir compris la source de l'extraordinaire rayonnement de son capitaine.

Un jour, alors que Mibu et deux autres étudiants de première année, membres du club de kendô, sortaient du campus, ils rencontrèrent Jirô devant la porte. Lui aussi quittait l'université. Ils le saluèrent, mais Jirô les invita à prendre quelque chose dans un café voisin. Les trois étudiants, très intimidés, restaient silencieux. Au bout d'un moment, pourtant, Mibu se lança et engagea la conversation :

« L'université H. est encore très redoutable ! Le frère d'une amie de ma sœur, qui y est étudiant, m'a emmené observer leur entraînement...

— Alors, c'était comment ? »

Mibu raconta brièvement ce qu'il avait vu.

« Leur club a beaucoup d'argent... commenta Jirô, et il continua : Avec leur budget annuel de six cent mille yens, ils se payent un entraîneur professionnel... Et par-dessus le marché les anciens leur donnent de l'argent... Bon, mais de toute façon, nous ne nous laisserons pas avoir par l'argent... la victoire, c'est une question d'entraînement... c'est tout... »

Juste à ce moment-là, trois étudiants de l'université qui occupaient un box tout près de l'entrée des toilettes éclatèrent soudain d'un rire bizarre, et on vit une jeune fille, tête baissée, sortir à toute vitesse des toilettes en se frayant un chemin à travers les tables.

« Encore eux ! Ils recommencent, les imbéciles dit un des étudiants qui étaient avec Jirô.

— Qu'est-ce qu'ils font ?

— Quand ils viennent ici, ils se mettent toujours sur ces banquettes, en attendant qu'une fille aille aux lavabos... Mais regardez plutôt... voilà... »

Une étudiante ne se doutant de rien venait d'entrer dans les toilettes. Le petit groupe de Mibu observait. La porte s'ouvrit enfin et la fille ressortit. Passant leurs têtes au-dessus de la banquette, les étudiants dans leur box l'apostrophèrent en chœur :

« Alors, c'était bien ? Y en a eu beaucoup ?... Dis, c'était agréable ?... »

La fille rougit et s'enfuit en courant, prête à pleurer. On n'entendit plus que le rire vulgaire des trois étudiants qui ricanaient en se donnant des bourrades.

C'en était décidément assez de cette lugubre plaisanterie, aussi tordue qu'abjecte ! Mibu sentit la colère l'envahir. Ces idiots portaient atteinte à l'honneur de l'université ! Il ne cessait de regarder Jirô, espérant de tout son cœur qu'il se levât, exaspéré. Si Jirô se levait, Mibu et les autres le suivraient avec joie.

Jirô, cependant, se taisait, semblant réfléchir intensément. Mibu essayait d'imaginer quelle serait sa décision. Allait-il se lever et, les saisissant brusquement au collet, les traîner hors du café pour les rouer de coups ? Non... Cette sorte de violence fougueuse ne lui ressemblait en rien. Allait-il alors d'un air tranquille se rendre lui-même aux toilettes et, à la sortie, les ridiculiser en leur lançant : « J'en ai fait beaucoup ! C'était très agréable !... » ? Non, ce genre de comique n'allait pas non plus à Jirô.

L'expression sérieuse qu'il avait prise fit trembler Mibu d'un heureux pressentiment. C'était sûr ! Jirô réfléchissait au concept même du mal, de l'injustice. Car enfin, une bêtise aussi minable que celle qu'ils voyaient s'accomplir sous leurs yeux ressemblait à s'y méprendre au vieux coton extirpé d'une déchirure de matelas : si l'on continue à tirer, on découvre qu'il fait partie de cette énorme masse grise que constitue le vice. Et le regard transparent de Jirô était certainement en train d'évaluer l'ampleur du mal.

Il se décida tout à coup :

« Venez ! On va changer de place ! »

Mibu fut déçu : Jirô allait-il fuir devant le mal ?

Il y avait des places vides un peu partout dans le café et même à côté du fameux box. Jirô se leva, Mibu et les autres suivirent. Il s'approcha rapidement des trois étudiants.

« Hé ! » leur lança-t-il en les gratifiant de son sourire charmeur tout en s'inclinant légèrement. Comme ils ne le connaissaient pas, ils se regardèrent d'un air dubitatif.

« Je m'appelle Kokubu, du club de kendô. Vous avez déshonoré notre université par votre conduite ! Sortez de là et laissez-nous nous asseoir !

— Quoi ? Qu'est-ce que tu racontes ? Il y a plein d'autres places, non ?

— Dans ce cas, allez-y !

— Tu veux rire ? »

Et l'un d'eux détourna la tête en faisant claquer sa langue.

« Allez, vite ! On change ! » insista Jirô.

Face à sa détermination, l'un d'entre eux, en maugréant, commença à se lever, signant ainsi leur défaite. Alors, cassés en deux, le dos courbé et se cognant partout, les trois étudiants se dirigèrent vers la banquette voisine. Mais brusquement Jirô leur barra de tout son corps le chemin du box libre :

« Non ! Par ici, voulez-vous ? »

Leur embarras les rendait plutôt comiques. Jirô, avec un naturel parfait, les poussait droit devant eux, tandis que Mibu et ses camarades restaient derrière, tendus.

« Voilà, c'est là ! » dit Jirô en leur indiquant les toilettes.

L'un d'eux, au contact de la porte, voulut se retourner violemment et faillit tomber.

« C'est là... oui... là... Allez ! Entrez là-dedans ! » Et Jirô toujours imperturbable les poussait l'un après l'autre.

Ils se retrouvèrent tous les trois entassés dans un W.-C. à peine plus grand qu'un tatami. Lorsque la porte se referma sur eux, on eut l'impression de voir trois silhouettes coincées dans un tout petit ascenseur.

Jirô s'assit alors à leur place, suivi de Mibu et des deux autres.

« Bon. Quand ils sortiront, on leur rira au nez », expliqua Jirô.

Et tous les quatre, ils se mirent à regarder la porte d'un air amusé, se demandant quand elle allait s'ouvrir. Il y eut une première tentative, mais elle se referma aussitôt. Serrés comme des sardines, il était clair qu'ils devaient se consulter sur le moment le plus opportun pour tenter une sortie.

Brusquement, la porte s'ouvrit avec fracas et un des garçons s'élança. Les étudiants du club de kendô, têtes bien alignées au-dessus de la banquette, s'esclaffèrent. Un autre garçon sortit d'un bond et se faufila comme il le put, redoublant d'efforts pour éviter de regarder les visages moqueurs. Les quatre kendôka riaient maintenant à gorge déployée. Un certain laps de temps s'écoula, puis le dernier garçon, tout en pliant ostensiblement un mouchoir de couleur dans sa poche de poitrine, sortit en traînant les pieds, s'efforçant de ne présenter qu'un profil indifférent. Il passa devant le box où étaient assis les quatre étudiants qui rirent de plus belle.

Jirô est extraordinaire !... pensa alors Mibu.

Mibu n'avait encore jamais eu de conversation réellement sérieuse avec Jirô, mais un jour qu'ils s'étaient rencontrés par hasard devant les parterres fleuris de la bibliothèque et que Mibu voyait jouer là quelques enfants du voisinage pouvant avoir dans les quatre ou cinq ans, il lui demanda :

« Dites, Kokubu, vous aimeriez avoir des enfants, vous ?

— Qui ? Moi ? Je n'y ai encore jamais réfléchi... je ne sais pas... Est-ce qu'on aime forcément ses propres enfants ?

— Mais un jour, même vous Kokubu, en aurez, non ?

— Oui. Ce sera bien, certainement, d'ailleurs...

— Est-ce si loin que cela ? »

Soudain quelque chose se déchira puis tomba du visage de Kokubu, quelque chose comme une feuille d'argent arrachée par le vent. Ainsi sans le savoir, Mibu avait enfreint un interdit :

« Éternel recommencement, l'homme naît puis meurt, pour renaître encore... Quel ennui !...

— C'est toi qui as pensé ça, Mibu ? Ou bien l'as-tu lu dans un livre ?

— Non... c'est une idée... comme ça... très floue...

— Alors, arrête ! Ne pense plus à l'avenir ! Tu ne crois pas que tu es trop jeune, non ?

— Mais c'est parce que je suis jeune que je crois en l'avenir !

— Moi aussi, j'y crois ! Moi aussi j'ai un but dans la vie ! Mais je n'ai pas le temps de penser à des choses aussi banales et ennuyeuses... »

Et Jirô avait comme craché ces dernières paroles.

L'observant, Mibu avait ressenti avec angoisse que le présent qui s'étendait devant les yeux de son capitaine brûlait, incandescent, boule de feu glacée dont il ne pouvait détacher le regard.

« Comme je voudrais devenir aussi fort que vous, Kokubu...

— Il n'y a que l'entraînement ! Il n'y a pas d'autre moyen que l'entraînement... l'entraînement... le kendô... » répliqua Jirô.

## 5

Il fut décidé que le stage d'été débuterait vers la fin des vacances, le 23 août, pour douze jours en comptant les jours d'arrivée et de départ. Il se tiendrait à Tago, petite ville de pêcheurs sur la côte ouest de la presqu'île d'Izu. Le maire, un ancien de l'université, faciliterait les choses.

Le stage lui-même se déroulerait dans un temple zen, le temple Enryûji. La fête annuelle du village se terminant le 21, la plupart des touristes qui accouraient de toute la région pour y participer seraient déjà repartis. Et, dès que les bateaux de pêche à la bonite auraient repris la mer pour les lointaines îles Bonin ou même pour les Mariannes, on entrerait définitivement dans la morte-saison.

La chanson de Tago débute par cette strophe :

*À Izu les ports sont nombreux*
*Venez à Tago voir les montagnes*
*de poissons*
*Le mont Ima au septentrion accueille*
*le soleil du midi*
*Qui couvre de fleurs ses champs*
*en terrasses.*

Tago, blottie au fond de l'étroite vallée prise entre les deux flancs de la chaîne volcanique Nekkokazan, ne possède que cinq pour cent de terrain plat et sa population se compose d'environ un peu plus de mille foyers.

Le port, un des meilleurs de la presqu'île d'Izu, avec, dès l'entrée, une profondeur de cinquante-cinq mètres, abrite vingt-quatre chalutiers diesel pour la pêche au thon ou à la bonite, et fait face à trois petites îles escarpées : Tagojima, Takanoshima et Bentenjima. Le panorama offre ainsi une variété infinie de perspectives.

En dehors de la pêche, la culture des fleurs va bon train sur les pentes qui plongent directement dans la mer et la production de petits pois mange-tout destinés au marché national est en augmentation constante. Mais, à part cela, c'est une région largement dépendante pour la consommation de base. Aussi, durant le stage, les étudiants de service auraient-ils pour mission d'établir les menus du jour en recherchant les produits les plus nutritifs au meilleur prix, et de faire eux-mêmes la cuisine.

Le temple Enryûji est accolé au mont Otago, et pour y accéder il faut, du centre-ville, emprunter un tunnel. Près du temple un collège récemment construit se trouve flanqué d'un superbe gymnase qui ferait office de dôjô pour l'entraînement quotidien.

Les trente-huit étudiants avaient pris le bateau à Numazu, suivant ainsi la ligne maritime qui longe la côte ouest de la presqu'île d'Izu pour arriver enfin à Tago alors que le soleil commençait à décliner. Le soir, le maire avait fait porter au temple des mets de toutes sortes pour un véritable festin de bienvenue. Après la première nuit, au petit matin suivant, le dur entraînement débuterait... La chaleur de la fin de l'été serait impitoyable, et comme certains étudiants se faisaient déjà une joie de pouvoir nager, dès leur arrivée ils furent très sévèrement mis en garde par Jirô :

« La natation, leur dit-il, est un sport total qui fait appel à tous les muscles. Il est donc strictement interdit de se mettre à l'eau, même pendant les périodes de repos. Ces moments sont prévus pour vous permettre de récupérer physiquement, et il est donc absolument exclu de pratiquer un sport qui vous apporterait un surcroît de fatigue. Nous sommes peut-être au bord de la mer, mais considérez que, pour vous, la mer n'existe pas. Si, par mégarde, il vous arrivait encore de la voir, ce serait la preuve que vous n'êtes pas encore pleinement entrés dans l'entraînement...

« Ah ! Encore un mot. Et je m'adresse là tout particulièrement aux étudiants de première année : tâchez de bien manger ce soir, au dîner offert par le maire, plutôt trop que pas assez. À partir de demain et cela pendant trois jours, la fatigue vous fera perdre presque complètement l'appétit. Mais soyez sans crainte, dès le quatrième jour, vous vous remettrez à manger. »

Tandis qu'il donnait ses instructions aux étudiants assis en rang dans la grande salle sombre du temple, Jirô se remémora soudain les paroles que Kinouchi lui avait adressées avant le départ. « Crois-moi ! Sois moins sévère lorsque tu entraînes tes cadets !... Tu pourrais par exemple leur accorder davantage de moments de détente... — Bien sûr, mais il ne faut pas les traiter en gamins ! » avait-il vertement répondu. Car il n'y avait guère de place pour le doute dans ses convictions. Dès le lendemain les stagiaires s'entraîneraient jusqu'à tomber d'épuisement. Jirô voulait leur faire goûter cette sensation de renouvellement qui survient après l'anéantissement de soi et dans laquelle on sent, comme une aube qui s'éveille, quelque chose de merveilleux poindre au fond de son corps. Sensation qu'au moins lui connaissait bien.

« Nous sommes venus ici pour souffrir ! Pas

pour nous distraire. Mettez-vous bien cela dans la tête ! »

Et c'est ainsi, par ces mots décisifs, que Jirô clôtura son discours inaugural.

L'aube du premier matin de stage s'était levée.

« Debout ! » La voix de l'étudiant de quart s'élança sur les garçons couchés dans la grande salle du temple. Le premier matin la tension est toujours extrême, personne ne joue les endormis. Et comme ranger son matelas et se laver la figure ne devaient pas prendre plus de dix minutes, une bousculade confuse s'ensuivit. Jirô hurla :

« Quelle pagaille ! Vous perdez du temps comme ça ! La moitié d'entre vous ira se laver après avoir plié son matelas et l'autre moitié fera l'inverse. Si chacun respecte cette règle, on ira vite. Mibu ! Les volets ! »

Le premier à avoir été nommé par Jirô en ce premier matin de stage, Mibu sentit monter en lui une joie exigeante qui le fit presque tressaillir. Il repoussa de chaque côté les lourds panneaux du temple, dans une sorte de corps à corps avec le bois. La mer scintillante sous le lever du soleil par-delà les montagnes de l'est, la mer de l'interdit s'offrit à ses yeux.

« Allons, qu'est-ce que vous faites à traîner comme ça ? Les dix minutes sont passées ! » cria à nouveau Jirô.

Un quart d'heure plus tard enfin, assis à genoux sur les tatamis du temple, ils purent commencer quinze minutes de méditation.

À six heures trente, débuta la première heure d'entraînement de la matinée.

En chaussures de sport et tenue d'entraînement, ils se rassemblèrent dans le jardin principal tout rempli de moineaux gazouillants. Pas la moindre silhouette du révérend, mais déjà le jardin avait été balayé, sanctifié, et laissait voir, vierge, l'ombre de chacun des petits graviers.

Le groupe s'ébranla pour une course de trois mille mètres au pas de gymnastique. Il descendit l'escalier de pierre et arriva sur la départementale qui longe la mer. Il passa ensuite dans le tunnel d'Otago, traversa la ville, emprunta le tunnel Chitôda pour déboucher à l'extrême sud de l'agglomération, ce qui faisait environ mille cinq cents mètres, soit un parcours total de trois kilomètres aller et retour.

La ville de pêcheurs était depuis longtemps réveillée. Ce jour-là encore, des bateaux de haute mer devaient partir, et plusieurs femmes, vieilles et jeunes, marchaient vers les quais.

« Une, deux... une, deux... » Jirô, tout en scandant le rythme, ressentait au coin externe de son œil droit l'intense et lancinante clarté de cette mer qu'il avait interdite.

L'escalier de pierre du retour est dur. Le groupe se retrouve pourtant dans le jardin du temple. Sur l'ordre de Jirô, on enchaîne aussitôt avec des mouvements de gymnastique et l'échauffement prend fin.

« Allez chercher vos sabres et mettez-vous en

rond !... Qu'est-ce que vous faites ? Dépêchez-vous ! Allez, au pas de course ! »

Dans la cour le soleil est déjà chaud. Les étudiants forment un cercle, et chacun tour à tour comptant à haute voix jusqu'à dix, ils font d'abord plus de trois cents frappes souples à vide, puis, sans marquer d'arrêt, ils enchaînent cent cinquante frappes rapides.

Le régisseur Yamagishi, qui d'habitude ne participait pas à l'entraînement, se joignit à l'exercice. Murata, le capitaine adjoint, homme mûr et plutôt lymphatique, semblait toujours dormir, avec ses paupières tombantes, mais cette impression se renforçait encore dès qu'il prenait son sabre. Kagawa, de son côté, exécutait sa suite de frappes sans aucune expressivité. Seul, Jirô maintenait une position correcte, et, le regard intense, fendait l'air du matin d'un sabre résolu. Au cœur du col indigo qui s'écartait puis se refermait suivant les mouvements du jeune homme, un petit triangle de poitrine blanche brillait, humide de la sueur éclairée par les premiers rayons du soleil.

Les sifflements vides des trente et quelque sabres de bambou, mêlés aux cris qui se transmettaient d'un stagiaire à l'autre, résonnaient contre les flancs de la montagne derrière le temple. Les bouches exhalaient un souffle violent, les poitrines se soulevaient, se contractaient pour libérer, au centre du cercle resté vide, une immense énergie qu'on aurait pu facilement trouver vaine.

Matin d'été, souffrance d'un premier et intense entraînement, vent marin, compagnons et adversaires de combat, joie clairement consciente et excitation fiévreuse proche du vertige... tout se fond maintenant dans une incroyable fatigue. Il n'y a plus que les crépitements d'une trentaine de sabres qui fendent verticalement le vide. Cris secs et légers du bambou. Et, enfoui en eux, un éclat de paillettes d'or. Mibu, ayant fini sa série de frappes, se sentait envahi, en attendant les ordres de Jirô, par une agréable impression d'anéantissement.

Formant des petits groupes de trois ou quatre, ils coururent des sprints rapides de cinquante mètres. Puis reçurent la consigne de se mettre en cercle pour faire des abdominaux.

« Quinze, seize, dix-sept, dix-huit... » comptait Jirô, en respirant lui-même difficilement.

Mibu vit alors, surgies à la surface du sol ocre et desséché du jardin, ses propres gouttes de sueur dessiner plusieurs petits points noirs. La sensation de la terre sur la peau de ses mains fut d'abord une sensation de nouveauté, comme s'il scellait de l'empreinte de ses doigts quelque chose de parfaitement vierge, mais, plus le nombre des tractions augmentait, plus il sentait le sol se transformer sous ses paumes en une force mauvaise qui, rebelle, indocile, le repoussait du fond des ténèbres.

« Vingt-cinq, vingt-six, vingt-sept, vingt-huit... »

Dans la douleur qui le transperça à la naissance de l'épaule, Mibu eut l'impression que la terre jaune se projetait vers lui pour le mordre au visage. Des gouttes noires de sueur se multipliaient pour sécher et disparaître. Mais voilà qu'elles se mettaient à bouger. Des fourmis ?... il ne savait plus. Il ne pouvait croire à l'existence de fourmis en un tel endroit.

« Trente-cinq, trente-six, trente-sept, trente-huit... »

D'un coup d'œil il vit que le régisseur Yamagishi s'était arrêté depuis un bon moment et qu'il semblait très occupé par quelque chose, là-bas, devant l'entrée du bâtiment principal du temple. Kagawa aussi avait abandonné, et, son sabre au côté, il encourageait les premières années.

« Quarante-cinq, quarante-six... »

Ceux qui résistèrent jusqu'à la fin, totalisant jusqu'à soixante-dix tractions, n'étaient plus que quinze, sans compter Jirô lui-même.

Et lorsqu'on passa aux mouvements d'assouplissement, Mibu put savourer longuement la fierté d'avoir été parmi les quinze derniers.

Huit heures : petit déjeuner. Les deux étudiants de première année qui se trouvaient de service ce jour-là avaient fait une soupe au miso bien chaude.

La veille, les tours de corvée avaient été affichés : repas, ménage, lait étaient confiés aux premières et deuxièmes années. Le tour de Mibu venait le troisième jour, et comme il devait s'occuper des repas il lui faudrait dès le lendemain prendre le relais en réfléchissant par avance aux menus ou aux courses à faire.

Correctement assis sur les genoux, les stagiaires

entonnèrent d'une même voix les salutations d'usage avant de prendre leurs baguettes.

Pendant l'heure de repos qui suivit le repas, Mibu n'aurait même pas eu la force de tourner son regard vers la fenêtre ouverte sur la mer. Et à dix heures débutait déjà l'implacable entraînement de kendô !

Ils mirent sur leur tenue la protection ventrale, attachèrent les pans au-dessous de la ceinture, prirent masques, gants et sabre, et se dirigèrent vers le gymnase du collège.

Le gymnase était neuf, splendide, mais le sol, à la différence des vrais dôjôs, n'avait aucune élasticité : chaque saut renvoyait une sourde douleur dans la plante des pieds.

Jirô Kokubu s'avança au centre de la salle pour diriger la première séance du stage d'été.

De sa voix claire, il déclara la session ouverte.

Il donna ensuite l'ordre des mouvements d'assouplissement. Et, quand ceux-ci furent terminés, il choisit parmi les vétérans les étudiants qui conduiraient les attaques, puis fit mettre les masques. Après les frappes d'entraînement suivirent deux heures intenses principalement occupées aux attaques frontales.

Il connaissait par cœur toutes les qualités, défauts et manies de chacun des kendôka. Ni masque, ni armure, ni distance ne pouvaient l'empêcher de reconnaître l'identité du pratiquant. Il s'efforçait lui-même, en conservant un juste écart face à l'attaquant, de bouger le plus possible tout en s'appliquant à développer les mouvements de ses partenaires. Lorsqu'il pressentait leur fatigue à la pointe de son sabre, il les encourageait en vociférant de plus belle, les amenant à l'extrême limite de leurs forces. Par toutes sortes d'invectives, Jirô savait nourrir leur volonté de combat.

Dans un dôjô, il était tel un dieu furieux : toute l'énergie et l'ardeur de l'entraînement semblait venir de lui, rayonner et comme se propager autour de lui. Cette chaleur et cette passion, il les tenait sans aucun doute du soleil, de cette boule de feu qu'il avait contemplée lorsqu'il était enfant.

Elles lui donnaient confiance. Et qui, mieux que lui-même, aurait pu se transformer en cette magnifique somme de confiance qu'il devenait alors, quand il se trouvait dans un dôjô ? Lorsque, le sabre en garde au-dessus de sa tête, Jirô s'élançait pour frapper le masque de son assaillant, cette assurance éclatait, évidente, aristocratique, écrasant tout de suite l'adversaire.

Les étudiants de première année, pendant leurs rares instants de repos, chuchotaient entre eux, essoufflés :

« Regardez ! Regardez la tenue de son sabre ! Avec une pareille trajectoire il pourrait trancher un crâne ! »

Ainsi, dans cette garde d'une parfaite justesse, son sabre devenait-il comme une immense corne menaçante plantée sur sa tête, tandis qu'une énergie proliférante pareille à des cumulo-nimbus dans le bleu de l'été semblait transcender le ciel. Spectacle d'une éclatante arrogance... Au-dessus des barreaux étincelants de son masque, le sabre, pointe délicate tournée vers l'azur, semblait paisiblement contempler son adversaire. Lorsqu'il frappait, l'air, pour ainsi dire, était fendu en deux, et le coup qui atteignait le crâne n'était autre que la déchirure noire et instantanée des cieux.

Aujourd'hui, cependant, limité par l'entraînement, son kendô ne montrait nulle trace d'une telle majesté.

Tourbillon moqueur, Jirô fatiguait, épuisait ses attaquants. Chaque phase de ses mouvements, contrairement au désordre montré parfois par Kagawa, se conformait à des critères bien précis. Il se révélait présent à chaque instant, dans des formes pures, aisées et naturelles. De sorte que les jeunes étudiants inexpérimentés avaient l'impression, lorsqu'il les faisait travailler, d'avoir devant eux plusieurs Jirô Kokubu à la fois.

Les bruits secs des sabres de bambou explosaient au milieu des cris, de la sueur, de l'écho assourdi des pas foulant le sol, au sein des vibrations de cet ensemble composite qui formait une vaste caisse de résonance : une immense vague déréglée emmenait avec elle dans sa large ondulation les respirations désordonnées des combattants.

« Yaa !

— Tôo !

— Alors ! Qu'est-ce que tu fais ?

— Viens là un peu ! »

Obscur tourbillon des éclats de voix et des corps dansants, tout semblait se résumer en un unique cri du sang.

Mais seul Jirô était là, transparent. Au milieu

de ce monde troublé, il gardait une évidence cristalline. Toutes les forces qui se déployaient autour de lui en devenaient synonymes d'ignominie.

Dans ce sourd grondement, et trop rapidement pour qu'aucun regard ne puisse l'appréhender, Jirô évoluait sereinement. Lorsqu'il marquait un temps d'arrêt, c'était un faisceau indigo de forces sinistres, inviolables, tendues et menaçantes.

## 6

Le troisième jour, jour de cuisine de Mibu, marqua l'apogée de la fatigue, et pendant les moments de repos les bavardages en étaient réduits à leur plus simple expression.

La chaleur accablante et l'épuisement physique se faisaient lourdement sentir sur les épaules de chacun des membres de ce groupe de jeunes. Mibu, dans la vaste cuisine du temple, aidé d'un autre étudiant, remuait inlassablement une sauce au curry dont l'odeur lui portait au cœur.

Pendant ces trois jours, l'entraînement avait commencé dès six heures trente par une heure de gymnastique, suivie à partir de dix heures de deux heures d'exercices intensifs centrés sur les frappes d'attaque ; les après-midi, de trois heures à cinq heures, avaient été consacrés à l'entraînement de kendô proprement dit, et le soir, de huit heures à neuf heures, on s'était réuni pour une réflexion sur la journée écoulée : trois jours identiques à eux-mêmes, sans aucun relâchement. Mibu entendait encore résonner à ses oreilles la voix de Jirô pendant les séances récapitulatives du soir : « Une pratique du kendô qui serait uniquement centrée sur l'attaque serait exécrable. Ce qui importe, c'est la justesse de la frappe. La lame du sabre doit s'efforcer de suivre l'axe... Attention aussi à vos distances de garde, elles manquent d'envergure... »

Mibu remua encore et encore la sauce au curry. Son bras était de plomb. Le seul fait de se tenir debout le faisait souffrir.

Du logement du temple, s'élevait la voix du révérend qui, paresseusement, psalmodiait sans cesse les litanies du sûtra du bodhisattva Kannon : « Celui qui perçoit les sons du monde... Louange au Bouddha... Kanzeon Namubutsu Yobutsuuin Yobutsuuen Buppôsôen Jôrakugajô Chônenkanzeon Bônenkanzeon Nennenjushinki Nennenfurishin[1]. »

Mibu regarda ses doigts de pieds. La chair entre le gros orteil et le doigt voisin brillait du rouge frais et féerique du mercurochrome.

De service ce troisième jour, Mibu s'était levé trente minutes plus tôt que les autres, et bien qu'il ne fût pas encore midi, il ne cessait de bâiller sous l'emprise d'un sommeil irrésistible. Dans un coin de son cœur pourtant, il redoutait que Jirô n'aime

1. Kannon : cf. note 1, p. 60. Le *sûtra de Kannon* correspond en fait au chapitre XXIV du *sûtra du Lotus de la Bonne Loi* qui renferme les idées essentielles du Mahâyâna (Grand Véhicule). Le texte sanscrit a été traduit en français par M. E. Burnouf, Imprimerie nationale, Paris, 1852 (réimpression en 1989 par Maisonneuve, Paris).

pas son curry. Si Jirô s'en régalait, combien ne serait-il pas heureux au contraire du plus mince des compliments... Alors Mibu sala, poivra, goûta... ajouta du curry, goûta encore et sucra légèrement. Aussi triste qu'une palette de peintre où plusieurs couleurs se seraient mélangées, la saveur de la sauce était devenue tellement compliquée que Mibu se sentait perdu.

Notes de stage du responsable du jour, Mibu :

| | |
|---|---|
| 26 août | beau temps |
| Étudiants de service | Mibu, Maeda |
| Nombre de stagiaires | 38 |
| Courrier : lettres pour | Kuwano, Oikawa, Sasaki |
| Budget | 2 700 yens |
| Légumes | 1 600 yens |
| Viande | 600 yens |
| Poisson et autres | 500 yens |

Notes personnelles : Aujourd'hui encore c'est la canicule... et quelle canicule !... Aucun d'entre nous ne doit céder à cette chaleur, ni se laisser abattre : la responsabilité de celui qui a la charge des repas est bien lourde... Troisième jour de notre terrible entraînement... selon le capitaine, c'est à partir du quatrième jour qu'on a de l'appétit !... Et dire que mon tour de service est tombé le jour d'avant ! Quelle malchance ! Mais finalement j'ai l'impression que ce riz au curry qui m'a donné tant de mal a été apprécié... quel bonheur !

C'est ainsi qu'écrivit Mibu dans le registre commun, mais en omettant de dire que son héros, Kokubu, avait mangé dans le plus grand silence sans laisser percer le moindre sentiment de satisfaction ou de dégoût.

Avec le quatrième jour, on abordait la mi-session et l'entraînement devint au moins subjectivement plus facile.

Alors que la fatigue physique augmentait, on entrait paradoxalement dans une sorte de routine. Comme il l'avait projeté, Jirô renforça les exercices qui devaient l'être, ajoutant des rotations dans l'entraînement, augmentant le nombre des combats. L'ensemble devint ainsi plus souple, et chacun ressentit la joie d'avoir acquis une certaine confiance en soi, un peu comme si après une difficile et dangereuse escalade ils avaient enfin débouché en terrain plat.

Le cinquième jour il y eut un télégramme de Tôkyô. Kinouchi disait qu'il ne pouvait venir le sixième jour comme prévu : il avait un empêchement et ne pourrait les rejoindre que le huitième jour. Comme ce jour-là son bateau arriverait pendant la pause du début de l'après-midi, Kinouchi ajoutait qu'il n'était pas nécessaire de venir l'attendre.

« Il parle de ne pas venir l'accueillir ! Mais ça, c'est absolument exclu ! affirma Jirô devant tout le monde. Yamagishi, Murata et moi-même irons tous les trois le chercher au port. Kinouchi arrivera certainement chargé de toutes sortes de bonnes choses pour nous donner du courage... il faut des porteurs !... »

Les cadets, qui, comme l'avait prédit Jirô, avaient retrouvé tout leur appétit, poussèrent des cris de joie à la pensée des victuailles apportées par leur chef.

Le huitième jour arriva.

Le stage entrant dans sa phase finale, l'entraînement portait essentiellement sur des simulations de combats, des approfondissements techniques. Et les kendôka admirèrent enfin cette imposante frappe à la tête dont Jirô pouvait être fier. En l'occurrence, il combattit contre Murata. Jirô, en position de frappe oblique gauche à deux mains, fixait l'adversaire en ouvrant deux grands yeux immobiles et sans passion à travers l'angle formé par ses deux bras puissants tendus au-dessus de son masque.

Son regard semblait vide de tout désir. Ne pourrait-on donc jamais trouver au fond de lui quelque chose comme une soif violente, desséchante ? Une volonté autre au moins que celle de remporter le championnat national ?

Ce jeune homme, parvenu au faîte de sa force et retenu étroitement prisonnier de son idéal de gloire et d'honneur, voulait peut-être ne pas s'illusionner lui-même sur la valeur qu'il avait acquise, mais n'en ressentait pas moins, semblait-il, comme une sorte d'ennui. Il vivait dans son monde, un monde où il essayait de se rendre le plus transparent possible, et, toujours en quête de lui-même, il ne lui restait déjà plus qu'à s'en remettre à son propre regard calme et vierge de tout sentiment.

Ses yeux, dans l'ombre voilée du masque, sous les sourcils humides de sueur et dans la brume chaude de sa propre respiration, ses yeux étaient comme deux cristaux d'intelligence glacée. Ni le lustre de son jeune visage ni l'odeur de sa propre chair toute moite ne pouvaient détruire la paisible lumière qui s'en dégageait, cette sérénité du regard dont l'équilibre, à peine rompu, se rétablissait aussitôt. Des yeux de jeune renard épiant l'ennemi depuis les profondeurs de son terrier.

Son sabre tenu très haut en travers au-dessus de sa tête avait quelque chose d'impérieux, mais la force qui le soutenait était, elle, imperceptible : croissant de lune vespéral flottant dans l'espace. Pied gauche en avant, pied droit en arrière, le buste légèrement tourné, immobile, Jirô faisait face. Sur son armure noire qui suivait pas à pas les mouvements de l'adversaire et réfléchissait une sourde lumière, brillaient les deux cotylédons dorés, avec leurs feuilles jaunes, pointues, qui se répondaient dans la plus parfaite des symétries.

Jirô Kokubu était donc devenu le représentant d'un monde de silence, sans règles établies, carrefour de tensions où tout pouvait survenir d'un instant à l'autre. C'est à la croisée des chemins qu'il existait vraiment. Et s'il était parvenu à ce stade, c'est parce qu'il avait décidé qu'il « devait » en être ainsi.

Comment, se demandait tout frissonnant Mibu, comment pouvait-il supporter de vivre dans cette discontinuité permanente ? Jirô faisait-il le lien entre tous les points extrêmes de sa vie ?

Murata dirigea son sabre vers les yeux de Jirô en évoluant lentement vers la gauche. Dans le dôjô, c'était comme si de lourds rideaux avaient été tendus, de lourds et noirs rideaux qu'aucun souffle d'air n'aurait pu faire bouger. Au sein d'une telle atmosphère, la chaleur devenait comme autant de piqûres d'aiguilles argentées.

Murata continua sa progression vers la gauche. Ce corps humain, si présent, avait beau essayer de se déplacer tout en maintenant la même posture, chaque fibre de sa chair, avec de petits crissements, s'opposait à cette volonté. Et c'est sur ce manque de souplesse, véritable grain de sable dans le mouvement de Murata, que le sabre de Jirô, telle une violente cascade, s'abattit brutalement.

Le sabre s'élança presque de lui-même en même temps que l'attaquant poussait un cri sauvage. Il vint frapper avec un bruit sourd de baguette de tambour l'armure ventrale de Murata, l'esprit encore tout occupé à se protéger la tête.

Mibu poussa un soupir de soulagement et détourna son regard. Il eut l'impression qu'il n'aurait pu supporter davantage une telle tension. Alors, par les portes grandes ouvertes du gymnase, en contrebas, il vit briller la lame effilée de l'horizon marin.

Il se souvint des premiers mots de Jirô, au début de la session : « Si la vision de la mer attire votre regard, c'est la preuve que vous n'avez pas encore pénétré à fond dans l'entraînement. »

Le bateau de Kinouchi devait accoster en principe à treize heures, mais les horaires maritimes étaient si rarement exacts que Jirô, Yamagishi et Murata décidèrent, au cas où le bateau serait en avance, de partir de l'Enryûji aussitôt après le déjeuner.

Le débarcadère se trouvait à l'extrême sud du port d'Otago, juste devant le tunnel Chitôda, et il fallait un certain temps pour y arriver à pied.

Les stagiaires restèrent donc seuls dans la chaleur humide de la grande salle du temple.

Pas le moindre souffle de vent. Bourdonnement oppressant des cigales omniprésentes.

Les trente-cinq étudiants, torse nu, se reposaient dans la vaste salle du temple : ambiance relâchée où chacun se décontractait à sa façon. La plupart demeuraient allongés, quelques-uns s'étaient assis sur l'appui des fenêtres, d'autres encore avaient formé un cercle pour jouer aux cartes. Une des fenêtres restait masquée par un arbre du phénix dont les palmes filtraient l'aveuglante clarté du soleil.

La sueur imprégnait les dos nus, les éventails s'agitaient mollement. Partout sous l'effet de subtils jeux de lumière, les chairs juvéniles laissaient apparaître de luisantes sinuosités comme les nœuds qu'entremêleraient les racines d'un arbre colossal.

Au fond du temple l'autel et sa statue de Bouddha restaient ensevelis dans l'obscurité, malgré le jour environnant. Les attributs religieux, les banderoles attiraient les regards par le faible éclat de leur dorure, mais les étudiants étaient déjà tous las de s'amuser bêtement avec l'instrument de bois en forme de poisson creux servant à rythmer les cérémonies.

Ce n'était pas la même fatigue que celle qui les avait brisés au début de la session, leur ôtant toute velléité de bavardage. À les voir ainsi affalés pour mieux épargner leurs forces, on aurait plutôt senti stagner dans l'air comme un surplus d'énergie mélancolique.

Dans un coin, Kagawa, appuyé contre les boiseries d'un mur, contemplait les autres. Il devait reconnaître les réelles capacités de Jirô qui avait su amener jusqu'à ce point le stage de kendô. Mais il avait beau admirer ce talent d'organisateur harmonieusement combiné avec un soin attentif porté à chaque détail, son admiration était lourde de rancœur. Que faisait-il donc lui, Kagawa, dans ce stage de kendô ? Il ne le savait plus.

Théoriquement, c'était en vue du championnat national... pour se perfectionner en tant que participant officiel... Mais rester sans jamais donner son avis, se taire sur tout, approuver et encore approuver, n'était pas son rôle non plus. En fait, pendant ce stage et à son insu, il s'était laissé prendre dans l'intensité du regard de Jirô, laissé toucher par le merveilleux sourire. Et huit jours avaient passé.

Kagawa sentit la colère l'envahir. Et s'il se mettait à chanter ? Mais il ne connaissait aucune chanson digne de ce nom. Alors, d'une voix rauque, il cria : « Eh ! vous autres ! allons nous baigner ! »

Les jeunes gens, alanguis, relevèrent péniblement la tête.

Il s'écoula un long moment avant que l'idée de Kagawa ne pénétrât leurs cerveaux assoupis par la chaleur. L'un d'entre eux, enfin, comme s'il s'éveillait brusquement, hurla dans un accès de courageuse rébellion :

« D'accord ! Allez, vous autres ! On y va !

— Le capitaine nous l'a interdit... tu le sais !

— Je sais !

— Alors si tu sais... tu ne peux pas y aller, n'est-ce pas ? »

Kagawa intervint avec un sourire sournois :

« Allez ! C'est le moment ou jamais ! Faites-moi confiance... Personne n'en saura rien, croyez-moi ! De toute façon, le bateau ne peut qu'être en retard... On nage juste un peu... ça nous calmera, non ? Personne ne risque de nous voir sur cette plage ! Au retour, on se lave et on fait comme si de rien n'était ! L'affaire est dans le sac, je vous dis ! Avec la mer devant nos yeux, vous ne pensez pas que c'est un peu bête, non ? Un tout petit bain, ça ne peut en aucun cas nuire à notre entraînement !... Faites-moi confiance !... Allons-y !... ne laissons pas passer cette chance... vous en avez tous envie au fond... je le sais...

— Mais... on n'a pas de maillots de bain !

— Qu'est-ce que cela peut faire ? Allons-y en slip ! Ce n'est pas Yuigahama, ici ! »

Kagawa observa leurs réactions et sentit une joie fiévreuse l'envahir. Ses ordres étaient différents de ceux que donnait Jirô. Il commençait en effet d'abord par induire un trouble qui engendrait une douce et ravissante torture de la conscience, puis la peur et l'indécision. Et, pour finir, il leur inspirait le courage de s'arracher à leur inquiétude pour les faire tous ensemble concourir au but qu'il poursuivait.

« Bon. Dépêchons-nous ! Qu'est-ce que vous faites à lambiner ! »

Kagawa se leva en frappant légèrement son torse nu du plat de ses deux mains, et c'est à ce moment précis qu'il ressentit l'« amitié » qui le brûlait pour Jirô. Son acte tout entier n'était destiné qu'à lui. Il se moquait éperdument de ce que pouvaient faire les autres, et son cœur criait presque le nom de Jirô. « Ne t'y trompe pas ! C'est en signe d'amitié que je fais ça ! Tu penses que tout le monde se trompe à ton sujet... mais, même toi, il peut t'arriver d'être placé dans des circonstances telles qu'il n'y ait plus d'autre issue que celle de commettre une faute, non ?... De toute façon tu as besoin que n'importe qui, ou n'importe quoi, te perturbe, t'effraye... C'est le type de leçon dont tu as le plus besoin maintenant... Il te faut absolument en passer par là ! »

Les étudiants qui craignaient de contrarier Kagawa s'agitaient et discutaient à voix basse, se levant et s'asseyant à tout bout de champ. Leur irrésistible envie d'aller se baigner dans la mer agissait à la façon d'un de ces petits pétards qui, pareils à des souris, fusent de tous côtés entre les jambes des badauds. Et ils étaient comme ces enfants qui sautent alors pour ne pas se brûler les pieds, ne fuyant un instant que pour mieux revenir vers le danger.

Kagawa contemplait la scène : on aurait dit un étang plein de carpes. Il leur jetait à manger. Or les carpes avaient beau se battre entre elles, leur but ultime, c'était la nourriture.

« On y va ? » dit-il doucement pour confirmer ce qui était désormais du domaine de l'acquis. Le groupe commençait à se lever, mais derrière, seul l'un d'entre eux restait allongé : Mibu.

« Qu'est-ce qu'il y a ? Ça ne va pas ? Tu as peut-être mal au ventre ?

— Non, je n'y vais pas ! » dit Mibu en se redressant brusquement sur ses genoux. Ses yeux brillaient de colère. Et dans ce regard Kagawa aperçut la silhouette de Jirô.

« Ah bon ? Comme tu voudras... »

Kagawa fit alors un geste que lui-même trouva exagéré. Le corps légèrement penché, il donna le signal d'un large mouvement de la main comme le leader d'un groupe de supporters. Puis, en tête de la troupe, il courut jusqu'à la porte. Sous ses yeux, la vaste plage d'Otago s'étalait, resplendissante ; au loin l'horizon menaçant était couvert de lourds nuages d'été.

Suivant Kagawa, les jeunes gens, en slip, dévalèrent l'escalier de pierre comme portés par des ailes, traversèrent en criant la route départementale blanche et déserte, et s'éparpillèrent sur le sable brûlant où il n'y avait pas âme qui vive.

Mibu, resté seul, tremblait maintenant de colère. Il détournait férocement son regard de la mer. La pensée de Jirô l'obsédait.

Ainsi, face à sa solitude, dans cette douloureuse position sur les genoux, il sentait revivre en lui la douleur de la punition qu'il avait dû supporter autrefois à cause de Jirô. Un rayon de soleil, le plus étroit qu'on pût imaginer, pénétrait par la fenêtre pour brûler le tatami : Mibu aurait voulu se fondre dans ce tatami incandescent.

Le temps s'écoula. Avec quelle lenteur !... Mibu ressentait intensément en lui la douleur de Jirô blessé dans son orgueil. C'était bien la première fois depuis qu'il était né qu'il éprouvait avec autant d'évidence la souffrance d'autrui.

Le chant des cigales résonnait en lui comme si les insectes avaient envahi ses oreilles. Même le cérumen hurlait. Un sentiment de haine l'envahit, mais cette haine n'était pas spécialement tournée contre Kagawa. Il crut y découvrir — et cette formulation était sans doute étrange — quelque chose d'immense, de « public ». La haine ne rétrécissait pas son cœur, mais l'élargissait à l'infini, l'écartelant presque.

Quelque chose d'intense, de juste et de pur venait d'être sali. On s'acheminait vers une conclusion véritablement oppressante, intolérable. Et il avait l'impression de l'avoir toujours su.

Que s'était-il donc passé exactement ? Mibu

s'interrogea encore. À l'insu du capitaine, ils étaient tous allés nager. Rien d'autre. Et pourtant, il avait suffi de ce rien pour qu'à jamais quelque chose ait été détruit.

La sueur tombait abondamment de son front, coulait le long de ses joues, jaillissait du creux de la gorge pour ruisseler sur la poitrine. Intarissable sueur... Si seulement, pensait Mibu, sa propre sueur, sa propre émotivité, sa propre pureté avaient été aussi inépuisables, il n'aurait plus eu besoin d'asseoir son existence sur du solide. Il lui aurait suffi de se raccrocher à n'importe quoi, de se lier à une source d'eau vive. Il en était certain. Mais la source, parce qu'elle est source, va toujours s'amenuisant et finit par se tarir : plus Mibu voudrait s'y attacher, plus il s'en éloignerait, à l'infini.

Ses genoux étaient tout mouillés de sueur. Une mouche vint s'y poser qui but avidement une goutte en l'aspirant dans le creux des pores. Supporter, s'en sortir. Si on se laissait abattre ne serait-ce qu'une seule fois, tout le reste risquait d'être remis en cause.

Et c'est alors que Mibu entendit au loin le klaxon d'une voiture, chose inhabituelle dans ces environs. Il bondit. Au travers des arbres, il aperçut en effet une automobile venant de la ville qui quittait la route principale pour emprunter le chemin escarpé menant derrière le temple. C'était celle du maire ! Depuis huit jours qu'ils étaient là, ils la reconnaissaient entre toutes, la petite Toyopet noire du maire !

Mibu comprit immédiatement que celui-ci, ayant eu vent de l'arrivée de Kinouchi, avait envoyé sa voiture le chercher au port. C'était du moins l'hypothèse la plus vraisemblable !

On pouvait atteindre le temple Enryûji par l'escalier de pierre montant directement de la route départementale, mais on pouvait aussi faire un détour par le chemin en pente raide qui conduisait les voitures jusqu'à la porte de derrière. Si les gens à pied ne l'empruntaient presque jamais, c'était seulement qu'il était beaucoup plus long.

Le cœur de Mibu se mit à battre la chamade.

Les nageurs, insouciants, ne remontaient toujours pas. Le bateau avait eu de l'avance et, de surcroît, une voiture était au rendez-vous. L'horaire en avait été complètement bouleversé.

Mibu se représenta mentalement la scène et sentit les forces violentes qui l'avaient agité défaillir : la voiture arrivait, Kinouchi et Jirô entraient et le trouvaient, lui, seul, assis dans la grande salle du temple. Cette image de lui-même lui parut scandaleuse, et diamétralement à l'opposé de ce qu'il voulait être au plus profond de lui-même. Car, alors, celui qui se trouverait assis là ne serait plus qu'un squelette d'idée, un nom sur une pancarte... Cela reviendrait à jouer ce qu'il détestait le plus au monde : le jeu de la vertu. Bien que son choix de rester au temple ait été au départ dicté par son amitié pour Jirô, il préférait mourir plutôt que d'être surpris dans une telle situation par Jirô lui-même.

En deux temps trois mouvements, il enfila donc

des sandales et sortit en courant. Pour s'assurer encore une fois de la réalité de sa frayeur, il scruta la porte de derrière, cachée dans l'ombre d'un arbre. De là il pouvait fuir sans être vu des arrivants, rejoindre sous le couvert du feuillage l'escalier de pierre devant la grande porte.

Sur l'autre versant, le bruit de la voiture se rapprochait. Elle était maintenant en haut de la côte. Elle s'arrêta, puis les portières s'ouvrirent et Murata, assis à côté du chauffeur, en descendit, suivi bientôt de Jirô lui-même qui réussit à s'extraire du siège arrière, les bras chargés de paquets. Les deux hommes tournaient le dos aux arbres, attentifs à Kinouchi.

Sous le coup d'une impulsion brutale qu'il aurait eu du mal à s'expliquer lui-même, Mibu se retourna, courut vers la porte et dévala l'escalier de pierre. « Il faut que coûte que coûte je réussisse à avertir les autres » : la conscience de cette mission le projeta littéralement en avant. La raison pour laquelle il devait absolument agir ainsi le dépassait. Plus que tout au monde il désirait rejoindre les autres le plus vite possible, se fondre dans le crime commun.

Venant de la mer, les stagiaires menés par Kagawa étaient justement en train de traverser la route : ils avaient dû calculer au mieux l'heure du retour et la baignade était finie.

Soudain il pensa avec horreur que son slip n'était pas mouillé. Ça ne fait rien... mêlé aux autres ça ne se verra pas... Et, rendu fou par l'obsession mystérieuse d'être puni lui aussi le plus rapidement possible, il courut jusqu'à ses camarades qui remontaient vers lui, tout trempés par les embruns.

Kinouchi était là quand ils arrivèrent, nus, mouillés, dans la grande salle du temple. Comme ils avaient monté l'escalier de pierre en se pressant, leurs cœurs battaient à tout rompre.

Ils s'inclinèrent silencieusement devant leur entraîneur. Mais aucun ne put ouvrir la bouche. Prenant son courage à deux mains, l'un d'entre eux, pénétrant dans le bâtiment principal du temple, s'assit, suivi bientôt de tous les autres, à la queue leu leu.

Il y eut un long et brûlant silence. Kinouchi, tout seul, s'éventait.

« Quel stage étrange !... Vous faites partie du club de natation, je présume ? » ironisa Kinouchi.

Comme personne ne répondait, il se tourna vers Jirô et lui demanda : « Tu leur as donné l'autorisation de nager ? »

Jirô, dont les yeux étaient restés fixés au sol depuis le début, releva enfin la tête et répondit catégoriquement : « Non, absolument pas. Mais je suis le seul responsable. Je suis désolé. »

Mibu, à l'abri parmi ses camarades tout mouillés, contemplait de loin le regard tendu, le visage empourpré de son capitaine, heureux que sa propre vérité ne parvienne pas jusqu'à lui, heureux de préserver cette légitime distance.

« C'est moi qui les ai entraînés, dit Kagawa, bafouillant à moitié.

— Mais enfin... pourquoi ?

— Il faisait si chaud... j'ai pensé qu'ils aimeraient prendre un bain...

— Ah bon ! » Et Kinouchi, en silence, continua longuement à s'éventer. « Ah bon... Kagawa, tu vas rentrer aujourd'hui même à Tôkyô. C'est moi qui te l'ordonne. Pour les deux jours qui restent, ne t'inquiète pas, je m'en charge, avec Kokubu et les autres... Cependant, stage et compétition sont deux choses différentes. N'oublie pas que tu as été officiellement sélectionné pour les championnats. De retour chez toi, fais au moins mille frappes à vide par jour... Je pense que, pour quelqu'un comme toi, ça devrait suffire à te maintenir en condition. Quoi qu'il en soit, aujourd'hui tu rentres !

— Bien. J'ai compris. »

À ce moment-là Kagawa regarda avec passion le visage de Jirô. Regard que, malgré l'éloignement, Mibu put facilement saisir. La tête penchée, les yeux baissés, comme si la honte le poussait à vouloir rentrer sous terre, Jirô en paraissait presque féminin. À l'instant même, pensa Mibu, le fier regard de Jirô était devenu celui de Kagawa.

Finalement, seul Kagawa fut puni, et il n'y eut aucune décision de prise pour les autres étudiants. Ils se dirent entre eux que Kagawa, qui n'était pas toujours très aimé, avait voulu, hélas, se rattraper un peu trop vite. Presque personne ne compatit. Le bateau de l'après-midi partant juste pendant l'entraînement de kendô, aucun d'entre eux n'alla jusqu'au port pour l'accompagner.

Après le dîner, comme Mibu sortait prendre le frais dans la pénombre du jardin du temple, il vit Jirô sur l'escalier de pierre près de la grande porte.

C'était une nuit étoilée, sans un souffle de vent, où la chaleur du jour était encore présente dans la végétation toute bourdonnante du chant des insectes.

Mibu hésitait à s'approcher quand Jirô l'interpella :

« Eh ! Mibu ! »

Son visage, dans la nuit, ne se distinguait pas bien.

« Oui ? »

Jirô voulut dire quelque chose mais il se retint et resta pensif un long moment.

« Dis, Mibu... »

Alors, l'appelant encore une fois par son nom, Jirô lui demanda : « Toi aussi, tu es allé nager avec les autres ? »

Le moment de trancher était enfin venu pour Mibu. On lui demandait maintenant, devant Jirô, d'être ou ne pas être lui-même. Et c'était un vrai problème de conscience : si Mibu décidait de rester en accord avec lui-même, il devait alors mentir. En proie à une grande détresse, il regarda Jirô. Cependant l'obscurité rendit ce regard inutile. C'était comme l'autre jour pendant l'entraînement, le même sentiment que lorsque la pointe de son sabre, détournée de son but, s'était mise à flotter misérablement.

« Oui.

— Tu y es vraiment allé ? »

Jirô avait reposé sa question, de sorte que Mibu se trouva un instant porté à l'extrême pointe de cette volonté sereine dont Jirô en personne lui avait enseigné l'esprit.

« Oui », répondit-il clairement.

Et pour la première fois il lui sembla heurter de front Jirô Kokubu avec qui, poitrine contre poitrine, il pouvait enfin se mesurer d'égal à égal.

## 7

La petite fête de fin de stage qui eut lieu le 2 septembre battait son plein. Les stagiaires pouvaient enfin boire et fumer, Kinouchi faisait ses imitations d'aboiements ou de miaulements. Ils entonnèrent le chant de l'université avec les couplets d'une chanson folklorique dont ils plagièrent les paroles.

Jirô s'abstint de boire de l'alcool et dans le petit discours qui ouvrit la fête, il ne souffla mot de l'incident du bain de mer. Il félicita au contraire le groupe pour son courage et son remarquable esprit combatif.

« Vous vous êtes tous donnés à fond. Félicitations. Lorsque je vous regarde ainsi, en ce dernier soir, j'ai le sentiment qu'au bout de ces dix jours vous êtes devenus des hommes différents. Les visages des hommes changent lorsqu'ils se sont donnés à fond à quelque chose. Et je pense que la victoire de notre université est à la portée de nos mains. Qu'en dites-vous, monsieur l'entraîneur ? Attention cependant, le stage une fois terminé, le plus dangereux serait de se sentir soulagé. Maintenir votre condition physique et vos capacités d'endurance au meilleur niveau jusqu'au championnat est un problème auquel vous devez maintenant réfléchir personnellement, chacun d'entre vous. »

Ce discours fut bien sûr très applaudi. Mibu songea cependant que, pour Jirô, c'était un peu trop gentil, un peu trop formaliste.

La fête continua par un certain nombre de petits sketches, pendant lesquels Jirô disparut. Quelqu'un l'avait soi-disant vu partir, le sabre à la ceinture, en habit d'entraînement, revêtu de la cuirasse et des parements de protection. Jirô allait souvent, comme ça, faire quelques exercices de frappes, en solitaire. Lorsqu'il sentait naître en lui l'ombre d'une faiblesse, lorsque sa tension mentale, qu'il essayait toujours de maintenir plus élevée que les autres, s'abaissait à un niveau ordinaire, il éprouvait le besoin de se retirer pour s'entraîner seul.

Personne ne se soucia outre mesure de cette absence, mais lorsque, à près de minuit, Kinouchi déclara la fête terminée et que l'on commença, plus tard qu'à l'accoutumée, à préparer les matelas, Jirô n'était toujours pas revenu. Ce fut soudain un branle-bas général. Ne buvant jamais d'alcool, il ne pouvait pas être tombé, soûl, quelque part.

Sur l'ordre de Kinouchi, ils se divisèrent en trois petits groupes avec chacun une des trois seules torches qu'ils possédaient, puis partirent à sa recherche dans la montagne derrière le temple et sur la plage.

« Kokubu !... Kokubu !... » et au fur et à mesure qu'ils appelaient les uns après les autres, leurs voix trahissaient une inquiétude grandissante.

Au bout d'une heure de recherches, le groupe où se trouvait Mibu découvrit Jirô dans le bois au faîte de la colline derrière le temple. La lumière de la lampe de poche fit apparaître l'éclat de l'armure de laque noire, fit briller l'or du blason, les deux cotylédons dorés.

Jirô, serrant son sabre de bambou entre ses bras vêtus d'indigo, était couché sur le dos, mort.

# *La mer et le couchant*

C'était à la fin de l'été, en l'an 9 de l'ère Bunei. Ajoutons pour la suite de cette histoire que cette période correspond à l'année 1272 du calendrier grégorien.

Un vieux moine et un jeune garçon gravissaient le mont Shôjôgatake qui surplombe le temple Kenchôji de Kamakura. Même au plus fort des chaleurs, le religieux aimait, après avoir expédié le ménage pendant que le soleil était encore à son zénith, et pour peu que s'annonçât un beau crépuscule, grimper avant la fin du jour sur les hauteurs du Shôjôgatake.

Le jeune garçon, sourd et muet, que les enfants du village venus jouer dans la cour du temple tenaient à l'écart à cause de son infirmité, avait été pris en pitié par le vieil homme qui l'emmenait dans ses promenades jusqu'au sommet.

Le moine s'appelait Anri. Il n'était pas très grand, mais son regard était d'un bleu très clair, très pur. Avec un nez saillant, des yeux profondément enfoncés, son visage se remarquait au premier coup d'œil par des traits peu communs. Et c'est ainsi qu'à son insu les garnements du village ne l'appelaient pas Anri, mais « Tengu » ou « Diable au long nez ».

Il parlait un japonais tout à fait correct où on aurait eu du mal à trouver le moindre accent étranger. Cela faisait plus de vingt ans maintenant qu'Anri était arrivé en ces lieux avec le grand Maître zen Rankei Dôryù [1], fondateur du temple.

Les rayons du soleil obliquèrent, tandis que derrière l'écran formé par la montagne la clarté autour de la chapelle des abbés fondateurs faiblissait déjà. Le grand portail se dressait vers le ciel comme une frontière entre l'ombre et la lumière. C'était l'heure où brusquement l'obscurité s'épaississait dans les moindres recoins de l'enceinte toute plantée de grands bouquets d'arbres.

Cependant le versant ouest du Shôjôgatake qu'Anri gravissait avec le jeune garçon se maintenait dans la lumière d'un soleil dont les rayons s'éternisaient, et le chant bruyant des cigales emplissait encore les ravins. Le long du sentier montagneux envahi par les herbes, quelques fleurs du Bouddha d'un rouge lumineux laissaient pressentir l'automne.

Parvenus au sommet, les deux hommes évitèrent de s'éponger pour laisser rafraîchir et sécher leur peau au léger vent frais des cimes.

À leurs pieds s'étendaient en un vaste pano-

1. En chinois : Lanxi Daolong (1213-1278).

rama les nombreux toits des temples rattachés au Kenchôji. Le Saira-in, le Dôkei-in, le Myôkô-in, le Hôju-in, le Tengen-in, le Ryûhô-in. Et tout près du grand portail, on voyait très bien malgré la distance un jeune genévrier dont le Maître avait rapporté le plant de sa Chine natale des Song : il rassemblait sur lui tout le soleil d'un été tardif.

À mi-hauteur du mont Shôjôgatake, le regard tombait sur les toits du Okuno-in, et encore un peu en dessous se dressait le beffroi. Sous la grotte de méditation du Maître, une forêt de cerisiers qui, au printemps, devenaient un océan de fleurs, découpait la silhouette de ses riches feuillages. Tout en bas, l'étang du Grand Éveil révélait sa présence par le reflet mat de ses eaux à travers les arbres.

Mais ce qu'Anri contemplait n'était pas ce qui s'offrait ainsi à ses yeux.

Au-delà des plis et des replis des vallées et des montagnes de Kamakura, il y avait la mer scintillant au loin à l'horizon... Pendant l'été on pouvait voir de l'endroit où ils se tenaient le soleil se coucher près des côtes d'Inamuragasaki.

Au point précis où le bleu foncé de l'horizon rejoignait le ciel, sur une ligne, très bas, d'épais nuages s'entremêlaient. Ils demeuraient immobiles, mais, tels des liserons déployant leur corolle, tranquillement, ils se défaisaient pourtant, changeant peu à peu d'apparence. Au-dessus, le ciel restait très pur, presque délavé : il était trop tôt pour que les nuages se colorent vraiment, mais éclairés d'une lumière intérieure, ils semblaient comme brossés à grands traits dans une pâle nuance orangée.

Le ciel présentait l'aspect d'un combat entre l'été et l'automne. Hauts dans l'azur, en effet, bien au-delà de l'horizon, s'étiraient de petits nuages pommelés, qui, au-dessus des innombrables vallons de Kamakura, alignaient leurs minuscules et doux flocons.

« Un véritable troupeau de moutons ! » s'exclama Anri d'une voix enrouée par l'âge. Le petit sourd, assis sur un rocher à côté, regardait fixement le visage du moine. C'était comme si le vieil homme s'était parlé à lui-même.

Le garçon n'entendait rien, ne comprenait rien. Cependant, son regard limpide suggérait une infinie sagesse laissant présager que ce n'étaient pas les mots, mais l'intention même du vieil homme qu'il était capable de discerner dans ses yeux bleus en la captant directement dans son propre regard.

C'est pourquoi Anri parlait toujours comme s'il s'adressait au jeune garçon. Il ne s'exprimait plus alors dans cette langue japonaise qu'il maîtrisait d'ordinaire si bien. Il le faisait en français, un français entremêlé d'un dialecte montagnard de son pays natal, et, si les garnements des environs l'avaient entendu, ils auraient compris qu'avec ses nombreuses voyelles cette langue douce et fluide ne pouvait être celle d'un « Diable au long nez ».

Anri reprit avec un soupir :

« Un troupeau de moutons... Que sont devenus mes petits agneaux des Cévennes ?... Ils ont eu des enfants, des petits-enfants, des arrière-petits-enfants, puis ils sont morts, sans doute... »

Il s'assit alors sur un rocher, choisissant un endroit où les grandes herbes d'été ne lui barraient pas la vue lointaine de la mer.

Les cigales emplissaient la montagne de leurs chants.

Anri, tournant son regard bleu et limpide vers le jeune garçon, s'adressa de nouveau à lui.

« Tu ne comprendras certainement rien à ce que je vais te dire. Mais au moins tu me croiras, toi, contrairement aux gens d'ici. Allez, je vais te raconter. Même pour toi, ce serait assez difficile à imaginer, mais je t'en prie, écoute-moi. À part toi, personne d'autre ne pourrait prendre au sérieux mon histoire, tu comprends... »

Anri se mit à parler, gauchement. Lorsque les mots se bloquaient dans sa gorge, il faisait un mouvement étrange, inconnu, comme s'il cherchait par ce geste à rassembler ses souvenirs.

« Il y a bien longtemps, quand j'avais à peu près ton âge... non... bien avant que je n'aie ton âge... j'étais berger dans les Cévennes. Les Cévennes, ce sont de belles montagnes au centre de la France, au sud du mont Pilat, elles font partie du comté de Toulouse. Tout cela ne te dit rien sans doute... Ici on ne connaît même pas le nom de mon pays natal, alors...

« C'était en 1212, année où nous fut à nouveau reprise la Terre sainte que venait tout juste de reconquérir la Cinquième Croisade. Les Français étaient plongés dans la tristesse, les femmes avaient remis leurs vêtements de deuil.

« Un soir que je ramenais mes moutons des pâturages, j'avais commencé à gravir une petite colline. Le ciel était étrangement transparent. Mon chien grondait sourdement, la queue basse, et il essayait de se cacher derrière moi.

« C'est alors que, du haut de la colline, j'ai vu le Christ, revêtu de vêtements d'un blanc étincelant, qui descendait vers moi. Il avait une barbe, exactement comme sur les images, et son profond sourire était empreint d'une immense compassion. Je me prosternai sur le sol. Le Christ tendit une main, et autant que je m'en souvienne, me caressa les cheveux. Il me dit : "C'est toi, Henri, c'est toi qui reconquerras Jérusalem. Toi et les petits enfants, vous irez reprendre Jérusalem aux Turcs infidèles. Rassemble de nombreux compagnons et dirigez-vous vers la cité de Marseille. Là, les eaux de la Méditerranée s'ouvriront en deux pour vous conduire jusqu'en Terre sainte."

« Voilà ce que j'ai entendu, ou du moins pu entendre. Car, après cela, je me suis évanoui. C'est mon chien qui, à grands coups de langue sur le visage, m'a fait revenir à moi. Et, lorsque en rouvrant les yeux je l'ai vu tout près de moi me fixer avec inquiétude, il faisait déjà sombre. Mon corps tout entier était trempé de sueur.

« Une fois rentré je ne parlai à personne de cette histoire. Qui m'aurait cru ? pensais-je.

« Quatre à cinq jours plus tard, alors qu'il pleuvait et que je me trouvais seul dans ma cabane, au crépuscule, comme la fois précédente, quelqu'un frappa à ma porte. Je sortis et vis un voyageur d'un grand âge. Il me demanda un morceau de pain. Je l'observai intensément. Il avait un grand nez ; son visage, solennel, était entouré de cheveux blancs. Ses yeux, surtout, avaient une profondeur, une limpidité presque effrayante. Je lui proposai d'entrer, à cause de la pluie, mais il ne répondit pas. Alors je m'aperçus que ses vêtements n'étaient pas même mouillés bien qu'il fût venu à pied en bravant le mauvais temps.

« Saisi de frayeur, je restai là, sans mot dire. Le vieil homme me remercia pour le pain et s'en alla. Or, juste au moment où il partait, sa voix résonna clairement à mes oreilles et je l'entendis dire : “As-tu oublié le message de Dieu reçu l'autre jour ? Pourquoi hésites-tu ? Tu as été choisi par Dieu pour cette mission !”

« J'essayai alors de le poursuivre. Cependant tout était noir aux alentours, l'averse redoublait de violence, et le vieil homme avait déjà disparu. Le bêlement inquiet des moutons serrés les uns contre les autres me parvint dans le bruit de la pluie.

« Ce soir-là, je ne pus trouver le sommeil.

« Le lendemain matin, conduisant mes moutons aux pâturages, je me décidai enfin à tout raconter à un jeune berger de mon âge avec qui j'étais particulièrement lié. Il avait une foi profonde et, dès que j'eus terminé, il s'agenouilla en tremblant dans la luzerne en fleur pour se prosterner à mes pieds.

« En moins de dix jours, je vis se rassembler autour de moi les jeunes bergers des environs. Je n'avais absolument rien d'un garçon qui cherche à en imposer, mais, sans mentir, ils se mirent tous à me suivre de leur plein gré.

« Peu de temps après, se répandit la rumeur qu'un jeune prophète de huit ans était apparu dans un village voisin. C'était un petit garçon qui prêchait et faisait des miracles. Il avait ainsi, disait-on, rendu la vue à une petite aveugle en lui touchant les yeux.

« Je me rendis sur place avec mes disciples. Le petit prophète se trouvait au milieu d'autres enfants, en train de rire et de jouer joyeusement. Je m'agenouillai devant lui, avant de lui raconter en détail ma révélation.

« Il avait la peau blanche comme du lait, des boucles dorées lui tombaient sur un front dont la peau très fine laissait entrevoir les veines bleutées. Lorsque je m'agenouillai, il s'arrêta de rire, sa petite bouche se crispa deux ou trois fois à la commissure des lèvres. Mais ce ne fut pas moi qu'il regarda. Il fixa de ses yeux lointains l'horizon tourmenté des vastes pâturages.

« Je regardai moi aussi. À cet endroit se dressait un olivier assez imposant. La lumière se répandait à travers la cime, feuilles et branches semblaient comme éclairées de l'intérieur. Un vent se leva. Posant solennellement sa main sur mon épaule, l'enfant m'indiqua du doigt cette direction. Alors, au sommet de l'arbre, je vis nettement se rassembler un groupe d'anges qui faisaient bruisser leurs ailes d'or.

« "Dirige-toi vers l'est. Toujours vers l'est ! Et, pour cela, tu dois aller à Marseille, comme on te l'a ordonné", dit l'enfant avec une solennité nouvelle.

« Et c'est ainsi que la rumeur s'étendit au pays tout entier. Bientôt dans chaque région de France des événements similaires se produisirent les uns après les autres. Un jour, c'étaient des enfants dont le père avait péri à la croisade qui quittaient leur famille en emportant l'épée léguée par le mort. Ailleurs, c'en était un autre qui, jouant autour de la fontaine du jardin, abandonnait soudain ses jouets et, demandant un morceau de pain à la servante, se mettait en route. La mère avait beau faire pour le retenir, s'agripper à lui, le gronder... en vain ! Il n'écoutait pas, il partait pour Marseille !

« Dans un village, en pleine nuit, des enfants sortirent en secret de chez eux et, se rassemblant sur la place, se mirent en route sans même savoir où ils allaient, en chantant des cantiques. Lorsque les grandes personnes se réveillèrent, il n'y avait plus, au village, un seul enfant, excepté ceux qui étaient trop petits pour marcher.

« Moi-même, entouré de tous mes compagnons, je me préparai enfin à partir pour Marseille quand mes parents vinrent me ramener à la maison, pleurant et blâmant mon inconscience. Mes nombreux disciples, devant cette impiété, les renvoyèrent sans ménagement. Nous ne fûmes pas moins de cent à partir. Plusieurs milliers d'enfants venus de toutes les régions de France et d'Allemagne allaient se joindre à notre croisade.

« Le voyage ne fut pas chose facile. Il ne s'était pas écoulé plus d'une demi-journée sans que le plus jeune d'entre nous, le plus faible, s'écroulât. Nous avons enterré le corps en pleurant et dressé sur place une petite croix de bois.

« On m'a raconté aussi qu'une troupe d'enfants — ils étaient une centaine — avait sans le savoir pénétré dans une contrée où sévissait la peste. Pas un seul n'en réchappa. C'est ainsi que même parmi les nôtres, aveuglée de fatigue, une petite fille se jeta d'une falaise. Elle mourut.

« Fait étrange s'il en est, chaque enfant qui mourait avait invariablement une vision : celle de la Terre sainte. Ce n'était pas, nous en étions presque sûrs, l'image d'une terre désolée comme celle de la Terre sainte d'aujourd'hui, mais au contraire l'image d'une contrée fertile où abondait le miel et fleurissaient à l'envi les lis. Comment le savions-nous ? Les mourants nous racontaient ce qu'ils voyaient, et ne l'auraient-ils pas fait qu'on voyait bien que leurs regards en extase s'ouvraient sur une immense lumière.

« Nous atteignîmes enfin Marseille.

« Plusieurs dizaines d'enfants, filles et garçons, nous y attendaient déjà. Et puisque nous étions là, la mer allait s'ouvrir en deux, c'était certain. À l'arrivée cependant, notre groupe s'était déjà réduit des deux tiers.

« Entouré d'enfants aux joues toutes brillantes,

je marchai vers le port. De nombreux mâts s'y alignaient et les marins nous regardèrent, intrigués. Sur le quai, je priai. Le soleil du soir dardait ses rayons, la mer était aveuglante. Je priai longtemps. Pareille à elle-même, la mer était toujours aussi pleine, les vagues battaient la grève avec la plus parfaite indifférence.

« Nous n'abandonnâmes pas, cependant. Le Christ attendait certainement que nous soyons tous là.

« Les enfants arrivaient, peu à peu. Tous très fatigués, certains même très malades. Nous attendîmes des jours et des jours : en vain. La mer ne s'ouvrit pas devant nous.

« C'est alors qu'un homme qui semblait animé d'une foi profonde s'approcha de notre groupe en nous apportant des offrandes. Il avait un bateau, nous dit-il avec beaucoup de respect, ajoutant que ce serait un grand honneur pour lui que de nous mener jusqu'à Jérusalem. La moitié d'entre nous hésita, mais l'autre moitié dont moi-même s'embarqua hardiment.

« Or le bateau, loin de se diriger vers Jérusalem, pointa sa proue vers le sud et nous accostâmes en Égypte, à Alexandrie, où nous fûmes tous vendus au marché des esclaves. »

Anri se tut un long moment, comme s'il se remémorait le profond dépit ressenti à cette époque de sa vie.

Dans le ciel, un de ces magnifiques couchers de soleil comme on n'en voit qu'à la fin de l'été venait de commencer. Les nuages moutonneux étaient devenus écarlates, et d'autres encore s'étiraient en de longues bannières rouges et jaunes. Sur la mer, les cieux semblaient brûler en un violent brasier. La végétation environnante elle-même, dans le miroitement de ces flammes célestes, resplendissait d'un vert intense.

Et maintenant les paroles d'Anri semblaient s'adresser directement au soleil couchant. Ses yeux pouvaient voir dans le feu brillant de la mer les paysages de sa patrie, les visages des gens de son pays. Il voyait aussi sa propre silhouette, sa silhouette de jeune garçon, les ombres de ses amis bergers. Dans la canicule des étés, ils laissaient tomber un pan de leur vêtement de calicot, mettant à nu un mamelon rose sur la blancheur de leur poitrine. Les visages de ces croisés encore si jeunes, massacrés ou morts, montaient en foule au-dessus de la mer incandescente. Soldats sans crinières, le reflet du couchant dans leurs cheveux d'or ou de chanvre leur faisait comme un casque enflammé.

Les enfants que la mort épargna disparurent, dispersés aux quatre coins du monde. Dans sa longue vie d'esclave, Anri n'en rencontra jamais un seul. Pas plus qu'il ne put finalement voir cette Jérusalem tant désirée.

Devenu par la suite l'esclave d'un marchand perse, il fut de nouveau vendu et se retrouva en Inde. Là, il entendit parler des conquêtes d'un certain Batû, petit-fils de Gengis Khân. Il pleura sur les dangers encourus par son pays.

Il se trouvait alors qu'à cette époque le grand

Maître zen était en Inde pour y étudier le bouddhisme. Par le plus mystérieux des hasards, Anri lui dut de recouvrer sa liberté et, reconnaissant, il forma le projet de le servir toute sa vie, en le suivant jusque dans son pays natal. Puis, apprenant que le Maître allait se rendre au Japon, il le pressa de l'emmener avec lui, tant et si bien qu'en sa compagnie il avait gagné l'archipel.

L'esprit d'Anri était maintenant en paix. Il avait rejeté depuis longtemps la vaine espérance d'un retour dans son propre pays, et s'était résigné à finir ses jours au Japon. Ayant bien compris l'enseignement du Maître, il savait qu'il n'y avait pas à prier en vain pour un monde futur, ni à désirer un pays encore inconnu. Mais, lorsque le soleil du soir colorait le ciel d'été, lorsque la mer n'était plus qu'un immense horizon pourpre, ses jambes d'elles-mêmes le conduisaient irrésistiblement au sommet du mont Shôjôgatake.

Anri regardait le soleil couchant, en contemplait les reflets sur la mer. Et il ne pouvait s'empêcher de repenser aux choses étranges mais indubitables qui lui étaient arrivées un jour du début de sa vie. Il voulait une fois encore s'assurer de l'authenticité du miracle, de cette quête toute tendue vers l'inconnu, de la force mystérieuse qui les avait poussés vers Marseille, de tous ces événements extraordinaires. Puis, il se prenait finalement à songer à la mer qui, tandis qu'il priait sur le quai au milieu de la multitude des enfants, ne s'était pas ouverte, cette mer splendide dans le couchant, et dont les vagues, placides, déferlaient sur le rivage.

Anri avait oublié depuis quand il avait perdu la foi. Cependant, ce qui subsistait clairement dans son souvenir, c'était ce mystère d'une mer rougeoyant dans les feux du couchant et qui, malgré toutes les prières, refusait le passage : réalité plus incompréhensible encore qu'une vision miraculeuse. Mystère de cet instant où l'esprit d'un jeune garçon ayant accueilli le fantôme du Christ sans le moindre étonnement doit affronter le refus obstiné d'une mer tout embrasée des rayons du couchant...

Anri regardait à l'horizon la mer lointaine d'Inamuragasaki. Maintenant il avait perdu la foi et ne croyait plus que la mer aurait pu se scinder en deux. Cependant ce mystère, toujours aussi incompréhensible, ainsi que cet échec, absolument inconcevable au moment de le vivre, demeuraient immergés dans les scintillements écarlates d'une mer restée impénétrable.

S'il y avait vraiment eu une seule seconde dans toute la vie d'Anri où elle aurait dû s'ouvrir, c'était bien celle-là. Or, en cet instant, toute cramoisie des feux du crépuscule, elle était demeurée silencieusement étendue dans l'épaisseur de son mystère...

Le vieux moine se tenait debout, sans rien dire. Le soleil couchant se reflétait dans le désordre de ses cheveux blancs, et incrustait d'une légère tache rouge le bleu azur de ses yeux.

Le soleil de la fin de l'été se noyait maintenant

dans la baie d'Inamuragasaki. La mer semblait charrier comme une marée de sang.

Anri se souvenait du passé. Il se souvenait des paysages et des gens de son pays, mais il n'éprouvait plus aucune envie d'y retourner. Tout ce passé, les Cévennes, les moutons, son village natal, s'était englouti à jamais dans la mer du couchant. Dès lors que les flots ne leur avaient pas livré passage, tout avait disparu.

Cependant, il ne pouvait s'empêcher de garder les yeux fixés sur la mer, tandis que peu à peu le couchant changeait de couleur, finissait de se consumer pour se réduire en cendres. Les arbres et les plantes du mont Shôjôgatake, enfin atteints par l'ombre, n'en faisaient que plus vivement ressortir leurs nœuds, leurs nervures. La plupart des toits des nombreux temples rattachés avaient déjà basculé dans l'obscurité.

Les ombres rampaient sourdement aux pieds d'Anri, et insensiblement le ciel au-dessus de lui perdit toute couleur pour devenir d'un bleu foncé, d'une profondeur presque grise. Il restait bien un éclat brillant sur la mer lointaine, mais ce n'étaient plus que les reflets d'un trait doré et rouge resserré étroitement par le ciel du soir.

Alors, loin en dessous d'Anri qui restait debout immobile, on entendit l'écho d'une cloche. Le beffroi à flanc de montagne sonnait un premier coup.

Le timbre de la cloche soulevait de douces vibrations comme s'il élargissait en l'agitant aux quatre coins de l'horizon la nuit qui montait du bas de la vallée. Les oscillations de ce bruit solennel, plutôt que d'annoncer les heures, les faisaient disparaître aussitôt, les emportant jusque dans l'éternité.

Anri écoutait, les yeux fermés. Lorsqu'il les rouvrit, il se retrouva plongé dans l'obscurité et, au large, l'horizon, gris, était devenu des plus flous. Le coucher du soleil était bel et bien fini.

Anri se tourna vers le petit garçon pour le presser de rentrer au temple, mais, assis, les deux bras entourant ses genoux et la tête sagement posée dessus, il dormait.

*La cigarette*

Je ne saurais, quant à moi, évoquer ma tumultueuse adolescence comme une période de bonheur et de beauté. « Traversée çà et là par de brillants soleils, ainsi que le chante Baudelaire, ma jeunesse ne fut qu'un ténébreux orage. » Les souvenirs qui remontent à cette époque de la vie prennent ainsi toujours mystérieusement une coloration dramatique. Mais pourquoi le fait de grandir et la mémoire que l'on en garde devraient-ils être toujours aussi tragiques ? Même encore maintenant, je n'arrive pas à répondre à cette question. Personne, sans doute, ne saisit ce genre de choses. Peut-être bien, malgré tout, qu'en ces jours où la sagesse sereine de la vieillesse, avec cette clarté sèche qui règne souvent sur les fins d'automne, vient s'abattre sur nous, je parviendrai moi aussi, en une sorte d'illumination subite, à pénétrer cette énigme. Pourtant j'aurai beau avoir cette révélation, elle n'aura probablement plus alors pour moi aucune espèce de signification.

Chaque jour de notre vie passe sans que rien ne soit résolu. Cette triste réalité est déjà à elle seule difficile à supporter pour l'adolescence. L'adolescence a perdu en effet cette rouerie de l'enfance qu'elle ne manque pas de réprouver. L'adolescent veut toujours tout reprendre de zéro. Mais quelle froideur le monde ne manifeste-t-il pas devant ces nouveaux départs ! Personne, absolument personne ne se soucie de ce moment où l'adolescent largue les amarres. Et on se trompe le plus souvent dans la façon de se comporter avec lui, en l'accueillant tantôt comme un adulte, parfois comme un enfant. Est-ce réellement parce qu'il manque d'assurance ? Non, à mon avis, il y a chez lui une étrange solidité qu'on aurait du mal à trouver ailleurs, son tourment étant qu'il veut à tout prix lui donner un nom : phénomène de croissance, justement. Et voilà enfin qu'il lui a attribué un nom. Ce succès le rassure, le rend fier. Mais, dès qu'un nom lui a été donné, instantanément, cette partie de lui-même se change en quelque chose de tout autre que ce qu'elle était lorsqu'elle n'avait pas encore été nommée, tandis qu'il ne peut déjà plus se rendre compte de cette métamorphose. Autrement dit, il est devenu adulte.

L'enfance garde jalousement une boîte hermétiquement scellée. L'adolescence, elle, cherche par tous les moyens à l'ouvrir. Le couvercle est enfin enlevé, mais à l'intérieur, il n'y avait rien. Alors l'adolescent comprend. « Les boîtes au trésor sont toujours vides » : désormais il privilégiera les théories qu'il a lui-même échafaudées. Bref, « c'est maintenant un adulte ». Et pourtant, la boîte était-elle vraiment vide ? En même temps qu'on soulevait le couvercle, quelque chose d'invisible et d'essentiel ne s'est-il pas enfui à jamais ?

C'est ainsi que, pour moi du moins, devenir adulte n'aura jamais signifié un accomplissement, ou la fin d'un cycle de la vie. L'adolescence est un état qui devrait se poursuivre éternellement, et, d'ailleurs, en réalité, n'existe-t-elle pas toujours en nous ? Or, si c'est bien le cas, pourquoi parvenons-nous à la mépriser à ce point ?

À peine sorti de l'enfance, la première chose à laquelle je me refusai de croire fut l'amitié. Tous ceux que je pouvais compter au nombre de mes « amis » étaient si stupides que je n'arrivais pas à les supporter. C'est à l'école, cette institution ridicule où nous étions contraints de passer le plus clair de nos journées, que nous étions également forcés de choisir nos camarades parmi la poignée de garçons sans intérêt qu'une même classe réunissait par hasard. L'école ! cette enceinte étriquée et close, ces dizaines de compagnons aux esprits tous formés dans un même moule, ces professeurs répétant chaque année les mêmes cours avec les mêmes notes, refaisant chaque année les mêmes plaisanteries aux mêmes endroits des manuels... (De connivence avec un ami du groupe B, nous avions calculé après combien de minutes de cours un de nos professeurs de chimie lâchait un de ses fameux calembours. Dans ma classe il l'avait dit vingt-cinq minutes après ; dans son groupe, à onze heures trente-cinq, en respectant ainsi le même horaire, à la seconde près.) Qu'auriez-vous donc voulu que j'apprenne dans un tel environnement ? En plus de cela, les adultes nous avaient intimé l'ordre de ne retenir de cette éducation dispensée en vase clos que ce qu'elle pouvait avoir de « bon » ! Par force, nous y apprenions surtout à imiter les tours de passe-passe des prestidigitateurs. Les meilleurs dans cette sorte d'alchimie sont catalogués de « bons élèves ». Le bon élève en effet prend du plomb pour en faire un métal douteux, puis il le fait passer pour de l'or aux yeux de ceux qui ne demandent que cela, tant et si bien que, de fil en aiguille, ils arrivent à se persuader eux-mêmes qu'ils ont réellement fabriqué de l'or. Les élèves qui méritent le prix d'excellence sont ainsi des alchimistes passés maîtres dans leur art.

Pour ma part j'avais donc déjà épuisé toute idée de m'entendre avec mes « amis ». Je prenais le contre-pied de ce qu'ils faisaient pour le seul plaisir de la contradiction. Et, surtout, je ne pouvais m'empêcher de détester ce sport que l'on commençait obligatoirement dès qu'on entrait dans les classes intermédiaires.

En dépit de mes réticences, des aînés voulurent utiliser la contrainte pour me faire entrer dans le club d'athlétisme. Tout en jetant un coup d'œil sur leurs gros bras inutilement musclés, je m'efforçai désespérément de mentir : « C'est-à-dire que... moi... j'ai des problèmes respiratoires... et puis... mon cœur est un peu faible : il m'arrive parfois de m'évanouir. — Ah, oui ? » me répondit l'un d'entre eux, la casquette de l'école coiffée toute de travers et sa veste d'uniforme à moitié déboutonnée. « Avec une face de navet pareille, t'en as sans doute plus pour très longtemps, et ça ne te fait rien ? Si tu meurs maintenant, tu mourras sans avoir connu aucun des bons côtés de la vie... les bons côtés, tu comprends ? » Mes camarades de classe qui s'étaient rangés tout autour de moi en arborant leur air sérieux se mirent à pouffer tous ensemble avec de gros rires gras pleins de sous-entendus. Gardant le silence, je reportais de nouveau mes yeux sur les gros bras aux manches relevées de nos aînés adeptes d'athlétisme. Tandis que mon idée de la femme, bien que très vague encore, s'associait dans mon esprit à quelque chose d'extrêmement désagréable.

Ah, cette atmosphère mystérieuse et presque dépravée de l'École des Pairs ! Tout en résistant sur tous les fronts à cette ambiance singulière et si difficilement explicable à qui ne l'aurait pas connue, je n'en aimais pas moins profondément le parfum imperceptible qui s'y dissimulait. Presque tous mes camarades, placés au milieu de gens ordinaires, ne manquaient jamais d'attirer l'attention par un côté bizarrement ostentatoire allié à un je-ne-sais-quoi de ténébreux dans leur physionomie, et, s'ils ne lisaient jamais presque aucun livre, leur inculture même finissait par paraître distinguée. Ils n'étaient pas du genre en tout cas à se laisser séduire par le tragique de la vie. Tout jeunes, ils avaient appris à passer habilement au travers des souffrances et des passions, à esquiver tout sentiment d'une certaine amplitude. Même quand ils se voyaient plongés malgré eux dans la douleur, leur indifférence à tout en venait à bout rapidement : continuer à vivre sans en tenir compte ne présentait sans doute pour eux aucune difficulté particulière. C'est qu'ils n'étaient pas pour rien les descendants de leurs aïeux. De ces gens qui, non par l'intimidation ou la violence, mais bien par une oisiveté aux vertus hypnotiques s'étaient soumis une multitude d'êtres humains.

Pour moi, j'aimais me promener dans les grands bois accidentés qui entouraient notre école. Les bâtiments se trouvaient principalement regroupés au sommet de la colline, tandis que les pentes tout autour étaient recouvertes par les arbres. Entre eux serpentait un réseau de petits chemins sur lesquels on risquait sans cesse de glisser dangereusement. De noirs étangs marécageux occupaient, disséminés, le centre de la forêt. On aurait dit qu'ils formaient une halte pour les eaux souterraines des bois qui, après s'être rassemblées là attirées par le ciel, revenaient à l'obscurité de la terre ; et l'on pouvait soupçonner, sous l'apparente immobilité des flaques, lourdes et grises, la tranquillité d'un éternel retour, Ce travail secret des eaux du marais m'a plus d'une fois fasciné.

Je m'assis au bord du marécage sur une souche pourrie et fixai la surface des eaux où, comme dans un rêve, les feuilles mortes s'écoulaient paisiblement. On entendait les coups portés aux arbres abattus au fond de la forêt. Le ciel tourmenté de l'automne montra soudain des pans d'azur aussi beaux que des lacs transparents, et, du bord des nuages qui brillaient d'un majestueux éclat, le jour projeta ses multiples rayons lumineux : c'était à croire que le bruit des cognées était le son même de la lumière. Et là où le soleil venait frapper les eaux opaques du marais, celles-ci s'éclaircissaient d'une clarté estompée d'or. Je vis soudain une splendide feuille d'automne, toute brillante, s'enfoncer dans les eaux en flottant mollement comme un de ces nombreux êtres endormis qui les peuplent, et, je ne sais pourquoi, mais, dans cette fugitive contemplation, je sentis le bonheur m'envahir. Instants bénis où, moi qui avais toujours voulu m'y fondre, je crus enfin ne plus faire qu'un avec ce calme que tant d'obstacles ne pouvaient manquer de venir troubler, cette sérénité qui me semblait couler tout droit d'une vie antérieure et dont je gardais la nostalgie.

Je suivis ensuite, le long des étangs, le chemin qui conduit à cette colline ronde ayant la forme de nos antiques tertres funéraires et qui se trouve tout au fond de la forêt. J'entendis alors à travers les arbres un froissement de bambous nains. Deux élèves, allongés dans l'herbe d'une petite clairière au milieu des bois, se redressèrent en se tournant de mon côté. Ils étaient d'une classe supérieure et je ne les connaissais pas, mais il ne faisait aucun doute qu'ils se trouvaient là pour fumer en cachette de nos professeurs ces cigarettes qui leur étaient interdites. L'un d'entre eux, après m'avoir jeté un regard inquisiteur, reporta tout aussitôt à sa bouche la cigarette qu'il avait cachée dans une de ses paumes, tandis que l'autre faisait claquer sa langue de dépit en jetant un coup d'œil sur la main qu'il avait fait passer derrière son dos.

« Qu'est-ce que tu as ? Tu l'as laissée s'éteindre ? C'est plus que nul ! »

Son camarade, avec un gros rire bruyant qui indiquait clairement le peu de cas qu'il faisait de moi, avait sauté sur l'occasion pour se moquer de lui, mais, comme il n'avait pas encore vraiment l'habitude de fumer, il faillit s'étouffer lui-même en riant. L'autre, honteux qu'on l'ait ainsi ridiculisé, rougit légèrement aux oreilles, et, écrasant sauvagement le mégot de la cigarette qu'il venait tout juste d'entamer, m'interpella en levant brusquement les yeux sur moi. Alors que j'aurais mieux fait, sans relever la tête, de passer outre en continuant ma promenade, je restai sur place, pétrifié comme un lapin.

« Eh, viens un peu par ici, toi !

— Qui ? Moi ? »

Je devins écarlate à l'idée de cette réponse que je trouvai moi-même tout à fait puérile. J'enjambai les bambous nains pour me retrouver debout à côté de lui.

« Allez, n'aie pas peur, assieds-toi ! »

J'obtempérai, et il en profita pour saisir une autre cigarette qu'il alluma. Puis il me tendit son paquet, à moi qui venais de m'asseoir. Surpris, je le repoussai.

« Vas-y, lance-toi ! C'est bien meilleur que les bonbons, tu verras...

— Mais... »

Après avoir effectivement allumé lui-même une autre cigarette, il me força à la prendre en m'avertissant qu'elle s'éteindrait aussitôt si je ne me mettais pas à la fumer. Je lui obéis. Une odeur semblable à celle des marécages que je venais de longer se mêla aux senteurs agréables du feu pour me faire entrevoir soudain une vision de grands arbres tropicaux en flammes... Je fus pris alors d'une violente quinte de toux. Les deux autres, satisfaits, pouffèrent en échangeant un regard complice. Les larmes qui me vinrent brusquement au coin de l'œil me firent ressentir un bonheur dont la nature ne différait en rien de leurs rires joyeux. Qu'était-ce donc ? Riant avec une certaine gêne, je m'étendis sur le dos. Les herbes pointues me piquèrent à travers l'étoffe légère de mon uniforme de demi-saison. Levant haut vers le ciel cette cigarette que, les yeux mi-clos, je fumais pour la première fois, je ne me lassai plus de contempler le tabac qui s'envolait vers le bleu obscur du ciel d'automne. La fumée montait en volutes d'une rare élégance. Hésitante, elle stagnait imperceptiblement dans l'air. Et, comme un rêve à l'approche du réveil, elle se nouait pour mieux se dénouer, dérisoire.

Déchirant ces instants d'anesthésie, j'entendis tout près de moi une voix douce et chaleureuse me demander mon nom. C'était celui qui m'avait donné la cigarette. Et je n'en crus pas mes oreilles : n'était-ce pas la voix que j'espérais en vain depuis si longtemps ?

« Je m'appelle Nagasaki.
— Première année ?
— Oui...
— Quel club ?
— Je ne sais pas encore...
— Mais qu'est-ce que tu vas choisir ? »

J'hésitai. Puis, en fin de compte, ma froideur coutumière me fit repousser la réponse mensongère qui lui aurait fait plaisir.

« Littérature.
— Littérature ! »

Son cri presque pathétique recouvrit ma réponse.

« Toi, dans ce club ? Ce n'est pas sérieux ! C'est bon pour les tubards, ça ! Vraiment je ne te le conseille pas... la littérature... non, mais quelle idée ! »

Un ahurissement presque absurde se peignit sur son visage que je me contentai de fixer d'un sourire mi-figue, mi-raisin. Son attitude me donna le courage de me lever. Une fois debout, je consultai ma montre et fronçai les sourcils en l'approchant tout près de mes yeux, comme si j'étais horriblement myope.

« Bon, eh bien, je dois y aller... »

À ces mots, l'autre qui était resté allongé jusque-là se redressa :

« Tu ne t'apprêterais pas à nous dénoncer, par hasard ? »

Je le rassurai d'un mot, avec cette fermeté toute bureaucratique dont savent jouer les infirmières, en précisant toutefois :

« Je dois passer à la papeterie... Je vous quitte, maintenant... »

Saisissant au vol une voix qui disait derrière moi : « Il est parti furieux... », je pressai légèrement le pas pour descendre la colline. C'était la voix claire, vive et sèche de celui qui m'avait donné la cigarette. Et, je ne sais pourquoi, je me surpris à vouloir me retourner une dernière fois dans la direction d'où venait cette voix pleine de jeunesse, mais, apercevant devant moi, à l'ombre des arbres, une merveilleuse tache rouge, je me laissai attirer par elle, jusqu'à en oublier ma première impulsion. Je continuai donc à marcher l'esprit occupé ailleurs, et, lorsque je revins à moi, j'avais déjà dépassé ce fameux point rouge qui m'avait semblé si beau. Je jetai un regard en arrière. Il s'agissait d'un jeune cerisier dont les feuilles avaient pris, jusqu'aux plus basses branches, la même couleur écarlate. Éclairée par transparence dans la lumière qui filtrait à travers les arbres, elle ressortait si nettement qu'elle finissait par paraître artificielle et fragile. Partout aux alentours, la clarté capricieuse de l'automne, retenant elle-même son souffle, semblait avoir été filtrée au prisme d'un cristal récemment poli. Après m'être retourné un instant, je me remis à marcher.

De retour à la maison, le remords commença à me torturer. Ou plutôt la peur du crime. Je frissonnai en me demandant si je ne tenais pas encore la cigarette entre mes doigts. Et, à peine m'étais-je installé sur ma chaise, rassuré, pour me mettre au travail qu'une autre inquiétude m'assaillit soudain. L'odeur du tabac au bout de mes doigts n'était-elle pas du genre de celle de cette *zirbâdja* qu'on trouve dans *Les Mille et Une Nuits*, de ce bouillon de viande à cause duquel un homme se fait couper les doigts par sa femme ? J'aurais beau m'essuyer, elle ne disparaîtrait pas ! Et je me voyais déjà souffrir le martyre pour cette seule odeur ! Quelle douleur quand il me faudrait constater que j'aurais beau vouloir l'étouffer avec des bandages ou des gants, les gens autour de moi dans le tramway auraient vite fait de la flairer, me toiseraient d'un regard accusateur comme si j'étais un criminel ; et quelle épreuve lorsque je comprendrais ainsi qu'elle avait déjà envahi tout mon corps avec une intensité telle qu'elle rendait vains tous mes efforts pour la dissimuler. Ce soir-là au dîner je ne pus regarder mon père en face. Et cette mise en garde que ma grand-mère ne manquait pourtant jamais de me faire à chaque repas : « Voyons, mon petit Kei, tu vas renverser ta soupe ! » me fit sursauter. Car, pour moi, il ne faisait aucun doute que cette femme qui, lorsqu'elle était jeune fille, avait découvert la kleptomanie d'un domestique, devait avoir deviné à coup sûr que j'avais fumé une cigarette. Cette idée m'effrayait au point que, ne pouvant la supporter seul, je me précipitai, sitôt le dîner terminé, dans la chambre de grand-mère pour la supplier de ne pas me dénoncer à mon père. Mais après m'avoir accueilli : « Tiens, mon petit Kei ! Cela faisait longtemps que tu ne m'avais pas rendu visite... », celle-ci ne me laissa plus aucune occasion de parler, s'empressant de me servir des gâteaux de chez Morihachi, ou de me préparer du thé. Et, pour finir, je dus me plier à son désir de me faire apprendre un passage du livret du nô intitulé *Benkei au pont* : « Les vagues du soir annoncent-elles la tempête de la nuit ? » Si bien que je ne pus m'empêcher de trouver ma grand-mère de plus en plus suspecte.

Le lendemain, alors que je retournais au collège, j'eus l'impression de voir le monde entier d'un œil différent de celui que j'avais pu avoir jusque-là. À quoi ce changement était-il donc dû ? J'avais beau réfléchir, seule me venait à l'esprit la fameuse cigarette. Et je m'aperçus soudain que ce mépris habituel dont j'écrasais mes camarades de classe, ces sportifs qui copinaient avec nos aînés en racontant des histoires de femmes, n'était au fond que du dépit. Car il semblait bien que cette indifférence que je leur avais portée me poussait au contraire maintenant à vouloir rivaliser avec eux. S'il leur avait pris la fantaisie de me dire : « Mais qu'est-ce que tu as, Nagasaki ? Tu as beau te prendre la tête à écrire des tanka[1] (comme ils ne connaissaient pas le mot *poésie*, à leurs yeux, *poème libre, haïku*, tout était *tanka*), on est prêts à parier que t'as jamais fumé une cigarette de ta vie ! », loin de garder le silence en prenant un air

1. Poème bref de 31 syllabes organisé le plus souvent en séquences de 5-7-5-7-7 syllabes. Forme classique précédant historiquement le haïku (5-7-5 syllabes).

contrit comme j'aurais pu le faire jusque-là, je leur aurais répondu fièrement : « Fumer ? Que ça ? Mais bien sûr... vous voulez rire ! » Cependant, comment aurais-je pu vraiment comprendre que cette conscience terrible de la faute que j'avais éprouvée la veille soit venue de façon souterraine renforcer progressivement ma combativité nouvelle, sans entrer le moins du monde en contradic tion avec elle ?

Inexplicablement, je me sentais tout joyeux. Même dans le branle-bas de combat qui précédait nos entrées dans la salle de sciences (précisons tout de suite qu'on ne se disputait pas pour les premières places, mais pour les dernières), moi qui m'arrangeais toujours pour lambiner derrière les autres et m'installer à une des rares places laissées vides, à peine avais-je vu, ce jour-là, après le grand rassemblement du matin, notre camarade T. foncer droit vers la classe que je le suivis précipitamment en devançant tous les autres. C'est alors que K, qui avait l'habitude de s'asseoir à la deuxième meilleure place (là où l'on pouvait dormir sans risquer d'être pris), voyant que je l'y avais précédé, s'était écrié tout mortifié : « Dis donc, Nagasaki, qu'est-ce qui te prend ? Cette place, c'est celle qui est la plus exposée, tu ne savais pas ? Qu'est-ce que t'as dû travailler pour aujourd'hui ! Non, mais quel péquenaud ! Incroyable... » Et comme il s'était entendu répondre : « Eh, on ne t'a pas sonné, Gas Mask ! », raillerie qui reprenait le surnom dont l'avaient affublé les étudiants des classes supérieures, il en avait été réduit, malgré sa colère, à s'asseoir juste en face du professeur qui, pour la plus grande joie de tous, l'avait accablé de questions.

À la récréation de midi, j'avais également essayé de me mêler à une partie de basket, chose proprement impensable auparavant. Mais comme j'étais vraiment trop nul, on m'avait malheureusement mis tout de suite sur la touche. Je me voyais ainsi rechercher bassement l'amitié de tous. Quittant les joueurs de basket, je me dirigeai alors vers le parterre qui se trouve derrière le collège. La saison était déjà finie pour la plupart des fleurs. Seul restait un énorme massif de chrysanthèmes. Dans l'ensemble leurs feuilles ne montraient guère plus qu'un jaune pâle, maladif, et, si les fleurs, encore épanouies, trahissaient une certaine vie, il s'agissait plutôt de celle qui anime les fleurs artificielles. Je fixai intensément un de ces chrysanthèmes, une plante dont les détails avaient quelque chose d'inutilement travaillé : l'ensemble formé par les fins pétales jaunes aux délicates petites rayures verticales me parut bientôt si démesurément grand que j'eus véritablement la sensation qu'il me barrait le chemin de toute sa hauteur. Tout autour, les insectes diurnes chantaient d'une voix lasse. J'avais gardé si longtemps la tête penchée que je me sentis vaciller un peu en me redressant. Et j'eus brusquement honte d'être resté ainsi en extase devant un simple chrysanthème. Même au cours de ces promenades que j'aimais faire dans la forêt, il m'était rarement arrivé de me retrouver à ce point captivé par une seule chose, et, dans les sentiments que j'avais eus en contemplant ce chrysanthème, était entré, je devais bien l'admettre, quelque chose de tout à fait particulier, différent de ce qui se passait par ailleurs lorsque j'admirais de vastes paysages : j'avais éprouvé en effet une sorte de gêne. En pressant le pas sur le chemin qui me ramenait vers les bâtiments du collège, je vis une nouvelle fois, à travers le taillis clairsemé, ces marécages qui s'étendaient au loin en contrebas, tout brillants dans la douce lumière d'automne. Je me souvins des coups sourds de la hache, ces flèches de lumière lancées du bord étincelant des nuages. Et je me rappelai en même temps cette voix claire, séduisante quoiqu'un peu sèche. Une émotion extrêmement intense, mais porteuse d'une sérénité si profonde qu'elle en devenait paralysante, m'avait alors oppressé la poitrine. Était-ce à cause de cette voix si claire ? Je n'aurais su le dire. Cette émotion, en tout cas, ressemblait à s'y méprendre à celle qui, en bordure des étangs, m'avait donné l'impression, les yeux levés vers la lumière filtrant à travers les nuages, de m'être fondu dans une quiétude pleine de nostalgie découlant, eût-on dit, d'une vie antérieure.

Cependant, les jours passant, je me détachai peu à peu de cette audace nouvelle qui manquait encore singulièrement d'assurance, et ne ressentais déjà plus ni repentir ni effroi. Mais ce que j'avais vraiment du mal à oublier, c'était l'odeur du tabac. Cette odeur à laquelle j'avais cru pouvoir m'habituer me torturait encore plus vivement qu'auparavant, et, lorsque je me trouvais aux côtés de mon père, s'il se mettait à fumer un cigare, en dépit d'une certaine sensation de douceur, j'éprouvais une terrible envie de vomir. J'avais l'impression de me détacher à toute vitesse de tout ce qui est calme et stable pour me porter vers tous ces faux-semblants tapageurs et clinquants que j'avais tant méprisés jusque-là.

Un certain soir que nous revenions d'un restaurant très fréquenté du centre-ville où nous étions allés dîner tous ensemble, ma grand-mère, ma mère, mon père et moi, nous avions décidé, eu égard à ma grand-mère qui ne pouvait plus guère marcher, de faire faire un léger détour au taxi pour contempler à travers les fenêtres de la voiture les lumières de la ville en cette fin d'automne. Ma grand-mère avait pris place avec mes parents sur la banquette arrière, tandis qu'assis sur le strapontin, je regardais dehors : jamais encore ce spectacle familier d'une ville retombée dans la nuit ne m'avait paru aussi beau que ce soir-là. Prises une à une, toutes ces enseignes lumineuses rouges qui trépidaient avec agressivité, ces vitrines sans aucun charme noyées dans un excès de lumière n'avaient rien de particulièrement beau ; réunies, pourtant, elles en acquéraient un équilibre mystérieux évoquant un immense et fantomatique feu d'artifice dont le bouquet ineffaçable, subrepticement fixé au firmament nocturne, se serait mis à frémir délicatement pour l'éternité. Je me rappelai cette expression de « ville fantôme » que j'avais apprise à l'école. Oui, une ville n'est jamais qu'un fantôme. Car, même si les gens qui y vivent n'en ont pas conscience, elle se métamorphose sans cesse. La ville d'aujourd'hui n'est pas celle de demain. Pas plus que celle de demain ne sera celle d'après-demain... Soudain je découvris un bâtiment splendide dont la forme rappelait celle d'un bateau à vapeur. C'était un grand édifice tout blanc qui, au lieu de se découper comme les autres dans une lumière aveuglante, flottait estompé par une luminosité bleuâtre d'une seule et même nuance. Lorsque je le vis, silhouette paisible montant à l'horizon, il oscillait en se balançant comme une nef flottant sur la mer. Surpris, je collai mes yeux plus près encore de la vitre. « Décidément notre petit Kei semble trouver Ginza à son goût », dit brusquement ma mère qui était restée jusque-là silencieuse ; et elle se perdit dans un grand éclat de rire. Il me semble que ma grand-mère s'était elle aussi mise à rire en ajoutant que ce serait une chose bien ennuyeuse si j'en venais à m'intéresser d'un peu trop près à ce quartier. Mon père, lui aussi, son cigare à la bouche, n'avait-il pas souri d'un air entendu ? Sans protester, je me renfrognai un peu, et, vexé, m'absorbai de plus belle dans la contemplation de cette chaîne ininterrompue de lumières qu'on pouvait voir des fenêtres du taxi. Celui-ci effectua soudain un grand virage sur la droite, et la voiture plongea dans un quartier beaucoup plus ténébreux que tout ce à quoi on aurait pu s'attendre. Saisi par la douleur des séparations, je lançai un regard suppliant par-dessus les sombres toitures. On voyait encore sur les toits des buildings les lumières qui les couronnaient. Telle la lune disparaissant, elles sombraient sur l'horizon lointain des grands immeubles, tandis que le ciel, embrumé dans une couleur rappelant les feux de l'aurore, restait toujours visible.

L'hiver s'annonçait. Un jour qu'après les heures de cours, j'avais besoin d'un renseignement pour un devoir de japonais, j'empruntai au responsable la clef et pénétrai dans le local du club de littérature. La pièce avait été véritablement abandonnée à la poussière qui s'y accumulait. Dans une des boîtes où l'on rangeait les livres, il y avait une grande encyclopédie littéraire d'une extrême précision, et je m'étais mis à lire cet ouvrage volumineux après l'avoir pesamment installé sur mes genoux. Ennuyé d'avoir à le ranger, je me mis alors à le parcourir, papillonnant d'article en article et m'attachant à des passages qui n'avaient aucun intérêt pour mon sujet. Lorsque je revins à moi, le jour, si rapide à tomber en cette saison, ne dispensait guère plus de clarté que le reflet des lumières à la surface d'une eau nocturne. Je me dépêchai de ranger le livre et sortis de la pièce. J'entendis soudain des bruits de pas mêlés à des vagues de rires, tandis qu'un groupe tournait en force au bout du couloir. Le contre-jour m'empêchait de bien voir, mais il s'agissait d'élèves de la classe supérieure appartenant au club de rugby. Je les saluai. Brusquement, l'un d'entre eux, comme s'il se cognait à moi, me heurta à l'épaule de sa main puissante en s'écriant : « Tiens, mais c'est Nagasaki ! » Aucun doute possible, c'était cette voix jeune, chaleureuse, un peu sèche ! L'émotion me mit presque au bord des larmes, et je levai les yeux.

Ma réponse affirmative souleva un beau chahut. Tout le monde s'y mit : « C'est ton chéri ? » « Eh, voyez-vous ça, pas mal, pas mal du tout ! » « Imura, c'est le combientième ? » Bravant les railleries, Imura, puisque Imura il y avait, m'entoura ostensiblement les épaules, et, tout en m'invitant : « Nagasaki, viens donc avec moi dans notre local... », il m'entraîna de force vers le club de rugby, domaine des élèves des classes supé rieures. Le chahut s'amplifia, on nous poussait maintenant littéralement, Imura et moi. Le plus grand désordre régnait dans la pièce où il n'y avait plus guère de place pour poser les pieds. Mais ce qui frappait tout d'abord, c'était une odeur violente, complexe au point qu'on aurait presque pu la trouver séduisante, et qui vous prenait le nez. Différente de celle du club de judo, plus mélancolique, languissante en quelque sorte, d'une extrême intensité, mais, en même temps, marquée du sceau de l'éphémère, elle ressemblait à s'y méprendre à celle qui m'avait tant fait souffrir après avoir fumé la fameuse cigarette, une odeur qui, n'étant pas fondamentalement celle du tabac, n'était plutôt que la trace d'un rêve. On me fit asseoir au coin d'une table branlante sur un siège qui ne valait guère mieux. Imura s'assit à côté de moi. Sa chaise avait l'air beaucoup plus robuste que la mienne, mais, chaque fois qu'il remuait un peu, elle n'en faisait pas moins entendre un son délicieusement grinçant. Une impression massive s'en dégageait qui semblait se communiquer tout aussitôt à celui qui, comme moi, y prêtait attention. Bien qu'il fît déjà froid, Imura était resté en tenue, les jambes dénudées jusqu'aux genoux, et la sueur qui n'arrivait pas encore à sécher luisait sur son visage et à l'échancrure de sa chemise. Pendant un certain temps, tous se mirent à parler des rapports qu'il pouvait y avoir entre lui et moi. Lui, tirant sur sa cigarette, écoutait ces moqueries d'un air amusé. À en juger par son attitude, on aurait même été en droit de se demander si j'étais encore là. Il était le seul, à part un autre élève, à fumer. Et moi, tout en jetant parfois un coup d'œil à ses bras musclés, je m'efforçais devant tout le monde de minauder comme un enfant. Mais ce qui m'effraya vraiment ce fut de me surprendre moi-même à rire aux éclats.

Quand, après en avoir fait rapidement le tour, tout le monde fut las de ce jeu moqueur, Imura, de cette voix sèche qui m'avait tant frappé, commença à donner son avis sur l'entraînement du jour. Les autres avaient repris leur visage sérieux d'adolescent. Je me contentais d'écouter les yeux fermés la voix d'Imura. Quand je les rouvris, ce fut pour voir sa cigarette s'amenuiser au bout de ses doigts épais. J'éprouvai soudain un certain malaise.

« S'il vous plaît, Imura... » Avec un bel ensemble, tout le monde reporta ses regards sur moi qui les avais interrompus par cette apostrophe. J'y avais mis l'énergie du désespoir. « Une cigarette, s'il vous plaît... » Ces garçons, tous plus âgés que moi, éclatèrent de rire. Parmi eux, ceux qui n'avaient jamais encore fumé devaient certainement être les plus nombreux. « Pas mal, ça, oui, pas mal ! » « Dites donc, il promet, le gamin ! Il n'y a vraiment que les petits mignons d'Imura pour être aussi doués ! » Ce dernier justement avait, semblait-il, froncé légèrement ses sourcils noirs et bien dessinés. Il n'en sortit pas moins en souriant une cigarette de son paquet, me la tendit en me demandant seulement si je pouvais vraiment fumer. Or, il m'aurait sans doute été difficile à ce moment-là de l'exprimer clairement, mais la réaction que j'avais attendue d'Imura était tout autre, et je crois me souvenir aussi que j'avais vraiment tout misé sur la seule et unique réponse correcte possible. Mon étrange détermination, et l'oppression non moins étrange qui avait suscité cette détermination, n'avaient sans doute pu naître que sous l'influence d'une telle attente. Mais sa signification ultime ne résidait-elle pas au fond dans mon impatience inexplicable à vouloir décider au plus vite, et par cette seule réponse, du genre de vie que je mènerais à partir de ce moment précis ? Je n'avais déjà plus l'énergie d'aller aussi loin dans mon effort d'introspection. Et puisque les mots ne pouvaient plus servir, je tournai mes yeux vers Imura avec ce regard vague des brebis qui, ne connaissant pas d'autre langage pour manifester leur infinie tristesse, n'ont d'autre moyen que celui de fixer éperdument leur pasteur... Tout m'était égal maintenant.

Pourtant, je ne pouvais revenir en arrière : il me fallait fumer. Et, comme prévu, je manquais sans arrêt de m'étouffer. Clignant des yeux tout embués de larmes, je continuais en résistant à la nausée qui montait en moi, quand je sentis brusquement quelque chose de froid me saisir la cervelle. À travers mes larmes, la pièce s'était mise à briller étrangement, les visages réjouis de mes aînés ressemblant à ces personnages monstrueux qu'on voit sur les gravures de Goya. Mais dans leur façon de s'esclaffer, il n'y avait déjà plus cette franche gaieté qui les avait animés quelques instants auparavant, et, lorsque le clapotis de leurs rires s'apaisa enfin, continua à flotter en l'air le sentiment pénible qui s'y était dissimulé et dont, tout au fond d'eux-mêmes, ils semblaient réellement avoir peur. C'était comme lorsque, les nuits d'hiver, la surface d'un liquide se couvre en crépitant d'une mince pellicule de glace : on pouvait deviner que, tout autour de moi, les autres, s'étant ressaisis, allaient désormais me regarder d'un autre œil. À voix basse, derrière, quelqu'un me pressa d'arrêter. Et pour la première fois, je fixai vraiment à travers mes larmes celui qui se trouvait à mes côtés.

Et lui, Imura, faisait exprès de regarder ailleurs. Au risque de tomber, assis légèrement sur le rebord de sa chaise, il s'était accoudé à la table dont il contemplait un des bouts, un petit sourire gêné aux coins des lèvres. Dès que son image se fut imprimée sur ma rétine, je sentis une exaltation douloureuse s'éveiller en moi. Il était donc blessé. Ma joie était-elle dictée par cette blessure ? Ou ne venait-elle pas plutôt de cette mystérieuse sympathie dont le besoin avait été dramatiquement, paradoxalement, comblé, mais qui, à l'instant même où mon désir avait été exaucé, s'était vidée de toute substance ?

Imura se retourna soudain. Son sourire s'était pour ainsi dire figé. Et ses efforts désespérés pour paraître naturel se révélèrent clairement lorsqu'il m'enleva des doigts, plus vite même qu'il n'avait étendu la main pour le faire, la cigarette que j'avais commencé à fumer.

« Allez, arrête ! Ce n'est pas la peine de te forcer ! »

Et, en écrasant le mégot d'un doigt vigoureux au bord du bureau crénelé d'entailles sculptées au couteau, il ajouta : « Il fait presque noir, maintenant... est-ce qu'il ne vaudrait pas mieux que tu rentres ? »

À peine m'avaient-ils vu me lever que les autres se mirent de nouveau à plaisanter : « Il rentre seul ? Eh, Imura, tu ne le raccompagnes pas ? »

Mais ils ne le faisaient plus que pour ménager l'amour-propre de leur camarade. Je les saluai en m'inclinant dans une direction incertaine, puis sortis de la pièce. Et, tout en marchant le long du couloir parcimonieusement éclairé par de faibles ampoules, je pressentais déjà que le chemin qui devait me reconduire à la maison serait sans doute mon premier long voyage.

Ce soir-là, dans mon lit où je n'arrivais pas à m'endormir, je réfléchissais, autant que mon âge, du moins, me permettait de le faire. Moi qui étais si fier, jusqu'où n'étais-je pas allé ? Un de mes vœux les plus constants n'avait-il pas toujours été jusqu'à présent de ne jamais devenir autre chose que moi-même ? Or n'avais-je pas désormais commencé à désirer ardemment être un autre que moi-même ? Ce que j'avais senti vaguement devoir être laid se métamorphosait subitement à mes yeux en quelque chose de beau : à aucun autre instant de ma vie, je n'avais ressenti à ce point la malédiction d'être un enfant.

Je me souviens que, tard, cette nuit-là, il y avait eu un incendie dans une autre partie de la ville. Comme je ne parvenais pas à dormir et que j'entendais tout proche le bruit des pompes à vapeur, je m'étais levé en courant pour aller ouvrir les volets. L'incendie, pourtant, s'était déclaré dans un endroit très éloigné. On entendait encore les cloches des voitures de pompier sonner nerveusement, mais le spectacle de cet incendie lointain où une poudre de feu s'élevait gracieusement en dansant dans le ciel avait un aspect étrangement paisible. Les flammes, s'attirant les unes les autres, devenaient de plus en plus violentes. Et cette intensité rappelant en moi une soudaine envie de dormir, j'eus à peine le temps de fermer négligemment les contrevents que je retournai me coucher, sombrant tout de suite dans le plus profond sommeil.

Cependant, ce souvenir est des plus incertains, et il est fort possible, si on y réfléchit, que tout cela n'ait été qu'une scène d'incendie apparue dans un des rêves que j'aurais faits cette nuit-là.

# *Martyre*

Un vrai petit démon faisait régner sa loi sur l'internat de cette école où de nombreux fils de la noblesse venaient poursuivre leurs études. Ces enfants, qui dès l'âge de treize ou quatorze ans possédaient déjà le cœur impitoyable et l'âme arrogante d'un adulte, se voyaient contraints, pour leur première année de collège, à s'inscrire comme pensionnaires afin de faire pendant un an l'expérience de la vie collective. Il s'agissait là d'une de ces traditions « spartiates » qu'avait inventées des dizaines d'années auparavant le général Ogi, alors qu'il était directeur. Or, comme les élèves qui entraient au collège venaient tous de la même école primaire, ils avaient eu largement le temps, pendant les six années précédant l'internat, de s'entraîner au mal, mal qui, devenu chez eux comme une seconde nature, leur permettait également de déployer un sens étonnant de l'action collective. Dans un coin de la classe, on plantait le décor d'un cimetière où s'alignaient les tombes des professeurs ; on dissimulait un dispositif ingénieux permettant au chiffon du tableau noir de tomber avec une extrême précision sur la tête d'un vieux maître dont le crâne dégarni se teignait ainsi de craie blanche au moment même où il pénétrait dans la salle ; les matins de neige, on lançait au plafond à peine éclairé par les rayons du soleil levant des boules de neige qui y restaient collées pour fondre ensuite pendant tout le cours en dégoulinant goutte à goutte sur l'estrade. Et les allumettes, dans la salle des professeurs ! À peine les frottait-on que l'on s'apercevait de leur substitution — ni vu ni connu — en allumettes de farces et attrapes qui explosaient comme des feux d'artifice ; tandis que sur les chaises réservées au corps enseignant des dizaines de punaises laissaient parfois deviner leurs têtes pointues. Ces multiples « entreprises », qui ne pouvaient s'expliquer par ailleurs que par une intervention des forces démoniaques, étaient menées par deux ou trois cerveaux remarquables ayant à leur solde un petit groupe de terroristes parfaitement rompus à ce genre d'activités.

« Allons ! Montre ! Tu peux bien me le montrer, non ? »

Un élève d'une classe supérieure essayait tant bien que mal de dissimuler à un de ses cadets d'une année inférieure à la sienne la curiosité qui, encore vague comme le léger duvet qui recouvrait ses joues, semblait le démanger au coin de l'oreille, et cet effort, loin d'être couronné de succès, l'avait fait seulement rougir. Il se trouvait alors assis en travers d'une chaise branlante de l'internat où il était allé faire un tour à la récréation de midi. S'asseoir sur une chaise le plus négligemment possible était d'une absolue nécessité pour bien montrer qu'on n'était pas du genre à se laisser entraver par quelque règle que ce soit.

« Bon ! Je vais te le montrer. Mais attends encore cinq minutes. Qu'est-ce que tu as, K. ? C'est bizarre, tout de même, cette soudaine impatience. »

Telle fut la réponse intrépide que donna à son aîné le petit démon de l'internat en le fixant doucement de ses yeux magnifiques. Bien développé, l'adolescent semblait avoir au moins seize ou dix-sept ans, alors qu'il n'en avait que quatorze. Ses parents, partisans des méthodes de puériculture dites danoises, l'avaient fortifié dès ses premières années par des pratiques comme celles de suspendre le bébé en l'air par l'une ou l'autre de ses petites jambes, ou de malaxer son corps tout mou comme on pétrit de la farine. De plus, il avait été élevé dans une belle maison de style occidental aux larges baies vitrées qui, située sur une hauteur du quartier de Takanawa, recevait les lointaines brises marines venues visiter sur leurs ailes lumineuses les pelouses du jardin. Nu, son corps d'athlète était le modèle même de la jeunesse. Et, lors de ces visites médicales où les adolescents pâlissent généralement d'une honte indescriptible, il était le seul à avoir un regard plein d'une froide condescendance, rappelant Daphné au milieu de ses chèvres.

Le dortoir B était tout à fait à l'écart, et, de la chambre du démon au premier étage, on avait le privilège de contempler, en ce mois de mai, l'éclat de la forêt qui recouvrait le terrain en pente douce appartenant à l'école. Le mouvement des branches et des feuillages frissonnant dans le vent ressemblait aux vacillations de l'ivresse. Le matin, surtout, le pépiement des petits oiseaux faisait un raffut incroyable. En les observant bien, on pouvait les voir fendre ces flots de verdure que les jeunes feuilles accumulaient d'une cime à l'autre, les regarder s'envoler comme ces poissons qui volent au-dessus des mers : saison des amours où s'entremêlaient aussitôt les gazouillis les plus fous, où les culbutes venaient toujours se terminer par une chute au creux des vagues formées par la végétation printanière.

Hatakeyama, le démon adolescent, avait eu vite fait de comprendre que, si son aîné K. était venu passer un moment dans sa chambre avec un pique-nique de sandwiches, c'était uniquement à cause d'une envie plus que transparente de voir son fameux livre. Et s'il se permettait de taquiner son aîné, c'est qu'il sentait bien qu'une certaine complicité s'était glissée entre eux sur un sujet qui l'exposait lui-même à des railleries de même nature.

« Ça y est ! Cinq minutes !

— Tu veux rire ! Ça ne fait même pas trois minutes !

— Cinq minutes, je te dis ! »

Hatakeyama sourit soudain comme une petite fille. Sourire inspiré par la fragilité que peut montrer un être qui, depuis sa naissance, n'a jamais eu à subir le moindre affront.

« Bon ! Rien à faire, alors... Il faut que je te le montre »

Il avait acquis la manie de garder la main gauche dans sa poche (ayant trouvé très chic son cousin étudiant qui, dans cette attitude, laissait entrevoir entre chandail et pantalon la chaîne dorée de sa montre, il essayait tant bien que mal de l'imiter). C'est main en poche donc qu'il alla paresseusement ouvrir la boîte où il rangeait ses livres. Au milieu des manuels scolaires qu'il n'avait pas touchés une seule fois depuis son retour à l'internat, parmi les livres qui lui avaient été donnés par ses parents — une série de contes pour enfants dans un état incertain, *Le Livre de la jungle* et *Peter Pan* dans la collection de poche des éditions I. —, aurait dû se trouver un volume au dos duquel on pouvait lire écrit dans des caractères tracés d'un pinceau enfantin : *Vies des hommes illustres de Plutarque.* Ce livre dont la couverture rouge était sévèrement protégée dans du papier kraft, et auquel, par-dessus le marché, il avait donné ce nom austère après l'avoir remarqué à la bibliothèque sur un ouvrage de la même épaisseur, n'avait cessé de circuler, passant de main en main, aussi bien pendant les cours que pendant les récréations. Et si quelqu'un était tombé, en regardant à la page où aurait dû se trouver normalement la statue d'Alexandre le Grand, sur le plan en coupe relativement compliqué et imprimé dans d'étranges couleurs qui en tenait lieu, il n'aurait pas manqué d'être saisi d'un certain étonnement.

« Si, avec toute cette comédie, tu veux me faire croire qu'il s'est mystérieusement volatilisé, ça ne marche pas... »

Ne pas devenir dupe de son redoutable cadet, mais ne pas risquer non plus, en prenant une attitude maladroitement agressive, d'encourir inutilement son mépris : K. avait la tête si farcie d'appréhensions de ce genre que le désir de se faire montrer le fameux livre en était venu à passer au second plan, tandis qu'il fixait le dos du démon en train de remuer de fond en comble le contenu de sa caisse de livres.

« On me l'a pris ! »

Hatakeyama s'était relevé et criait. Comme il s'était baissé un certain temps pour fouiller au milieu de ses livres, son visage était congestionné, ses yeux brillaient fébrilement. Il courut jusqu'à son bureau, se mit à en ouvrir et refermer furieusement les tiroirs. Il continuait à parler tout seul.

« J'exige toujours un reçu de ceux qui viennent m'emprunter mon livre. Et dire que quelqu'un s'est permis de l'emporter sans mon autorisation ! C'est insupportable ! Ce livre qui est notre secret, notre trésor à tous. Et que je n'aurais jamais fait lire à un type que je déteste, tellement il est important pour moi...

— Ça ne sert à rien de se mettre en colère maintenant que le mal est fait... »

K. avait déployé toute son énergie à parler comme un adulte, mais il s'arrêta net. Car il venait d'apercevoir dans les yeux de Hatakeyama une lueur de cruauté. Et, sans conteste, ce regard ressemblait à celui d'un enfant s'apprêtant à écraser un serpent.

« Ça y est, j'ai trouvé, c'est Watari ! » s'exclama son fidèle acolyte, Komiyama, qui s'était mis à écrire en tout petits caractères sur le tableau noir le nom honni, tout en montrant du doigt la porte inondée de lumière par laquelle le présumé coupable venait de disparaître dans la cour, seul comme à son habitude. Dans l'entrebâillement, on pouvait voir les nuages brillants courir de l'autre côté du terrain de sport. Leurs ombres passaient gravement au-dessus.

« Watari ? Tu parles ! Quel rapport peut-il y avoir entre un gamin comme lui et ce livre ?

« Mais justement il y en a un... Attends, tu vas voir un peu ! Tu n'as jamais entendu parler de l'expression “sainte nitouche” ? Les types qui font des mines de petits saints sont ceux qui s'intéressent le plus à ce genre de choses. Tiens, ce soir avant le dîner, quand tout le monde sera parti faire du sport et qu'il n'y aura plus personne à l'internat, va donc faire un petit tour à l'improviste dans la chambre de Watari ! »

Watari, venu d'une autre école primaire, était le seul de leurs camarades qu'ils ne connaissaient pas bien. Et il y avait en lui quelque chose qui refusait le contact avec les autres. Alors qu'il se montrait assez coquet pour changer chaque jour de chemise, il laissait pousser sans les couper pendant plusieurs semaines des ongles qui prenaient une teinte anormalement noire. Sa peau avait le teint cireux, la blancheur sans éclat d'un gardénia. Seules ses lèvres exhibaient un rouge si vif qu'on avait envie de les frotter avec la main pour voir si, par hasard, il ne se serait pas maquillé. Vu de près, la beauté de son visage surprenait, mais, de loin, rien dans son apparence ne retenait particulièrement l'attention. Il faisait penser à une de ces œuvres d'art dont on aurait soigné les détails en délaissant quelque peu l'impression d'ensemble. Des détails si parfaits, cependant, que s'en dégageait une beauté d'une entêtante séduction.

À peine était-il entré au collège que les persécutions avaient commencé. Watari semblait rester indifférent à cette tendance des adolescents qui, prenant conscience de la fragilité propre à leur âge, aspirent en contrepartie à une certaine rudesse. Il voulait plutôt préserver en lui cette fragilité. Un jeune homme qui veut être lui-même sera respecté de ses pairs. Mais un adolescent qui prétend rester lui-même sera martyrisé par les autres. L'adolescence a toujours été un effort pour se rendre semblable, ne fût-ce qu'un instant, à quelque chose d'autre.

Lorsqu'il était en butte aux mauvaises plaisanteries de ses camarades, Watari ne manquait jamais de reporter soudain les yeux vers le ciel bleu et limpide. Et cette habitude même était devenue un sujet de raillerie.

« Ce type, lorsqu'on s'acharne contre lui, il lève tranquillement les yeux au ciel comme le Christ ! » avait dit M., le plus terrible de tous ces petits satans. Puis il avait enchaîné : « Quand il fait ça, son nez se relève aussi un peu, non ? Je lui regarde alors jusqu'au fond des trous. Eh bien, vous ne me croirez pas, mais il se mouche avec tant de soin que le bord de ses narines a pris une vague teinte rose ! »

Bien entendu il avait été défendu à Watari de regarder les *Vies des hommes illustres*.

Il n'y avait plus que la forêt à rester éclairée. Sous le couvert des arbres, les feuilles, captant encore avec précision le résidu cendreux des rayons du couchant, tremblotaient comme la flamme d'une chandelle près de s'éteindre. Lorsqu'il entra en ouvrant furtivement la porte, Hatakeyama n'aperçut tout d'abord que ce tremblement de la forêt bien visible à travers la fenêtre placée en face de lui. La silhouette de Watari s'imprima ensuite sur sa rétine. Assis à son bureau, la tête prise entre ses deux mains blanches et frêles, ce dernier baissait les yeux dans une attitude recueillie. Seules se distinguaient nettement par leur blancheur la page du livre et les mains du garçon.

Entendant des bruits de pas, il se retourna enfin. Pour couvrir aussitôt de ses deux bras, et avec une formidable obstination, le livre qu'il avait devant lui.

En deux ou trois bonds d'une vigueur juvénile, Hatakeyama se vit saisir l'adolescent au collet. Les grands yeux de Watari, aussi inexpressifs que ceux, toujours si ronds, d'un lapin, s'étaient brusquement rapprochés sous son nez. Hatakeyama sentit ses genoux faire un drôle de bruit en s'enfonçant dans le ventre de Watari plié en deux sur sa chaise, et, tandis qu'il s'arrachait à la main visqueuse qui se collait à lui comme de la pâte de riz, il se mit à le gifler tant et plus, frappant de sa propre main droite des joues qui semblaient totalement dépourvues d'élasticité. Au point de se demander si la chair ainsi creusée allait vraiment pouvoir retrouver sa place initiale. Et, réellement, le visage de Watari en cet instant avait une expression si amorphe, témoignait d'une paix si étrange qu'il paraissait avoir été irrésistiblement aspiré à l'endroit même où il venait d'être atteint. Bientôt pourtant les joues s'empourprèrent, et le sang, sournoisement, commença à s'échapper en minces filets des narines si finement découpées.

À ce spectacle, Hatakeyama ressentit comme une nausée délicieuse, et, entamant sans aucune nécessité une sorte de danse de Saint-Guy, il attrapa le col de la chemise bleue de son adversaire pour le traîner vers le lit. Passif, Watari donnait l'apparence de n'être plus qu'un pantin. Mais, curieusement, il semblait ne pas avoir encore bien compris la situation dans laquelle il se trouvait et contemplait le bleu pâle, presque transparent, que le ciel du soir étendait au-dessus des bois éclairés d'un reste de lumière. Ou n'était-ce pas plutôt le ciel vespéral qui, bon gré mal gré, descendait dans ses yeux inertes ? Peut-être Watari ne faisait-il au fond que le retenir sur ses immenses pupilles vides. Seul son saignement de nez, frais et vivant, brillait ostensiblement, en coulant joyeusement des narines vers le coin de la bouche, et de la bouche au menton.

« Voleur ! Voleur ! »

Après avoir couché Watari sur le lit, Hatakeyama y monta lui-même pour le bourrer de coups de pied, l'écraser. Les grincements du lit ressemblaient à s'y méprendre au bruit que font des côtes qui se cassent. Watari, la tête tournée vers le haut, gardait les yeux fermés. Dévoilant parfois la rangée trop bien alignée de ses dents, il poussait de petits piaillements d'oiseau maladif. L'autre cognait tant et plus sur son flanc, mais lorsqu'il le vit tourné vers le mur, immobile comme un cadavre, il eut tôt fait de se retrouver au bas du lit après un saut d'une adresse remarquable. Et, même dans ces circonstances, il n'avait pas oublié, le corps légèrement incliné, d'enfoncer prestement dans la poche étroite de son pantalon la main qui venait de s'abandonner à la violence. De son autre main, il s'empara du *Plutarque*, toujours posé sur le bureau, le prit avec élégance sous le bras, puis se précipita dans l'escalier qui montait vers sa chambre au premier.

Ce livre suspect, combien de fois ne l'avait-il pas parcouru ! Or, quand il lui arrivait de le relire, il sentait bien que la folle excitation qui l'avait saisi la première fois ne faisait que s'émousser avec le temps. Récemment son intérêt s'était d'ailleurs déplacé pour s'investir dans la joie qu'il éprouvait en constatant la force irrépressible de la fascination que la découverte de ces pages exerçait sur ses camarades. Mais maintenant qu'il se replongeait dedans après l'avoir récupéré en rossant Watari, ce livre lui faisait revivre avec une sensation démente la fièvre délirante de sa première lecture, encore plus intense à présent. Il ne pouvait plus aller jusqu'au bout d'une seule page. Qu'un seul mot enveloppé de mystère se présentât à ses yeux, et une myriade de fantasmes se regroupait pour le faire sombrer dans une ivresse sans fond. Sa respiration était devenue haletante, ses mains tremblaient. La cloche du dîner se mettant soudain à résonner à travers le bâtiment le plongea dans une confusion presque totale. Il se demanda comment il pourrait se montrer ainsi devant tout le monde. Et Watari était devenu le cadet de ses soucis.

Ce soir-là, Hatakeyama se réveilla d'un rêve qui avait troublé son sommeil. Dans ce rêve, il avait été entraîné dans un repaire où grouillaient toutes les maladies qu'il avait attrapées durant son enfance. Or, il avait été plutôt un de ces rares enfants qui jouissent d'une santé parfaite. C'est à peine s'il avait eu la coqueluche, la rougeole ou souffert d'une inflammation du côlon. Pourtant, dans son rêve, plusieurs maladies étaient venues le saluer comme si elles le connaissaient très bien. Et dès qu'elles s'approchaient de lui, toutes, sans exception, dégageaient une odeur nauséabonde. Cherchait-il à les écarter de la main qu'aussitôt elles venaient s'y coller comme de la peinture à l'huile. Une maladie, entre autres, lui démangeait le cou...

Hatakeyama eut conscience qu'il s'éveillait de son rêve en ouvrant des yeux aussi ronds que ces yeux de lapin qu'avait eus Watari ce jour-là. Watari dont, l'instant d'après, le visage surpris flottait comme un miroir au-dessus du lit. Leurs regards se croisèrent, mais l'autre commença lentement à disparaître comme par enchantement.

« Yaaaa ! »

Hatakeyama poussa un cri proche de ceux qu'on utilise au kendô pour s'encourager. Du moins le voulut-il, car rien ne sortit de sa gorge.

Son cou était emprisonné par une sorte de main glaciale. Mais cette pression était en partie agréable. Se ravisant donc, il se dit qu'il s'agissait probablement de la suite de son rêve, et extrayant une main paresseuse de dessous les draps, il la porta à sa gorge sur laquelle il se mit à promener ses doigts. Quelque chose comme un cordon de pyjama d'environ deux pouces de large avait été méticuleusement enroulé à partir de la nuque, quelque chose qu'il sentait lui étrangler le cou.

Un adolescent tel que lui ne manquait évidemment ni du courage ni de la présence d'esprit nécessaires pour se défaire en un clin d'œil de ce qui l'étouffait. Il se dressa ensuite sur son lit. Statue imposante d'un jeune homme de plus de vingt ans ! Et, en cet instant précis, à l'extérieur de la fenêtre, la chaîne des nuages qui se succédaient en prenant une teinte d'ivoire sous la lumière de la lune nimba sa silhouette d'une lueur telle qu'on eût dit la statue antique d'un jeune dieu.

La chose qui, comme un chien, s'était tapie au pied du lit tournait effrontément vers Hatakeyama la pâleur d'une face humaine. Sa respiration semblait haletante, et le visage entier paraissait sans cesse se gonfler, se dégonfler. Les yeux seuls, pleins d'hostilité (ou plutôt d'adoration), brillants à en déborder de clarté, restaient levés vers le visage d'Hatakeyama dont l'ombre s'auréolait de lumière.

« Watari. Tu es venu te venger ! »

Watari ne pouvait empêcher ses lèvres de trembler douloureusement, ses lèvres qui étaient comme les roses de cette nuit ténébreuse. Il se risqua enfin à dire d'un ton presque extatique :

« Pardonne-moi...

— Tu voulais me tuer...

— Pardonne-moi... »

Sans même songer à fuir ni à se protéger, Watari ne faisait que répéter inlassablement les mêmes mots.

Hatakeyama se jeta brusquement sur lui. D'un bond effrayant aidé par les ressorts du lit. Instinctivement Watari se coucha à plat ventre sur le plancher, après quoi il dut endurer pendant plus de vingt minutes les coups administrés par Hatakeyama qui, assis à califourchon sur son dos, lui promettait de le mettre si mal en point qu'il aurait honte de se montrer tout nu quand ils seraient au bain. Il répandit en effet le contenu d'un encrier d'encre bleu-noir sur les fesses dénudées de

Watari qu'il piqua ensuite avec l'aiguille d'un compas pour étudier leur moindre réaction ; puis, fou furieux soudain, il tira tant et plus sur les deux oreilles du garçon comme pour le suspendre en l'air. Ces tortures semblaient avoir été préalablement mises au point, s'enchaînant de façon remarquable. Watari, bien sûr, ne regardait déjà plus vers le ciel, mais, parfaitement immobile, restait la joue plaquée contre les rainures du linoléum recouvrant le plancher.

Dans ce pensionnat, les chambres étaient toujours pour deux. Or, le camarade d'Hatakeyama, malade, étant rentré chez lui, il suffisait ce soir-là de veiller à ce que rien ne s'entendît dans la pièce au-dessous pour être libre d'y faire ce qu'on voulait. Les deux garçons furent bientôt aussi épuisés l'un que l'autre. Et, sans y prendre garde, ils s'étaient assoupis sur le sol. Watari avait même oublié de recouvrir ses fesses blêmes.

Leur sommeil ne dura probablement que très peu de temps. Hatakeyama se réveilla le premier, et, les mains jointes en guise d'oreiller, il regarda la fenêtre éclairée par la lune. Du plancher où il était allongé, on ne voyait guère que le ciel. L'astre se trouvait juste au-dessous du cadre de la fenêtre, et seuls deux ou trois lambeaux de nuages apparaissaient plongés dans la lumière transparente qui inondait le ciel. La scène avait la même cruelle clarté, la même vérité ou précision que si elle s'était reflétée à la surface d'une machine soigneusement astiquée. Et les nuages semblaient aussi inébranlables qu'un chef-d'œuvre architectural.

Hatakeyama fut pris subitement d'un étrange désir. Plus que d'une rupture, il s'agissait d'une transition naturelle avec l'humeur apaisée qui était alors la sienne. Et ce désir était curieusement lié à l'horrible sensation qu'il avait eue quelques instants auparavant en touchant le cordon enroulé autour de son cou. Lui qui, tout collégien qu'il était, n'avait pas spécialement froid aux yeux s'étonnait à l'idée qu'un type comme Watari ait pu vouloir le tuer. Si bien qu'en proie simultanément à un double et étrange complexe de supériorité et d'infériorité, il ne pouvait plus tenir en place, torturé qu'il était par l'humiliation d'être encore en vie, de ne pas avoir réellement été tué.

« Tu dors ?

— Non ! » lui répondit Watari. Et ses yeux s'étaient tournés vers Hatakeyama. Puis, allongeant une fine main blanche pour la resserrer aussitôt sur une de ses hanches, il ajouta en appuyant dessus qu'il avait vraiment très mal.

« Vraiment ? Ça te fait vraiment mal ? »

Hatakeyama fit deux tours complets sur lui-même, ce qui l'amena un peu trop loin, à moitié au-dessus du corps de Watari. Celui-ci se mit alors à rire, d'un rire qu'il n'avait jamais eu l'occasion d'entendre jusque-là, un joli petit rire étouffé comme la plainte d'un coquillage. Dès qu'il en eut deviné la signification, le démon plaqua son visage sur les lèvres de Watari, des lèvres autour desquelles avait déjà poussé un abondant duvet.

Les autres firent bientôt circuler à voix basse la rumeur que Watari et Hatakeyama avaient des relations « particulières ». Mais ce scandale eut en fait des pouvoirs mystérieux. Grâce à lui, Hatakeyama étendit encore davantage sa domination. De son côté, Watari en bénéficia aussi puisqu'il trouva désormais sa place au sein de leur cercle. Il s'agissait là en somme d'un processus analogue à celui grâce auquel une femme dont on ne faisait aucun cas devient soudain la coqueluche de toute une société, du seul fait qu'un dandy à la mode a décidé de lui trouver du charme. Mais que pensait le principal intéressé lui-même, Hatakeyama, de cette nouvelle donne ? C'est ce dont personne n'avait la moindre idée.

Bientôt, le pouvoir du démon exigea une sorte de formalisation juridique rigoureuse. Tous se mirent à fignoler des projets de loi pendant les heures d'anglais ou d'orthographe. Le droit pénal, entre autres, se devait d'avoir l'arbitraire des régimes reposant sur la menace. La nécessité d'un contrôle sévère de l'ego s'était ainsi éveillée chez ces adolescents.

Or, un matin, à l'internat, les petits démons demandèrent à leur roi de leur livrer des noms. Ils s'étaient installés sur leurs chaises dans des poses toutes plus extravagantes les unes que les autres. Pour certains on aurait dû dire qu'ils se raccrochaient à leur siège plutôt qu'ils n'y étaient réellement assis. Un élève de première année avait mis carrément sa chaise à l'envers et se cramponnait vaille que vaille à deux des pieds ainsi retournés.

« Hatakeyama ! Allez, des noms ! Et nous, nous allons nous charger de punir les types que tu auras désignés. Ces temps-ci, il n'y en aurait pas qui se montrent un peu trop insolents ?

— Non, je n'en vois pas... » répondit sèchement Hatakeyama en leur tournant un dos qui n'avait déjà plus rien de celui d'un adolescent.

« Vraiment, tu n'en vois pas ? Bon, alors on va en trouver nous-mêmes.

— Eh, minute ! Je vous ai menti en disant qu'il n'y en avait pas ! Écoutez ! Je vais vous dire un nom ! Mais, attention, même si je le fais, je ne vous en dirai jamais la raison, compris ? »

Ils retinrent tous leur respiration. Pas un d'entre eux n'eût détesté en effet s'entendre nommé par Hatakeyama.

« Watari n'est pas là ?

— Malheureusement, il vient juste de partir...

— Eh bien, c'est lui que je désigne. Récemment, je trouve qu'il le prend d'un peu trop haut avec nous. Si on ne lui serre pas la vis dès maintenant, d'ici peu il deviendra tout à fait irrécupérable ! »

Ce petit discours imitait à la perfection le ton des élèves de cinquième année. Et pourtant, contrastant avec la dureté des paroles, la physionomie du garçon avait la même nonchalance que s'il venait seulement de se souvenir d'un objet qu'il aurait perdu. Cette attitude, en tout cas, encouragea les autres qui commencèrent à s'agiter gaiement.

« L'heure ? disons à la récréation de midi !

— L'endroit ? près de l'étang de Lavesang.

— Moi, j'emporte mon couteau à cran d'arrêt...

— Et moi, une corde. S'il se démène, on pourra le ficeler... »

Les algues spirogyres verdissaient déjà l'étang. Mais les arbres qui l'entouraient étendaient jusqu'aux moindres recoins des eaux le mélancolique reflet de leurs jeunes feuillages, si bien que, lorsqu'on s'aventurait sur les berges, on avait l'impression que tout, jusqu'à l'intérieur de sa propre bouche, n'était plus que verdure.

Chacun semblait jouir solitairement du bruit un peu tendu des pas qui se frayaient un chemin à travers les bambous nains, et presque personne, dans ce groupe escortant Hatakeyama et Watari, n'aurait voulu rompre le silence. Watari marchait sans donner le moins du monde l'impression qu'il était effrayé, et cette attitude ne manquait pas d'indisposer ses camarades, comme lorsqu'on voit s'avancer de façon guillerette un grand malade qu'on s'imaginait devoir s'effondrer à chaque pas. Parfois le garçon levait les yeux vers le ciel qui perçait à travers les cimes printanières. Mais les autres restaient plongés dans leurs propres réflexions, et aucun d'entre eux n'aurait désormais plus songé à plaisanter sur cette manie de Watari. Hatakeyama, la main gauche au fond de sa poche, les yeux baissés, progressait à vive allure, en s'efforçant de ne pas regarder le visage de sa victime.

Mais soudain il s'arrêta, et levant un bras dénudé :

« Stop ! Plus un bruit ! »

Sur le sentier du haut menant aux parterres, le vieux jardinier passait en poussant sa brouette.

« Eh, là-bas, on complote ? Encore un de vos mauvais coups ?

— Peuh ! regardez-moi ce mendigot ! »

On prétendait en effet qu'il recevait gratuitement les restes des repas de l'internat, ce qui lui faisait faire des économies sur ses frais de nourriture.

« On peut y aller ! Il est parti maintenant... »

M. venait de leur faire signe des yeux.

« Bon, eh, Watari ! »

Pour la première fois, Hatakeyama fixa Watari bien en face. Et le regard que Watari lui renvoya était, comme celui de ses autres camarades, un regard ténébreux qu'on ne leur avait jamais encore vu jusque-là.

« Dis donc, toi, on dirait que tu ne te prends pas pour rien, ces temps-ci ! »

La cause était entendue. Mais la peine tardait. L'exécuteur des hautes œuvres, manches retroussées, avait croisé ses bras nus et se contentait de les caresser doucement du bout des doigts... C'est cet instant d'hésitation, semble-t-il, que Watari avait mis immédiatement à profit pour aller littéralement sauter au cou de son camarade. Derrière Hatakeyama, se trouvait l'étang. Des pierres et des mottes de terre roulant sous ses pieds tombèrent dans l'eau avec un léger clapotis. Mais à part cela, on n'entendait aucun autre bruit. À tel point qu'on aurait pu facilement s'imaginer, vu de l'extérieur, que les deux garçons étaient en train de se congratuler en silence. Au bout du compte, ce fut Hatakeyama qui, résistant de toutes ses forces pour ne pas tomber dans l'étang, alla se jeter de lui-même sous les dents de Watari prêt à lui mordre le bras.

La belle rangée des incisives pointues qui rappelaient celles d'une fille ou, mieux encore, celles d'un félin, s'enfonça profondément dans la chair juvénile. Et, bien que le sang commençât à s'échapper d'un seul jet entre les dents et la peau, les deux garçons, mordant mordu, restaient parfaitement immobiles. Hatakeyama n'avait pas poussé le plus petit gémissement. Seul le hasard fit que son bras se détacha enfin des dents de Watari qui, essuyant du revers de la main ses lèvres que le sang avait rendues plus rouges que jamais, demeurait figé sur place, sans pouvoir détacher les yeux de la plaie qu'il avait ouverte.

Tous comprirent en même temps de quoi il retournait. Mais Watari les devança d'une seconde ou deux pour prendre la fuite. Les poursuivants, de leur côté, constituaient une bande de six vauriens bien décidés. Watari glissa sur l'argile des bords de l'étang. Et comme il résistait, sa chemise bleue se déchira, laissant apparaître la chair d'une épaule dont la blancheur semblait presque maladive. Le garçon qui avait la corde, lui ficelant les mains derrière le dos, ligota Watari dont le pantalon, sali par la terre rouge, luisait d'un étrange éclat coloré.

Hatakeyama ne s'était pas précipité comme les autres. Sans se soucier le moins du monde de son bras blessé, il avait paresseusement enfoncé sa main gauche dans sa poche. Le sang, qui ne cessait de dégouliner, avait bordé de rouge le verre de sa montre, et, glissant au bout des doigts, allait se répandre goutte à goutte dans la doublure du vêtement. Il ne ressentait aucune douleur. Seule comptait pour lui l'impression que quelque chose d'effroyablement proche, et qui ne ressemblait en rien à du sang, quelque chose d'intime et de chaud, caressait le dessus de sa peau. Il avait pourtant pris une décision. Et, ce qu'il put lire sur le visage de ses compagnons ramenant Watari n'en était déjà plus que la concrétisation, l'invitation, en tout cas, à mener l'affaire jusqu'à son terme.

Hatakeyama, évitant de regarder Watari, fixait, bien tenue en main par leur camarade, la corde qui l'attachait ainsi que le gros nœud qu'on y avait fait pour en réduire la longueur. Il ordonna :

« Cherchons un endroit tranquille. Le bois derrière le pigeonnier devrait faire l'affaire... »

On poussa légèrement Watari qui se remit en marche. En passant sur le chemin de terre rouge, il fit de nouveau un faux pas et tomba sur les genoux. Ils l'aidèrent à se relever avec de vulgaires cris de palefrenier : « Oh ! hisse ! oh ! hisse ! » Dans l'éclat de la verdure, la pâleur de l'épaule ressortait avec une intensité encore plus grande, si blanche qu'on aurait dit que l'os lui-même pointait sous la déchirure de la chemise bleue. Les églantiers et les petites fleurs jaunes, le duvet des pissenlits et le pollen des chrysanthèmes sauvages ajoutaient leurs couleurs variées au pantalon couvert d'argile. La terre rouge qui s'était collée aux joues de Watari avait été essuyée sans qu'on puisse dire exactement par qui, et tous, sans exception, eurent le sentiment de n'avoir jamais vu un homme au visage aussi beau.

Durant la marche, l'incorrigible M. ne cessa de s'en prendre à Watari : quand il ne le chatouillait pas sous les aisselles, il lui pinçait les cuisses, ou autres traitements de ce genre. Il se mit aussi à rire bruyamment en faisant remarquer que Watari, comme d'habitude, regardait le ciel. Pourtant, si M. avait pu savoir qu'il n'y avait plus au monde que deux choses susceptibles de se refléter dans les yeux de Watari, qu'en aurait-il pensé ? N'existaient plus pour lui, en effet, que ce ciel bleu qui, sans cesse, agresse nos regards à travers la cime verte des arbres, l'œil même de Dieu, et, sur terre, ce sang précieux versé par lui, ce sang qui coulait en empourprant le bras de son camarade. Voilà ce qu'il contemplait tour à tour. Hatakeyama, cependant, marchait en regardant droit devant lui, à une allure remarquable qui ne le cédait en rien à celle d'un homme mûr. Son bras gauche se trouvait juste sous les yeux de Watari. Le sang séchait peu à peu, et lorsqu'il passait au soleil, il prenait une teinte d'un mauve satiné.

Le bois derrière le pigeonnier était le royaume

des pigeons qui venaient s'y ébattre : presque personne ne passait jamais dans cet endroit où les arbres, relativement clairsemés, laissaient généreusement filtrer la lumière. C'était vraiment un simple taillis sans grand charme, mais, tout au milieu, se dressait un grand pin qui étendait de longues branches sereines. Les pigeons avaient pris l'habitude de venir s'y percher et, alignés les uns à côté des autres, ils s'appelaient en roucoulant. Le soleil de ce début d'après-midi baignait le tronc d'une clarté si limpide que la résine qui s'en échappait en larges coulées ressemblait à un filon d'agate. Hatakeyama s'arrêta, puis s'adressant à celui qui tenait la corde :

« Ici ! Arrêtons-nous ici ! Toi, délie Watari ! Mais ne le laisse pas s'échapper. Lance la corde le plus haut possible comme un lasso, et vise une des grosses branches du pin pour qu'elle retombe de l'autre côté. »

Tous ces collégiens en pleine adolescence n'eurent pas plus tôt entendu cet ordre — la plus mauvaise plaisanterie dont ils aient jamais rêvé — qu'ils se sentirent transportés en plein délire. Watari se vit solidement maîtriser par deux d'entre eux, tandis que les quatre autres, gambadant sur l'herbe comme de vrais petits diables, prêtaient leur concours au lancement du lasso improvisé autour d'une des branches de l'arbre. Un des deux bouts de la longue corde fut noué en nœud coulant. Puis, monté sur une souche de bonne dimension, un des garçons passa la tête au travers en tirant la langue.

« Non, ça ne va pas comme ça, il faut remonter la corde... »

Celui qui avait fait une langue de pendu était le plus petit d'entre eux, et, pour la taille de Watari, il y avait au moins dix bons centimètres en trop.

Dans leur esprit, il ne pouvait s'agir que d'une farce. De temps en temps pourtant, quand venait les effleurer l'obscur pressentiment que tout cela pouvait être « vrai », ils s'effrayaient. Watari, tout pâle, tremblait nerveusement. On l'entraîna devant la corde, et, là, un des comiques de la bande prononça un petit discours funèbre. Pendant ce temps, comme toujours, de ses grandes prunelles de fou, Watari fixait intensément le ciel bleu.

Hatakeyama donna soudain le signal en levant la main le plus haut possible. Il fermait désespérément les yeux.

La corde monta.

Submergés sous les battements d'ailes d'innombrables pigeons, épouvantés par l'éclat extraordinaire du visage de Watari qui les dominait d'une hauteur surprenante, les adolescents n'auraient pu supporter de demeurer un seul instant de plus sur les lieux de cet odieux assassinat : aussi quittèrent-ils en courant le taillis clairsemé, chacun fuyant de son côté.

Ils galopaient à une vitesse prodigieuse, pleine d'allégresse.

Et leurs poitrines enfantines se gonflaient de la fierté d'avoir tué un homme.

Trente minutes s'étaient à peine écoulées que

déjà, comme s'ils s'étaient donné le mot, ils revenaient dans les bois. Épaules contre épaules, craintifs, ils regardèrent à la dérobée la branche du grand pin.

Seule la corde se balançait en l'air. Nulle part on ne pouvait voir la moindre trace du pendu.

*Pèlerinage aux Trois Montagnes*

1

Lorsque le professeur Fujimiya lui intima l'ordre de l'accompagner dans le voyage qu'il devait faire à Kumano, Tsuneko s'en trouva profondément remuée.

Elle avait maintenant quarante-cinq ans, et il désirait la remercier pour les soins attentifs dont elle l'avait entouré ces dix dernières années, depuis que veuve et sans famille elle avait été admise comme disciple au sein de son cénacle poétique. À l'époque le maître s'était trouvé fort embarrassé d'avoir perdu sa vieille servante, si bien que Tsuneko s'était mise spontanément à son service, sans que jamais, ne fût-ce qu'une fois, au cours de ces longues années, il n'y ait eu entre eux la moindre atmosphère équivoque.

Tsuneko n'avait rien d'une beauté. Elle manquait même singulièrement de séduction. Extrê mement discrète, réservée, elle n'était absolument pas du genre à demander d'elle-même qu'on lui rende un service quelconque. Et, avec son mari, mort prématurément la deuxième année de leur vie commune, elle n'avait guère connu que les liens superficiels d'un mariage arrangé par ses proches et où l'amour n'avait jamais eu son mot à dire. Il peut sans doute paraître étrange qu'une telle femme ait entrepris d'écrire des poèmes, mais c'est en toute connaissance de cause, après avoir compris le caractère de Tsuneko et son absence totale de talent, que le maître avait pris, semble-t-il, la décision de l'admettre dans sa maison.

Cependant, la motivation ultime de cet arrangement reposait sur le respect que Tsuneko éprouvait pour le professeur Fujimiya, et nul autre que lui n'aurait pu être aussi digne de cette admiration.

Directeur du département de littérature japonaise de l'université Seimei, docteur ès lettres, le professeur composait également des tanka[1] qui avaient assuré sa renommée de poète. Son étude sur le *Kokidenju* (*Tradition secrète du Kokinshû*[2]) était restée célèbre. Il y expliquait comment les dernières splendeurs de la culture de cour, se figeant dans des formes de plus en plus creuses,

1. Cf. note 1, p. 169.

2. Le *Kokinshû* (*Recueil de jadis et maintenant*) est la première anthologie de poèmes en japonais compilée sur ordre impérial. Commandée en 905 après J.-C., elle fut achevée vers 913, et recueille environ mille cent poèmes dont presque tous sont des tanka. Esthétique de la suggestion et de l'allusion qui se prête au jeu des interprétations multiples.

s'étaient progressivement entourées de mystère en se mêlant aux croyances populaires. L'originalité de ces recherches tenait à la clarté avec laquelle il avait mis en évidence la délicate fusion des cultures aristocratiques et populaires, processus ayant produit à l'époque Tokugawa[1] ce livre initiatique étrange, le *Kokidenju*, où se mêlaient les théories shintô, confucianistes et bouddhistes. Ces dix dernières années, il avait étudié dans la même ligne la tradition secrète du *Genjimonogatari* (*Le Dit du Genji*)[2], au point que les cours qu'il consacrait à la littérature de la haute époque avaient tendance à dévier et à prendre la coloration moyenâgeuse des enseignements initiatiques.

Exception faite du positivisme scientifique et de l'esprit analytique qui l'inspiraient dans ses œuvres académiques, le maître était avant tout un poète : ce qui le fascinait, c'était le mystère. Jusque dans le célèbre *Secret des Trois Oiseaux* qui fait partie des traditions occultes concernant le *Kokinshû* transmises dans la maison impériale, il voyait une portée symbolique et ésotérique à ces trois oiseaux immatériels — inaoosedori, momochidori, yobukodori — qu'on serait bien en peine

1. Ou époque d'Edo (Tôkyô) : 1600-1867. Du nom du fondateur de la dynastie de shoguns ayant régné sur le Japon pendant toute la période Ieyasu Tokugawa (1542-1616).

2. Traduction par René Sieffert, POF, Paris, 1988. Roman-fleuve écrit par Murasaki Shikibu, dame d'honneur de la cour, aux environs de l'an 1000. Roman d'analyse psychologique qui raconte principalement la vie et les aventures amoureuses du prince Hikaru Genji.

de trouver au zoo et qui révélaient les trois principes de l'univers. De cette théorie fondée sur une comparaison avec la fleur du *Kadensho* (*De la transmission de la fleur de l'interprétation*) de Zeami[1], il avait tiré un livre, *Fleur et oiseau*, aussi beau qu'un poème en prose, et qui avait recueilli les faveurs d'un très large public. Cette œuvre inspira ensuite le titre de son recueil poétique *Fleurs Oiseaux*.

De nombreux admirateurs entouraient le maître qu'ils vénéraient à l'égal d'un dieu absolu. Et comme ils s'épiaient constamment les uns les autres de peur qu'un rival ne leur ravisse ses faveurs, ce n'était pas une mince affaire pour le professeur Fujimiya que de conserver son impartialité.

À parler ainsi du maître, on imaginerait facilement un être rayonnant, aussi bien socialement qu'humainement. Aux yeux de ceux qui avaient pu l'approcher dans son intimité, cependant, c'était plutôt quelqu'un d'excentrique, de solitaire, qui s'enveloppait toujours d'une ombre impénétrable.

Et il faut dire qu'il manquait singulièrement d'allure avec ce strabisme dû à une blessure qu'il s'était faite durant son enfance. Il en avait retiré un complexe d'infériorité qui conférait à toute sa personnalité une sombre moiteur. Parfois, avec

1. *La Tradition secrète du Nô*, suivi de *Une journée de Nô*, traduction et commentaires de René Sieffert, coll. Connaissance de l'Orient, UNESCO, Gallimard, Paris, 1960.

ses familiers, il plaisantait, manifestait une irrépressible gaieté, du genre de celle que laisse brusquement échapper un enfant malade. Mais cet enjouement ne parvenait nullement à masquer l'impression qu'il donnait extérieurement d'évoluer au sein d'obscurs marécages. Pas plus qu'il n'arrivait à sortir du cadre de cette conscience excessive de soi dont le halo, telles de larges ailes déployées sur un corps trop malingre, cerne les êtres qui, n'ignorant rien de ce qu'ils sont, se trouvent sans cesse confrontés à leurs propres limites.

Le maître avait une voix au timbre étrange, une voix aiguë de soprano. Quand il s'échauffait, elle rendait un son métallique, mais nul, même parmi ses fidèles, n'aurait pu prévoir ses accès de colère. Il arrivait pendant les cours que, pour on ne sait quelle raison, il ordonnât à un étudiant de sortir. En y réfléchissant après coup, on comprenait pourtant que ce devait être à cause de ce pull-over rouge que le malheureux portait ce jour-là, ou parce qu'il avait fait tomber des pellicules de ses cheveux en se grattant la tête avec son crayon.

Tout au fond de lui-même, le maître, qui avait alors atteint la soixantaine, conservait une douceur, une simplicité, une faiblesse presque enfantines. Et si, devant ses étudiants, il se montrait aussi à cheval sur les principes, c'est qu'il craignait toujours que cet aspect de son caractère ne lui fasse perdre le respect qu'il était en droit d'espérer. De fait, les étudiants des autres facultés, par exemple, ne portant aucun intérêt particulier à ses travaux académiques, se moquaient de lui derrière son dos en l'appelant le docteur Momie.

Et, il faut bien le reconnaître : lorsque, escorté de ses nombreux disciples, il traversait le pimpant campus de l'université Seimei, modèle de modernité, le spectacle était assez étrange pour que le maître eût fini par en devenir une des célébrités. Avec ses lunettes teintées aux reflets violets, revêtu d'une vieille veste flottante, il s'avançait d'une démarche languissante, tel un saule balayé par les vents. Les épaules avachies, le pantalon aussi large qu'un hakama[1] contrastaient avec ses cheveux entièrement teints en noir et si soigneusement peignés qu'ils en paraissaient artificiels. Derrière le maître, arborant fièrement son cartable, engoncés dans cet uniforme noir à col montant que les autres étudiants détestaient, mais qui ne détonnait pas chez des jeunes gens vivant de toute façon à contre-courant de leur époque, suivaient les disciples, aussi sinistres qu'une troupe de corbeaux. Car, autour du maître, comme dans la chambre d'un grand malade, il était impossible de donner joyeusement de la voix. Échangeait-on quelques paroles ? Il fallait le faire en chuchotant. Et, de loin, les badauds ne pouvaient s'empêcher de s'en amuser : « Tiens, revoilà l'enterrement ! » s'écriaient-ils, ravis.

Un jour que le fameux cortège passait devant l'équipe de football américain en plein entraînement, un élève s'était enhardi :

1. Cf. note 1, p. 59.

« Notre camarade Tomisaka a composé un bien mauvais haïku :

*Venue d'Amérique « la balle aux pieds sales »*
*règne*
*sur les jours plus longs !*

Le maître avait alors gaiement répondu : « Ah, çà par exemple ! Avant de parler de la qualité du poème, qu'on me paye mes droits d'auteur ! Et je vous en ferai même le commentaire, si vous y tenez ! »

Ce court échange illustre les moments heureux des rapports privilégiés qui liaient le maître à ses élèves. L'expression « la balle aux pieds sales », évoquant l'antique jeu de ballon de la noblesse de Heian[1], le kemari, avait été récemment forgée par le maître dans un poème satirique sur le football, et le fait qu'un de ses disciples ait pu ainsi l'« emprunter » faisait tout le sel de la plaisanterie. À ces facéties ne manquait jamais de se mêler une subtile flatterie, comme lorsque de jeunes chiens folâtrent avec leurs parents. Car pour faire partie des disciples du maître, il fallait pouvoir tout

1. Ou Kyôto : 794-1185. Heian, littéralement *paix et tranquillité* : période de l'histoire japonaise allant de la fondation d'une nouvelle capitale, Heiankyô, sur le site actuel de Kyôto en 794, jusqu'à 1185, date de la fondation du shogunat de Kamakura (1185-1333). Période pacifique où la culture de cour atteignit son apogée dans de nombreux domaines littéraires et artistiques en s'affranchissant par ailleurs des modèles chinois.

d'abord sincèrement ne pas trouver ridicule ce genre de badinage.

Au moment où le maître lançait ses reparties, les rires fusaient de la troupe des corbeaux, légers comme une poussière de printemps. Mais il était extrêmement rare que le maître lui-même se relâchât au point de produire un bruit quelconque. En général, d'ailleurs, les rires cessaient tout aussitôt, et pour ceux qui avaient pu assister de loin à la scène, elle évoquait plutôt le rite ludique et ténébreux par lequel un sinistre groupe d'initiés, tout pétri de terreur sacrée, ne se détend un instant que pour mieux resserrer les liens extérieurement incompréhensibles qui le cimentent.

Les sentiments de tristesse et de solitude qui stagnaient au fond du cœur du maître se laissaient parfois deviner au détour d'une de ses compositions poétiques. Mais, d'ordinaire, c'est à peine si on pouvait les entrevoir comme au travers d'un épais vitrage, à la manière de ces poissons étranges qui se cachent habituellement derrière les rochers des aquariums. Il était impossible de savoir ce qui pouvait ainsi enfermer le maître dans le malheur d'une tristesse mélancolique qui n'appartenait qu'à lui. Et, d'un autre côté, seuls ceux qui ne s'efforçaient pas à tout prix de percer ce mystère avaient pu entretenir de longues relations avec lui. Il arrivait parfois que, devant ses disciples les plus intimes, le maître se lançât de lui-même dans des commentaires sur ce qu'il appelait son « cafard ».

« D'après les théories classiques de Robert Burton, il y aurait quatre sortes d'humeurs dans le corps humain : le sang, le flegme, la bile et la mélancolie. La mélancolie est un liquide froid, épais, noir et acide qui sort de la rate. Outre qu'elle régule le sang et la bile, elle aurait pour fonction d'apporter des éléments nutritifs aux os. Les maladies de la mélancolie sont dues, entre autres, à l'influence des esprits des morts, des mauvais esprits, des corps célestes. Notez que, parmi les aliments, la viande de bœuf favoriserait la production de bile noire. Or, comme vous le voyez, j'adore le bœuf. De plus, toujours selon Burton, la recherche est une profession tout à fait instable, finissant par ôter santé, richesse et vie aux êtres remarquables qui s'efforcent de parvenir au plus haut degré de la connaissance. L'intellectuel est donc l'homme le plus exposé aux attaques de la mélancolie. Tant de conditions se trouvent réunies dans mon cas qu'on doit plutôt s'étonner que je n'aie pas été complètement investi par le malin génie du cafard. »

Quand le maître abordait ce genre de sujet, il était bien difficile pour son auditoire de savoir s'il fallait ou non le prendre au sérieux. D'autant qu'il apparaissait clairement que, dans ces moments-là, il était d'excellente humeur.

La jalousie, par ailleurs, était une des caractéristiques dominantes du maître. Il était certes l'ami de la jeunesse. Mais on se souviendra qu'un de ses protégés, qui jouissait de la faveur de pouvoir participer régulièrement aux cours particuliers qu'il donnait chez lui, s'était vu exclure du cercle de ses disciples. Le maître, l'ayant surpris en train de se vanter bruyamment d'avoir eu du succès auprès d'une patronne de bar, avait jugé ce sujet parfaitement déplacé. Ce que le maître attendait par-dessus tout des réunions qu'il organisait sous son propre toit, c'est qu'y règne une jeunesse aussi pure que l'enceinte d'un temple shintô, une jeunesse prête à accueillir en elle la manifestation des esprits divins. Les relents de brillantine, les odeurs douteuses de sous-vêtements n'y étaient aucunement tolérés. Non, ce que le maître exigeait pour remplir le grand salon sombre et humide qui occupait au moins douze tatamis de sa vaste demeure, c'était une atmosphère claire, naturelle et jeune, comme la planche fraîchement découpée d'un cyprès du Japon, des prunelles brillantes, des voix pleines d'une ardeur juvénile et limpide.

Le maître qui, spontanément, n'aurait jamais pu se montrer agressif envers qui que ce fût, se révélait d'une résistance à toute épreuve dès lors qu'il s'agissait de se protéger, et cet art de l'esquive lui avait permis de traverser la guerre en gardant sans tache son honneur de savant. C'était même une des raisons pour lesquelles il s'était attiré après celle-ci le soutien enthousiaste de nombreux admirateurs.

La tristesse du maître n'imprégnait pas seulement ses tanka. Elle pénétrait aussi ses travaux académiques, se lisait sur son visage, déteignait sur ses vêtements : elle était partout. Lorsqu'il marchait seul, le maître inclinait toujours un peu la tête, mais il pouvait tout aussi bien s'accroupir subitement pour caresser longuement un pauvre petit chien qui, perdu dans le campus, s'était mis à le suivre. Lui qui était plutôt un maniaque de la propreté, qui, pour rien au monde, n'aurait accepté des animaux chez lui, s'apitoyait sur un chiot sale et vérolé qu'il ne connaissait même pas ! C'est que, dans ces moments-là, le maître, ayant plus que quiconque conscience de sa solitude, voulait s'en donner encore à lui-même le spectacle précis, de sorte qu'il n'en paraissait que mieux s'enfermer dans ce triste motif. Mais tandis qu'il traçait les contours de ce burlesque apitoiement sur soi, tandis que ses cheveux noirs, rendus artificiels à force de teinture, reflétaient langoureusement la lumière printanière et que coulait sur ses épaules tombantes l'ombre des arbres à soie du campus... le chien, comme s'il venait brusquement de flairer un danger, nez tremblant et queue basse, sautait en arrière en hurlant. Car dans la main du maître en train de le caresser se trouvait un de ces tampons d'alcool dont il n'aurait jamais pu se passer. Ah, ces fameux cotons regorgeant, débordant d'alcool que Tsuneko, sans faute, lui préparait chaque matin, ces bouts de coton blanc empilés et entassés dans leur boîte aux reflets argentés ! Il suffisait d'une seule légère pression du doigt pour qu'en sortent, comme lorsque fond le givre, toutes les saletés emportées par l'alcool.

Tel était le maître que, depuis dix ans déjà, Tsuneko entourait de tous ses soins.

Dans cette maison des Fujimiya, où ne vivait

plus que cet éternel célibataire, régnaient des règles de vie chastes et sévères. Les domaines accessibles aux femmes, par exemple, y étaient clairement distingués de ceux où il leur aurait été interdit de s'aventurer.

Pour ses repas, le maître aimait surtout le bœuf. Son poisson favori était le *Pristipoma japonicum* ; son fruit, le kaki ; ses légumes, les haricots mange-tout, les choux de Bruxelles, les brocolis.

Et comme boisson, il se contentait de petits verres de whisky.

Sa seule vraie distraction était le théâtre kabuki. Il y allait de temps en temps en compagnie de ses disciples, ou bien il y était invité par un de ses anciens élèves. Mais, pas une seule fois, il n'avait demandé à Tsuneko de l'accompagner. Sans doute lui accordait-il parfois une demi-journée de repos en lui conseillant le « cinématographe ». Mais il ne l'aurait jamais incitée à se rendre au théâtre.

Aucune télévision chez lui. C'est à peine s'il avait une vieille radio, au son catastrophique.

La maison des Fujimiya, sise dans le quartier Masagochô de l'arrondissement de Hongô, était une de ces anciennes demeures typiquement japonaises qui avaient échappé par miracle aux incendies de la guerre. Détestant le style de vie occidental, jamais le maître n'aurait pu tolérer d'y voir aucune chaise. Sa seule exception aux mœurs étrangères concernait la nourriture. Or, la cuisine n'était pas seulement un lieu où il ne pénétrait jamais : interdite aux étudiants, elle restait la forteresse incontestée de Tsuneko. Le revers de la médaille, cependant, était que le maître n'aurait jamais imaginé non plus qu'on pût en moderniser les divers équipements. Il n'y avait donc qu'une antique gazinière à deux feux, et, si les réunions où l'on devait servir plus de dix invités à la fois n'avaient pas encore mené le budget de la maison à la banqueroute, on le devait à l'extraordinaire savoir-faire de Tsuneko, qui s'arrangeait par ailleurs pour que la nouvelle des récentes hausses de prix ne parvienne jamais aux oreilles du maître.

Celui-ci prenait un bain soir et matin, mais, même au bout de tant d'années de vie commune, aucune familiarité n'aurait été tolérée de la part de Tsuneko. De celles qui auraient consisté, par exemple, à frotter son dos : il lui était strictement défendu de s'approcher du maître lorsqu'il était au bain. Dès qu'elle lui avait annoncé que tout était prêt, il valait mieux pour elle s'enfuir le plus loin possible, après avoir déposé le linge de rechange. Un jour — c'était peu de temps après être entrée à son service — elle l'avait entendu frapper dans ses mains dans l'antichambre de la salle de bains. Sans perdre un instant, elle s'était précipitée, s'annonçant derrière la vitre dépolie de la porte à glissière à travers laquelle elle entrevoyait les mouvements du maître. À peine lui avait-elle demandé ce qu'il désirait, qu'elle avait dû subir une volée de remontrances : une femme appelée dans un pareil endroit ne devait jamais y accourir trop vite sous peine de paraître légère.

Pour peu que l'on ait voulu fuir la présence

d'autrui, la maison des Fujimiya offrait de vastes espaces propices à l'isolement. Il suffisait cependant qu'une pièce contînt quelques livres pour qu'elle devienne un lieu interdit aux femmes, et il n'était plus question d'y faire le ménage, ni, a fortiori, de toucher un livre sans autorisation expresse.

Les livres avaient envahi la demeure comme une moisissure, rongeant les unes après les autres les vastes chambres de dix tatamis. Débordant du bureau, ils avaient empiété sur les pièces voisines qu'ils transformaient en obscures oubliettes. Puis, ils s'étaient étendus aux couloirs, et l'on ne pouvait plus marcher dans la maison qu'au prix de périlleuses contorsions. Le rangement, le ménage des livres étaient strictement réservés aux disciples qui se disputaient les uns aux autres ce privilège. Nul, par ailleurs, n'aurait pu prétendre au droit d'être son disciple si, au bout de plusieurs rangements, il n'était capable de retrouver au seul énoncé du titre de tel ou tel livre publié dans la trentième année de Meiji (1897) l'étagère sur laquelle il se trouvait.

Les conversations familières que les nombreux disciples ou étudiants fréquentant continuellement la maison du maître auraient pu avoir avec Tsuneko étaient strictement prohibées. Depuis qu'un étudiant, pris de pitié devant la somme de travail qu'elle devait abattre, était tombé en disgrâce pour avoir voulu l'aider, Tsuneko elle-même faisait attention, et observait la plus grande réserve, tâchant dans tous ses propos de rester d'une banalité extrême.

Quel plaisir Tsuneko pouvait-elle bien retirer de cette vie ? se demandera-t-on. Son unique joie était la réunion poétique qui se tenait régulièrement chaque mois chez le maître. Ce jour-là, et ce jour-là seulement, bien qu'à une place des plus modestes, elle était véritablement traitée comme une des élèves du maître, et ce dernier ne manquait jamais de l'honorer devant l'assemblée de quelques aimables paroles sur ses compositions poétiques. En temps ordinaire, la maison restait calme pendant la journée, mais Tsuneko, aimant la solitude, n'y ressentait aucune tristesse. Elle occupait tous ses loisirs à composer des tanka, art dans lequel ses progrès n'étaient pourtant pas des plus rapides.

Si elle persévérait, malgré tout, c'est qu'elle révérait le maître à l'égal d'un dieu, ou du soleil lui-même. En dehors des séances mensuelles qui leur étaient consacrées, jamais le maître ne faisait la moindre allusion à leurs activités poétiques. Mais c'était précisément le fait de le servir quotidiennement qui le lui rendait plus resplendissant encore lorsqu'il trônait au milieu de son cénacle littéraire.

Chez les Fujimiya, le « respect » était quelque chose de naturel, et le mépris que le monde porte d'habitude à ce genre de sentiments relevait véritablement de l'impensable. Le maître n'était pas seulement un spécialiste éminent de littérature japonaise. C'était un poète, composant aussi bien des tanka traditionnels que de la poésie moderne. Il se tenait à un rang intermédiaire entre les hommes et les dieux, et, dans ces réunions d'initiés dont il était le centre, Tsuneko n'était pas loin de s'imaginer en vestale sacrée.

Dès qu'on avait appris la nouvelle que le maître et Tsuneko vivaient tous les deux seuls, les langues étaient allées bon train. Parmi les poétesses qui assistaient aux fameuses réunions, il y en eut même pour fixer Tsuneko d'un regard offensant. C'est ce qui poussa cette dernière à adopter une attitude de plus en plus effacée, abandonnant tout maquillage, s'habillant de la façon la plus terne possible, sans se soucier le moins du monde de paraître presque dix ans plus vieille qu'elle ne l'était.

Et, de toute façon, lorsqu'elle se regardait dans son miroir, elle ne comprenait que trop bien combien elle était peu faite pour attirer les hommes.

Rien de particulièrement aimable dans les traits de son visage. Rien en tout cas qui pût exciter la concupiscence masculine. Un nez plus qu'ordinaire, des yeux trop minces, les dents un peu saillantes, et ces joues désespérément creuses, ces petites oreilles, cette absence de rondeurs, non, elle savait ce qu'elle valait, et ce n'était pas seulement pour elle-même qu'elle trouvait injuste la rumeur qui faisait d'elle la compagne du maître. Craignant plutôt pour son honneur d'homme, elle devait absolument, dans sa tenue comme dans sa conduite, paraître aussi peu en rapport que possible avec le professeur et se donner l'air de la dernière des servantes.

De son côté, celui-ci détestait tout ce qui n'était pas parfaitement propre et net, de sorte que Tsuneko devait également éviter d'avoir l'air trop négligée. Simplicité, sobriété, et, surtout, réussir à persuader les autres qu'elle n'était pas belle, tels étaient les maîtres mots de Tsuneko. Tous les efforts qu'elle faisait s'expliquaient par ses sentiments profonds de loyauté envers le professeur, sentiments qui la poussaient à vouloir rester auprès de lui quel que fût le prix à payer. Car le maître, s'il recevait sans compter les loyaux services dont il était l'objet, ne la payait en retour d'aucune attention spéciale. Tsuneko, pourtant, n'en ressentait aucune rancœur particulière.

Par bonheur, les mois et les années passant, Tsuneko avait franchi le cap des quarante ans, et, si elle conservait intacte sa dévotion pour le maître, les médisances concernant leurs rapports avaient considérablement diminué. Insensiblement, les premières atteintes de l'âge s'étaient manifestées, et elle commençait à ressembler vraiment à la vieille dont elle avait pris la succession dix ans auparavant.

Voici quel était l'emploi quotidien du professeur.

Sans qu'il fût nécessaire de le réveiller, il se levait régulièrement à six heures. Avant cela, il fallait avoir fini, en veillant à ne faire aucun bruit, le ménage des nombreuses pièces de la maison, avoir chauffé l'eau du bain.

Sitôt debout, le maître se rendait directement dans la salle de bains en longeant la bibliothèque, car il n'était pas question qu'il se montrât avant d'avoir achevé sa toilette. Après s'être gargarisé, lavé le visage, il se plongeait tranquillement dans l'eau chaude, puis rasait une barbe légère et presque imperceptible. Ensuite, avant de s'habiller, il se teignait soigneusement les cheveux. Et si l'on se rappelle qu'il avait écrit un poème satirique où il se comparait lui-même à Saitô Sanemori[1], il fallait en déduire que même quelqu'un comme lui n'était pas insensible aux critiques du monde en ce genre de domaine.

Entre-temps Tsuneko préparait le petit déjeuner, déposait sur la table le journal du matin.

Le maître, se rendant devant l'autel domestique, s'acquittait alors de ses devoirs religieux dans le plus grand respect du rite shintô. Il passait ensuite à table et Tsuneko pouvait enfin le voir et le saluer pour la première fois de la journée. Certains matins, sans le moindre sourire, le maître lui tenait quelques propos vagues du genre : « Cette nuit, j'ai fait de beaux rêves. Ce sera sans doute un jour faste ! » Mais, la plupart du temps, il restait silencieux. Et, sauf lorsqu'il était en voyage, les matins succédaient aux matins, avec le même cérémonial immuable, quelle que fût la saison. On disait du maître que, dans sa jeunesse, il avait été

1. 1129-1183. Ce guerrier n'avait pas hésité à se teindre les cheveux pour pouvoir continuer à combattre. L'épisode est relaté au livre septième du *Dit des Heike* (cf. note 1, p. 277.)

de santé délicate, mais au cours de ces dix dernières années, on aurait eu vraiment du mal à lui trouver une maladie digne de ce nom.

Et c'est ainsi que Tsuneko, restant toujours cachée à l'ombre du maître, avait sacrifié sa vie dans un respect et un dévouement absolus. Les premiers temps, certains de ses parents l'avaient incitée à se remarier, mais découragés par son obstination, ils n'y faisaient plus la moindre allusion. Quant au maître, on devait bien reconnaître qu'en laissant Tsuneko s'installer chez lui, il avait fait preuve d'une pénétration peu commune du caractère d'autrui.

Plusieurs fois par an, pourtant, Tsuneko sentait naître en elle, comme un champignon après la pluie, une sorte de soupçon qu'elle s'empressait de refouler au fond d'elle-même.

Cela la prenait lorsqu'elle se trouvait seule à garder la vaste demeure silencieuse.

Le désir d'écrire de la poésie surgissait alors en son cœur, mais elle n'aurait pu dire d'où il lui venait. N'était-il pas étrange, en effet, que l'on pût composer des poèmes sans ressentir aucune joie ni aucune peine ? Et ces défauts qu'il lui avait maintes fois reprochés, mais dont elle n'avait su se défaire, ne s'expliquaient-ils pas par l'influence excessive qu'exerçait sur elle le style du maître ? Ou plutôt ne s'était-elle pas laissé submerger par ce débordement de tristesse qui affleurait dans ses poèmes ?

« Ici, on sent bien qu'il ne s'agit pas de votre propre tristesse. Vos emprunts sont purement formels, et vous ne faites que vous plonger dans le chagrin d'autrui comme vous entreriez dans son bain », lui disait-il parfois devant tout le monde, mordant, sévère. C'est ce dont, bien sûr, elle convenait elle-même, mais, dans sa situation, s'il y avait un seul être au monde qui aurait pu lui communiquer véritablement sa tristesse, c'était le maître lui-même pour qui la question de partager quoi que ce soit ne se posait même pas.

Que pouvait-on imaginer d'autre sinon qu'ayant lui-même sans doute à lutter contre les vicissitudes de sentiments toujours instables, il veillait particulièrement à ne lui procurer aucune joie ni aucune tristesse ?

Cependant la passion de la poésie s'emparait souvent du cœur de Tsuneko. Elle en avait fait sa raison de vivre. Et cet appel ne pouvait venir que du plus profond d'elle-même. Le problème était qu'au niveau conscient, elle avait beau tourner et retourner les choses dans tous les sens, elle ne trouvait rien qui pût lui inspirer une certaine exaltation. Aussi s'était-elle mis en tête d'écrire des poèmes dans le style des tanka d'avant-garde, pensant que se révélerait enfin le monde intérieur inconscient qu'elle portait en elle, mais ses deux ou trois premières tentatives avaient essuyé de virulentes critiques de la part du maître.

Par exemple, à la saison des pluies, elle regardait seule, tournée vers le jardin, les prêles plantées devant la maison, toutes noircies par le temps lourd et menaçant. L'écho du grondement des trains, le vrombissement des moteurs de voiture parvenaient à ses oreilles par-delà l'étendue d'un ciel mélancolique. C'est en de pareils moments que Tsuneko sentait l'inspiration monter en elle, et pourtant une certaine gêne l'arrêtait. Commençait-elle par : « De cet être disparu... » ? Elle ressentait l'extrême bizarrerie qu'il y a à s'attendrir encore sur la mort d'un mari qui lui était devenu parfaitement indifférent. Écrivait-elle : « Cet être perdu... » ? L'étrangeté de chanter les tourments, dans son cas imaginaires, d'une femme délaissée lui sautait aux yeux. Bref, les mots ne lui venaient pas facilement au bout du pinceau, ils devaient franchir d'indéfinissables obstacles.

La mélancolie, qui, devant certains aspects de la nature, affluait soudain dans son cœur, rappelait toujours plus ou moins inconsciemment la désolation qui stagnait comme un épais brouillard dans les poèmes du maître. Et, tout en se défendant d'une quelconque imitation, Tsuneko devait bien admettre que ce sentiment qui l'envahissait parfois, et, que, faute de mieux, il fallait bien appeler tristesse, puisait finalement son origine dans la détresse même de son maître.

C'est alors qu'une interrogation s'emparait du cœur de Tsuneko. Voilà déjà dix ans qu'ils vivaient sous le même toit. Et quelles que fussent les précautions que le maître prenait pour l'éviter, elle n'en conservait pas moins sa propre façon de voir les choses, finissant même par se considérer comme la personne au monde le connaissant le mieux. Or, dans cette vie qu'elle avait approchée de si près durant ces dix dernières années, aucun drame d'aucune sorte n'était véritablement survenu. Cette existence si paisible, si monotone, ignorant dans une large mesure les difficultés économiques, était plutôt susceptible, vue extérieurement, de susciter les jalousies, avec, ce qui en faisait plus que tout la richesse, ce sentiment universel de respect qui entourait le maître.

Pouvait-on dire alors que la tristesse que le maître puisait au fond de cette vie si paisible venait de ses complexes physiques, s'expliquait uniquement par son strabisme ? Mais, dans ce monde, il y avait une foule d'hommes encore plus laids que lui. N'ayant ni son savoir ni son génie, ils n'en jouissaient pas moins d'une vie familiale des plus normales. Pourquoi, dans ces conditions, était-il seul de son espèce à s'être entêté dans sa solitude, nourrissant en lui une si intense mélancolie et refusant la vie avec une exaspération aussi effroyable ?

Tsuneko en était venue à penser que, si elle parvenait à percer le secret de ce malheur extrême qu'il dévidait de l'écheveau d'une vie par ailleurs si banale, elle arriverait enfin à composer des poèmes atteignant la hauteur des siens. Mais ce secret, quel était-il ? Le soupçon qui l'assaillait parfois redoublait d'ampleur, et, le cœur palpitant, elle ne pouvait empêcher son esprit de vagabonder sur des sentiers qu'elle s'imaginait elle-même devoir lui être interdits.

## 2

Si l'on s'en tient aux circonstances que nous venons de rappeler, on pourra aisément deviner combien Tsuneko avait dû être surprise, lorsque le maître lui intima l'ordre de l'accompagner dans le voyage qu'il voulait accomplir à Kumano.

Lui-même était né dans cette région, mais pas une seule fois il ne lui était arrivé de retourner dans son village natal. À cela aussi, il devait y avoir un certain nombre de raisons que Tsuneko ne connaissait ni ne cherchait particulièrement à connaître. Elle se souvenait seulement d'une fois où un des parents du maître, monté à Tôkyô, lui avait rendu visite. Le professeur avait alors fait preuve d'une froideur épouvantable, ne daignant même pas se montrer et refusant catégoriquement de le recevoir.

Malgré son obstination à éviter le lieu de sa naissance, le maître avait fait pourtant de nombreux voyages à Kumano. Et cette fois-ci encore, dès qu'étaient arrivées les vacances d'été, il s'était mis à répéter que cela faisait un bon bout de temps qu'il ne s'était pas rendu en pèlerinage aux Trois Sanctuaires. Puis il se décida enfin à entreprendre ce voyage qui, exceptionnellement, semblait d'ordre tout à fait privé, sans aucune réunion ni conférence.

Ne pas avoir de problème pour la garde de sa maison est le privilège du chercheur quand il part en voyage. Trois disciples devaient ainsi venir coucher chez le maître pendant son absence, et Tsuneko avait pris des dispositions pour que les repas leur soient apportés par un traiteur du voisinage.

Ce qui, dans cette affaire, l'embarrassait le plus, c'était le choix des vêtements : ceux qu'elle devrait mettre le premier jour, ceux qu'elle devrait emporter. Le maître s'étant contenté de lui dire d'un air agacé qu'elle n'avait qu'à décider elle-même, elle ne savait vraiment plus à quel saint se vouer, et, après mûre réflexion, elle entama ses économies pour se faire confectionner un nouveau kimono d'été.

Quant aux livres qu'elle devait emporter, le maître lui avait déjà fait ses recommandations :

« Comme il n'y a plus guère d'espoir de vous voir réussir des poèmes lyriques, que diriez-vous de vous lancer dans le genre descriptif ? Non pas ce faux réalisme des écoles modernes ! Non ! Cela ne servirait à rien ! Mais vous pourriez, par exemple, essayer d'étudier les tanka d'Eifuku Monin[1]. »

Eifuku Monin, est-il besoin de le préciser, est cette célèbre poétesse de l'époque de Kamakura[2],

1. 1271-1342. On pourra consulter en anglais *Waiting for the Wind, Thirty-six Poets of Japan's Late Medieval Age*, introduction et traduction de Steven D. Carter, Columbia University Press, New York, 1989.

2. 1185-1333. Période où le pouvoir passe définitivement aux mains de la classe des guerriers, le bakufu (gouvernement de la tente) s'installant à Kamakura, près de l'actuel Tôkyô, avec pour premier shogun Minamoto no Yoritomo (1147-1199).

épouse du quatre-vingt-douzième souverain de la dynastie, l'empereur Fushimi. Appartenant à l'école Kyôgoku, elle a laissé de nombreux chefs-d'œuvre dans l'anthologie impériale du *Gyokuyôshû* (*Recueil des feuilles joyaux*), et manifesté un talent tout à fait original dans des poèmes qui décrivent la nature en portant au plus haut point la technique prônée par Kyôgoku Tamekane[1], souhaitant que « les mots répandent leur parfum ». Un poème comme :

*Au soleil couchant la lumière sous les auvents*
*passe et disparaît*
*Mais sur les fleurs de cerisier un instant s'est*
*attardée*

plaisait particulièrement à Tsuneko parmi tous les autres de Monin. À vrai dire, cette poétesse ne l'avait jamais beaucoup enthousiasmée. Mais comme le maître lui-même lui en avait suggéré la lecture, elle avait fini par sentir elle aussi, dans ce genre de poésie descriptive, une délicatesse de sentiments qu'on eût été bien en peine de trouver dans des poèmes lyriques de moyenne qualité et qui se traduisait entre autres par les résonances profondes et durables que laissent souvent les derniers vers.

1. 1254-1332. Outre l'ouvrage cité dans la note 1 page précédente, on pourra aussi consulter en anglais Robert N. Huey, *Kyôgoku Tamekane : Poetry and Politics in Laie Kamakura Japan*, Stanford University Press, Stanford, 1989.

C'est ainsi qu'un volume des œuvres d'Eifuku Monin s'était retrouvé dans ses bagages.

Avec cette chaleur, on pouvait s'attendre que les vêtements soient sans cesse trempés de sueur ; aussi tenait-elle à emporter tous ses kimonos d'été. Elle voulait y ajouter à ses frais deux légers kimonos d'intérieur, de peur de se faire gronder par le maître, si elle se contentait seulement de revêtir ceux fournis par l'auberge.

Et ainsi, une chose en entraînant une autre, la valise de Tsuneko ne cessait d'augmenter de volume.

Toujours par monts et par vaux, le maître, lui, n'emportait que son éternel vieux sac de voyage. Sans oublier une bonne provision de cotons d'alcool, avec, pour lutter contre les maux d'estomac qui le prenaient parfois, une petite chaufferette en platine. À part cela, nul besoin de procéder à des préparatifs particuliers. Honteuse de son énorme bagage, Tsuneko essaya d'en réduire autant que possible le contenu, mais sans aucun succès.

Les trois étudiants qui devaient garder la maison étaient venus s'y installer la veille du départ et, au dîner, le maître demanda qu'on servît du saké. La conversation avait apparemment tourné autour des études, des voyages, du théâtre, mais si le maître avait eu un caractère plus jovial, nul doute qu'on aurait fini par le taquiner sur ce voyage qu'il entreprenait seul à seul avec Tsuneko. Des plaisanteries du genre : « Maître, c'est pour fêter vos noces d'argent ! » n'auraient rien eu d'étonnant en soi. Mais dans la maison des

Fujimiya, nul n'aurait osé de tels écarts de langage. Et, le lendemain, au moment des adieux à la gare de Tôkyô, le fait que personne ne fît le moindre sous-entendu badin au couple qu'ils formaient parut même aux yeux de Tsuneko, étant donné les circonstances, manquer singulièrement de naturel.

L'été, cette année-là, fut particulièrement éprouvant, et, à l'heure où le rapide de sept heures quarante-cinq du matin *L'Écho* s'apprêtait à partir, la chaleur qui régnait sur les quais était déjà celle d'une véritable fournaise.

Le groupe venu les accompagner se composait de deux des disciples qui devaient surveiller la demeure pendant son absence, auxquels s'étaient joints quatre étudiants ayant eu vent de la nouvelle. Tsuneko qui, pour assister aux départs du maître, n'était jamais allée plus loin que le seuil de la maison, sentit soudain son corps se contracter devant tant de cérémonie. Alors que ces instants auraient dû lui procurer la plus grande fierté, la plus grande joie de sa vie, une obscure inquiétude commençait même à s'insinuer en son cœur, au point qu'elle sentait poindre la peur, pourtant infondée, que ce voyage ne soit la dernière étape de leur vie commune après laquelle lui serait signifié son congé.

Dans leur empressement, les étudiants voulurent porter ses bagages. Or, Tsuneko, craignant une réprimande, s'obstinait à refuser, lorsque le maître intervint en personne :

« Allons, laissez-vous faire ! Les jeunes ont tant d'énergie à revendre ! »

Tsuneko leur laissa donc sa valise qu'ils déposèrent dans le filet.

Inondée par le soleil matinal qui dardait ses rayons jusqu'au milieu du quai, la petite escorte, suant à grosses gouttes, ne cessait de s'éponger. Le plus ancien disciple du maître, le professeur adjoint Nozoe, fort d'avoir atteint la trentaine, s'avança pour saluer Tsuneko en lui chuchotant au creux de l'oreille :

« Je vous en prie, prenez bien soin de lui. C'est une personne si difficile, surtout en voyage... »

Elle fut sur le point de se laisser toucher par ses paroles. Mais, à la réflexion, elles lui parurent loin d'être aimables. Passe encore si ces mots lui avaient été adressés par l'épouse du maître, mais de simples disciples... non, il n'y avait aucune raison pour qu'on la traitât ainsi, elle qui avait consacré dix années de sa vie à s'occuper exclusivement du professeur Fujimiya.

Dans leur cœur à tous, ne pouvait-on discerner l'inquiétude de s'en remettre totalement à elle, ne fût-ce que pour deux ou trois jours ? Car bien loin de se réjouir de l'honneur qui lui était fait, ils semblaient incriminer en silence ce caprice de poète. Et il fallait bien avouer que cette équipée était un événement proprement ahurissant !

Tsuneko ne désirait plus rien d'autre maintenant, sinon que le train démarre le plus vite possible.

Tout dans l'apparence, dans les manières de ces

disciples et de ces étudiants avait quelque chose d'anachronique, et leur groupe, sur ce quai de gare, était loin de passer inaperçu. Certes, avec leurs chemises d'été bien blanches et leurs pantalons noirs, ils restaient relativement discrets, mais il y avait les éventails ! Ces éventails qu'à l'imitation du maître ils arboraient fièrement, y compris le plus jeune. Même cette façon de les laisser pendre après en avoir enroulé les cordons autour de leurs poignets singeait le professeur. Et, aussi peu soucieuse du monde que l'était Tsuneko, il ne lui échappait pourtant pas que plus aucun jeune de nos jours ne se promène avec un éventail !

Le train se mit enfin en branle. Le wagon était climatisé, mais, de toute façon, même en plein été, pour rien au monde le maître n'aurait quitté sa veste.

Il venait de fermer les yeux depuis une ou deux minutes, quand il les rouvrit soudain, comme sous la menace d'un grave danger. Il sortit de sa poche sa boîte argentée.

Il avait de belles mains, d'une blancheur de papier Japon, sans un gramme de graisse. Mais depuis quelque temps on y décelait çà et là de petites taches : entrant très souvent en contact avec l'alcool à quatre-vingt-dix degrés, le bout de ses doigts avait gonflé comme ceux des noyés. C'étaient ces mains, en tout cas, qui passaient et repassaient maintenant les fameux tampons désinfectants dans les moindres recoins des accoudoirs, du cadre de la vitre, sur tous les endroits qu'on pouvait effleurer, pour les essuyer scrupuleusement. À peine noircissaient-ils un peu que le maître les jetait, et sa boîte fut très rapidement vide.

Tsuneko lui demanda aussitôt s'il désirait qu'elle lui en préparât une nouvelle fournée. Elle s'apprêtait même à sortir les réserves qui se trouvaient dans le sac du maître posé sur le filet au-dessus de leurs sièges, quand, d'un geste, celui-ci l'écarta. Il arrivait ainsi de temps en temps qu'il manifestât des refus à première vue aussi incompréhensibles qu'implacables.

Dans la pénible odeur qui s'était mise à flotter, Tsuneko eut soudain l'impression que le maître lui avait lancé un coup d'œil dépourvu de la moindre sympathie. Et ce regard correspondait singulièrement aux vapeurs fétides que l'alcool répandait autour d'eux.

Le mauvais œil du maître était son œil gauche, mais, s'il ne pouvait pas voir, il n'en bougeait pas moins, de telle sorte que ceux qui ne le connaissaient pas pouvaient avoir l'illusion qu'il regardait vers eux. Tsuneko, elle, saisissait immédiatement, derrière les lunettes aux reflets violets, la direction que prenait l'œil droit, celui qui était resté sain. Et, dans ce regard sans complaisance qu'il lui adressait encore après dix ans de bons et loyaux services, elle devinait clairement qu'à peine parti il regrettait déjà de l'avoir emmenée avec lui. Sentiment certes désagréable, mais ce genre de choses n'étonnait déjà plus vraiment Tsuneko. Elle se félicitait au contraire de cette attitude d'enfant gâté qui ne manquait pas d'une certaine spontanéité.

Récupérant le coton et l'alcool que le maître venait lui-même d'extraire de ses affaires, Tsuneko s'était mise à fabriquer consciencieusement des tampons, de sorte que tout le plaisir de ce premier matin, ces paysages à travers les fenêtres du train dont elle s'était réjouie à l'avance, en avait été gâché jusqu'à ce qu'on eût enfin quitté l'agglomération de Tôkyô.

Son travail achevé, elle se sentit soulagée, et, tout heureuse de baigner dans l'atmosphère agréable de l'air conditionné, elle présenta au maître la boîte argentée, attendant qu'il voulût bien lui adresser la parole.

« Avez-vous emporté les poésies d'Eifuku Monin ? » lui demanda-t-il de sa voix aiguë de soprano.

En guise de réponse, elle sortit le livre de son sac à main pour le lui montrer.

« Surtout, étudiez bien les paysages... Grâce à ce voyage, vous allez certainement comprendre ce qui vous manque. Je me sens vraiment coupable de vous avoir retenue si longtemps enfermée à la maison, et, en regardant vos poèmes les plus récents, j'ai compris qu'il était maintenant de mon devoir de vous ouvrir les yeux. Laissez-vous d'abord guider par ce que disent les paysages, la nature, pour essayer modestement de prendre un nouveau départ dans la voie de la poésie... N'allez pas croire, pourtant, que je vous demande d'écrire de nombreux poèmes pendant ce pèlerinage. Non, il n'est pas nécessaire d'écrire. Le plus important est de laisser mûrir vos talents poétiques.

— Je vous remercie infiniment... »

Durant ce discours, prononcé d'une voix perçante, les yeux du maître n'avaient cessé de lancer sur Tsuneko des regards inquisiteurs, et son attitude montrait assez que son interlocutrice aurait passé un bien mauvais quart d'heure si, par malheur, il avait trouvé la moindre tache sur le col de son kimono. Mais c'était la première fois que Tsuneko l'entendait s'adresser à elle aussi gentiment pour une leçon de poésie, et elle en était si profondément touchée qu'à la seule idée qu'il ait pu vraiment s'intéresser à elle, son cœur se resserra. Elle ne pouvait que répéter : « Je vous remercie infiniment... Tous ces conseils que vous voulez bien me donner, alors que je ne les mérite nullement... »

À peine ces derniers mots lui étaient-ils venus aux lèvres qu'elle dut sortir son mouchoir à la hâte pour arrêter les larmes qui lui venaient aux yeux.

Elle avait beau savoir que pleurer risquait d'assombrir l'humeur du maître, elle ne pouvait s'en empêcher. Mais tout en pleurant elle sentit de nouveau s'inscrire au plus profond d'elle-même la volonté passionnée de profiter de ce voyage pour percer coûte que coûte le secret de la poésie et des talents du maître. Si elle y parvenait, même au risque de lui déplaire, cela ne reviendrait-il pas finalement à le récompenser de toutes les bontés qu'il lui témoignait ?

Le maître prit un livre, et, jusqu'à Atami, s'absorba si intensément dans sa lecture qu'on aurait pu se demander s'il n'avait pas oublié jusqu'à l'existence de Tsuneko.

Pour aller à Kumano, il y aurait bien eu un train très pratique qui partait le soir, mais, détestant les trains de nuit, le maître avait choisi de voyager le jour. Du coup, le voyage risquait d'être assez pénible, d'autant qu'après le changement à Nagoya, il n'y aurait plus de wagon climatisé.

Il était exactement midi lorsqu'ils parvinrent dans cette ville. Ils déjeunèrent à l'hôtel devant la gare, puis, après s'être reposés un moment, ils montèrent dans le semi-express diesel *La Marée n° 1* qui devait partir à treize heures quinze sur la ligne principale du Kansai. Une fois installés, Tsuneko se mit à repenser à ce déjeuner singulièrement guindé qu'elle venait de vivre, déjà inquiète à l'idée de tous ces repas qu'il leur faudrait prendre ensemble tout au long de leur pèlerinage.

Dans ce restaurant presque désert situé au dernier étage de l'hôtel, un ciel gris s'était collé aux fenêtres et semblait déteindre sur les nappes et les serviettes artistiquement dressées devant les couverts. Le malaise de Tsuneko ne provenait certes pas d'une quelconque hésitation sur les manières de table occidentales. Elle s'était trouvée seulement gênée d'avoir à déjeuner dans un endroit public en tête à tête avec le maître, sans savoir exactement à quoi s'en tenir.

Elle dont l'unique souci avait été de se faire toujours plus petite, toujours plus terne, et qui s'était toujours efforcée de paraître plus âgée, comprenait seulement maintenant qu'elle risquait d'autant plus d'être prise pour l'épouse du maître. Erreur de calcul qui venait précisément de lui apparaître en pleine lumière lors de ce déjeuner à l'hôtel. Il aurait donc mieux valu envisager une tenue moins correcte, plus voyante. Et, si elle avait pu porter des vêtements occidentaux, elle aurait mis un tailleur susceptible d'augmenter les chances de se faire passer pour la secrétaire du maître.

Ce manque de discernement, en tout cas, elle ne pouvait l'imputer qu'à elle-même. Au moment de partir, le maître, en effet, n'avait fait aucune remarque particulière sur les vêtements qu'elle portait. Et il se montrait jusqu'à présent d'un calme imperturbable. Non, s'il y avait eu une erreur d'appréciation, elle ne venait certainement pas du maître ; mais, à essayer ainsi d'imaginer son état d'esprit, Tsuneko, une fois de plus, naviguait dans un épais brouillard. Pis, et c'était là quelque chose de proprement impensable : ne désirait-il pas justement qu'on la prît pour sa femme ?

Au déjeuner le maître avait choisi de la viande froide ; Tsuneko un poisson à chair blanche, préparé à la meunière. Après le repas, au moment du café, alors que le maître prenait le sucrier en argent qu'elle avançait poliment vers lui pour le laisser se servir en premier, l'extrémité de leurs doigts s'était un instant rencontrée. Tsuneko s'en était immédiatement excusée, mais elle n'avait pu s'empêcher d'avoir peur qu'il ne pensât qu'elle l'avait fait exprès. Elle en était encore malade, et, dans la chaleur épouvantable du semi-express *La Marée n° 1*, l'éventail que le maître ne cessait d'agiter s'immobilisait-il une seconde, il lui semblait alors que sa propre respiration s'arrêtait. Jamais jusqu'en cet instant Tsuneko n'avait connu une telle crise. Cela tenait peut-être à cette hypernervosité qui, du fait d'un sentiment trop aigu de ses responsabilités, l'avait assaillie aussitôt que le train avait quitté la gare de Tôkyô. Perturbée en tout cas par un incident auquel elle ne voyait aucune excuse possible, et vaincue par la chaleur, il n'était plus du tout question pour elle de contempler le paysage.

Elle repensait à ce doigt touchant un instant le sien. Cela faisait partie de ces choses qui arrivaient constamment au cours de leurs petits déjeuners : rien d'extraordinaire, en somme. Mais dans cette grande salle vide du restaurant de l'hôtel, sous les yeux des serveurs désœuvrés, le choc avait été assez grand pour que cette sensation restât profondément gravée dans son cœur. La sensation qu'on aurait par exemple à toucher la grande fleur blanche d'un magnolia dont les pétales humides et presque à moitié pourris répandraient une odeur trop forte. Du moins est-ce ainsi que Tsuneko se l'imaginait.

## 3

La première nuit du voyage, Tsuneko vit défiler en rêve une suite d'images effrayantes. Et comme elle se vantait généralement de jouir d'un excellent sommeil sans aucun souvenir d'aucun rêve, il fallait à coup sûr en rendre responsable la fatigue de ce long trajet en train. Dans son cauchemar, le professeur Fujimiya, apparu sous un aspect absolument abominable, s'était mis à la poursuivre. Terrorisée, elle avait été arrachée au sommeil pendant un certain temps.

Cela s'était produit dans une chambre d'auberge de la station thermale de Katsuura du Kii. Chambre des plus modestes, et qu'elle occupait seule, inutile de le préciser. On pouvait y entendre le bruit de la mer venant lécher furtivement les rochers juste en dessous du plancher, et, dans l'obscurité, on aurait dit le lapement de petits animaux grouillant et grimpant sur les pilotis du bâtiment. Morte de peur, Tsuneko s'était mise à frissonner de tous ses membres, mais avait fini sans doute par se rendormir, car elle laissa largement passer l'heure du réveil.

La sonnerie du téléphone à côté de son oreiller la fit sursauter. Le maître avait voulu lui annoncer qu'il était levé, et, en regardant sa montre, elle s'aperçut que le cadran marquait déjà six heures et demie : le soleil matinal emplissait toute la chambre. Tsuneko bondit hors de son lit, se passa le visage à l'eau, et, après une toilette des plus sommaires, se rendit précipitamment dans la chambre du maître.

Ce dernier la salua d'un air indifférent, mais elle eut le temps d'apercevoir, dissimulé maladroitement sous la table, le bout de ce qu'elle devina être un de ces petits carrés de soie mauve qui servent à la cérémonie de thé. Dans sa trop grande hâte, elle avait été ainsi amenée, bien malgré elle, à surprendre le maître aux prises avec quelque obscur secret. Et, quoiqu'on ne pût formellement l'en accuser, elle s'en voulait de s'être mise dans une situation qui donnait malgré tout à penser qu'elle l'épiait. Elle fut à deux doigts de se retirer, mais y renonça, pensant que cette façon de fuir manquerait de naturel.

« Vous avez bien dormi, à ce que je vois ! » lui dit-il aimablement de sa voix de soprano. Il s'était déjà teint les cheveux, rasé la barbe : le matin, sa voix avait un timbre particulièrement cristallin, un vrai rossignol.

« Oui, très bien... Pardonnez-moi... Je ne me suis pas réveillée...

— Parfait, parfait ! Il n'y a aucun mal certains jours à dormir un peu plus que d'habitude. Pourtant, je dois avouer que vous manquez un peu de réflexion. Perdre la tête au point de courir jusque dans ma chambre... ce n'est pas ce que vous aviez de mieux à faire, vous ne croyez pas ? Comme je ne suis pas en train de succomber à une attaque, je n'avais pas vraiment besoin qu'on accoure aussi vite ! Il vous aurait suffi de vous excuser calmement au téléphone et de m'annoncer franchement quand vous pouviez venir. Puis vous m'auriez rejoint à l'heure dite après vous être soigneusement préparée. Voilà ce qu'on doit attendre d'une femme !

— Oh, excusez-moi, vraiment, je vous en prie...

— Ne vous excusez pas ! Mais soyez plus attentive à l'avenir ! Ne dit-on pas dans le *Livre des acteurs* : "Vouloir gagner, sans se préoccuper des autres, n'est qu'une victoire orpheline" ? Il me semble que cet avertissement ne s'adresse pas seulement aux acteurs et que les gens ordinaires eux aussi feraient mieux de s'en inspirer. Car si l'on veut servir les autres, c'est d'abord à eux qu'il faut penser, après tout.

— Je comprends... je vais faire attention, je vous le promets... c'était vraiment mal de ma part. »

Malgré la sévérité de ce sermon, Tsuneko, étrangement, n'éprouvait aucun mouvement de colère. Elle se berçait au contraire de l'illusion d'être retombée en enfance, et, douce, obéissante, se voyait rapetisser à vue d'œil, réduite à n'être plus qu'une petite fille modèle. La pensée que sa réaction n'était pas de celles qu'on attendrait dans le monde ordinaire accroissait encore, par comparaison, son sentiment de satisfaction. C'est que nous vivons à une époque où même les jeunes vendeuses de grand magasin demandent leur congé à la moindre critique. Or, pour quelqu'un comme Tsuneko, qui alliait à une haute opinion d'elle-même la certitude d'être irremplaçable, se voir vertement réprimandée constituait plutôt un bonheur.

Parvenue à ce stade de ses réflexions, elle n'était pas loin de se sentir envahie du désir de pénétrer les sentiments de son maître jusqu'en ces profondeurs où il lui aurait été normalement interdit de jeter le moindre coup d'œil. Cette extrême sévérité dont il venait de faire preuve à son égard était-elle une forme d'amour ? Ou n'était-elle rien d'autre qu'une manifestation de son esprit critique ? Mais alors, si la seule personne qui pouvait troubler vraiment la sérénité du maître n'était autre que Tsuneko, pourquoi ne s'en séparait-il pas ? Et pourquoi s'était-il mis en tête de voyager seul avec elle ?

« Je viens de demander un bateau. Je pensais qu'on pourrait faire un tour des îles après le petit déjeuner... » lui dit-il quelques instants plus tard.

Tsuneko sortit sur la véranda pour contempler le paysage. Le panorama qui se découvrit à elle contrastait avec la pièce étroite où elle avait dormi. La mer, au grand soleil d'été, scintillait déjà d'un éclat aveuglant sans qu'aucune vague ne s'élevât dans cette baie profondément creusée dans les terres. Au milieu, en face, l'île Nakanoshima était précédée de nombreux radeaux flottants destinés à la culture des perles, et, tout au fond, à gauche vers le nord, un port retentissait sans cesse du bruit de sirènes de bateaux à vapeur. La colline qu'on apercevait de l'autre côté restait enfouie sous une verdure presque agressive, mais on pouvait parvenir jusqu'au sommet, à quatre-vingts mètres au-dessus de la mer, grâce à un funiculaire, et, tout autour du belvédère qui la couronnait, un espace dégagé de toute végétation laissait entrevoir une terre rouge.

La sortie de la baie se trouvait au sud. Au large les nuages s'enroulaient les uns sur les autres, leurs contours découpés rivalisant avec ceux des îles, et leur ombre donnait à la ligne d'horizon l'apparence d'un visage d'une extrême pâleur.

Tsuneko, qui avait malgré tout une âme d'artiste, se retint de clamer frivolement son admiration. Le souvenir de ces longues années vécues dans l'obscurité de leur maison de Hongô s'évanouissait comme une lointaine traînée de suie devant le spectacle de cette mer matinale, et pour mieux graver cet instant dans son cœur, elle se mit à respirer à pleins poumons.

La servante entra avec les plateaux du petit déjeuner.

« Laissez ! C'est moi qui servirai le maître... » dit-elle en utilisant exprès ce dernier mot. Puis elle renvoya la domestique, tandis que le professeur ne faisait cette fois-ci aucune observation sur une attitude qu'on aurait pu néanmoins juger impertinente.

Après le petit déjeuner, avant le départ du bateau, survint un léger incident. L'auberge avait fait apporter plusieurs papiers à calligraphie pour des autographes, ce qui avait mis le maître de fort mauvaise humeur. Tsuneko s'était donc vue obligée d'aller trouver le directeur pour lui expliquer que le maître n'appréciait guère ce genre de choses.

Sur le petit bateau de plaisance qu'ils avaient réservé pour eux seuls, ils fendirent d'abord, à l'ombre de la grande île, des eaux vertes et sirupeuses comme de la pâte de haricots sucrée, puis sortirent de la baie en virant vers l'ouest.

Le garçon d'auberge qui les avait accompagnés pour leur servir de guide avait beau donner de la voix, ses explications étaient sans cesse couvertes par les bruits du moteur, et Tsuneko n'arrivait pas à bien comprendre les noms qu'il attribuait à tel ou tel rocher aux formes mystérieuses.

C'était, avec ses rangées de pins évoquant une crinière, le rocher du Lion, ou, avec ses deux bosses, celui du Chameau. Tous ces îlots inhabités et dispersés en pleine mer, à moitié submergés ou dérobés aux regards par des vagues incroyablement plus hautes que celles de la baie, devaient se contenter de noms d'emprunt n'ayant de sens qu'autant qu'on le voulait, si bien qu'on aurait même pu parler à leur sujet d'un certain manque de tenue. N'en était-il pas ainsi de la plupart des endroits célèbres ? En repensant à l'histoire de sa vie, Tsuneko eut l'impression que le mot de mariage lui-même avait aussi peu de consistance que tous ces faux-fuyants : le rocher du Lion, l'île au Chameau... Comparée à eux, la relation qui l'unissait au maître avait une réalité qu'aucun nom n'eût été à même de désigner : une réalité qui, contrairement aux rochers, n'était pas à demi recouverte par les vagues, et qui, en aucun cas, ne devait servir de spectacle à autrui.

Les passagers contemplèrent de loin un cap réputé pour la chasse aux baleines, puis le bateau revint vers l'est jusqu'à l'entrée de la baie. Il s'engagea alors sous la cavité effrayante que formait une énorme masse rocheuse aux contours particulièrement bien dessinés appelée l'« île de la Grue ».

On pouvait facilement deviner que le maître,

solidement cramponné au bastingage, se régalait autant qu'un enfant de cette promenade en bateau. Un petit danger aimable, un jeu, en somme, n'avait rien pour lui déplaire. Le léger choc des vagues remontant sur le fond du bateau alors qu'ils franchissaient la grotte, même cela devait représenter pour lui comme une sorte de petite revanche personnelle prise sur sa longue et monotone vie de chercheur. Cette eau noirâtre déposée au fond de son cœur par une méditation poursuivie nuit et jour sur la terre ferme, combien ne devait-il pas lui être agréable de la voir s'agiter enfin dans le brassage opéré sous l'impulsion de cette modeste compensation !

À cette idée, Tsuneko renonça à lui adresser la parole pour s'abandonner à la contemplation exclusive de la mer. Vers l'est, les étranges rochers devenaient de plus en plus nombreux, et ceux qui s'agglutinaient plus loin autour du cap s'enveloppaient si profondément dans les brumes marines que ces îles lui parurent celles où demeurent les Bienheureux.

« Mais où allons-nous ? » demanda-t-elle en brisant pour la première fois le silence. Il semblait qu'à présent le bateau emportant le maître et Tsuneko faisait route vers le pays du Néant et de l'Infini[1], et qu'après de longues épreuves et de grandes souf-

1. Pays du Néant : expression lexicalisée empruntée à l'*Œuvre complète* de Tchouang-tseu, chapitre Ier, « Liberté naturelle » (cf. *Philosophes taoïstes*, Bibliothèque de la Pléiade, Gallimard, Paris, 1980, p. 92).

frances, il s'approchait d'un monde d'où toute laideur serait bannie. Laideur ? Avec quelle netteté elle prenait maintenant conscience de celle du maître et de la sienne. Loin de former un de ces couples que tout le monde s'accorde à trouver beau, quiconque se serait pris à imaginer leurs rapports d'un strict point de vue charnel n'aurait pas manqué, rien qu'à cette idée, de détourner la tête. Naturellement, c'était en toute connaissance de cause que le maître avait pris Tsuneko pour compagne de voyage. Au cours de ses soixante années de vie il avait dû en effet plusieurs fois ruminer profondément dans son cœur cette vérité qu'en amour l'admiration des spectateurs est presque aussi nécessaire que la sincérité des sentiments. Or, pour un homme comme le maître, deux fois plus sensible que les autres, et aussi amoureux de la beauté qu'il l'était, il ne faisait pas de doute que c'était seulement lorsqu'il se trouvait seul avec Tsuneko que, ne figurant plus qu'au revers de la médaille du monde, il pouvait enfin connaître le repos. Le repos de ne courir aucun risque, lui qui ne participait nullement à la beauté, de devoir la profaner.

Et c'est ainsi que tous deux, venus de la trame ingrate de ce monde, s'avançaient vers les contrées infinies du Néant.

Avait-il sondé à ce point les pensées de Tsuneko ? Toujours est-il que le maître n'était pas homme à ignorer cette brève interrogation : « Mais où allons-nous ? » Certes, s'il n'avait été qu'un mufle, il lui aurait sans doute répondu quelque chose du genre : « Où ? Mais voyons ! On va tout simplement rentrer après ce petit tour... » En lieu de quoi on vit un instant passer au fond de ses lunettes teintées une lueur irritée, une ombre de méfiance pour les méandres d'une psychologie féminine où il ne tenait nullement à s'enliser. Tsuneko, parfaitement habituée à ce genre de soupçons, et toute disposée, par ailleurs, à en faire le plus grand cas, n'attendit pas la réponse du maître pour s'empresser de lui expliquer les raisons de sa propre question.

« Maître, je voulais seulement dire que là-bas... on dirait le pays des Immortels[1]... oui, j'ai eu soudain l'impression que c'était vers une région de ce genre que le bateau se dirigeait tout droit...

— Ah, vraiment ! Le pays des Immortels ! Quelle belle image ! Cette atmosphère noyée dans les brumes, oui, c'est tout à fait ça. Et Kumano est un endroit qui a des rapports si profonds avec les Génies des montagnes. Enfin, s'il s'agit du pays des Immortels qui se trouve sur la mer, il ne peut

1. Comme plus bas « Génies des montagnes », littéralement « homme des montagnes » : en japonais *sennin*, en chinois *sienjen*. Il s'agit d'« hommes qui grâce à une ascèse ou toutes sortes de techniques de type taoïque, pratiquées loin du monde, au fond des montagnes, ont su acquérir des facultés surnaturelles, au premier rang desquelles celle de ne vieillir ni mourir. Le bouddhisme n'admettait pas, pour sa part, que l'accession à une semblable immortalité — fatalement provisoire et illusoire — pût résoudre réellement le problème de la mort » (Bernard Frank dans sa note 173 des *Histoires qui sont maintenant du passé*, coll. Connaissance de l'Orient, UNESCO, Gallimard, Paris, 1968).

s'agir que du mont Hôrai[1]. Et pour le mont Kimbusen[2], on trouve cette phrase dans l'*Eiga Monogatari* (*Récit de la Splendeur*)[3] : "On appelle cet endroit Hôchû. ... En no Ozunu[4] commença à Kumano." »

La réponse du maître s'était transformée en un discours des plus neutres, mais n'était-ce pas précisément ce qu'avait voulu Tsuneko ?

Soudain, l'employé de l'auberge se mit à crier en désignant la terre du doigt :

« Eh, regardez ! À droite du mont Myôhôzan, vous voyez cette ligne blanche verticale ? C'est la cascade de Nachi[5] ! On dit qu'il n'y a aucun autre

1. Prononciation chinoise : P'eng-lai ou P'ong-lai. Une des cinq montagnes paradisiaques et flottant sur les eaux de la légende chinoise où demeuraient des génies immortels (cf Lietseu, *Le Vrai Classique du vide parfait*, V, II ; cf. *Philosophes taoïstes, op. cit.*, p. 475). Nom attribué au mont Kumano.

2. Littéralement le « mont du Pic d'or », à cause de l'or qu'il est censé cacher dans son sous-sol, or sacré destiné à profiter au monde après l'apparition, dans un avenir indéterminé, du Bouddha du futur, Miroku (en sanscrit : Maitreya, « le Bienveillant »). Hôchû : littéralement « au milieu des monts, des sommets ».

3. Long récit en quarante chapitres mêlant la fiction à l'histoire et couvrant une période allant de 1028 à 1092. Écrit par des dames de la cour, ce *rekishi monogatari* (« récit historique ») met principalement en valeur les mérites de Fujiwara no Michinaga (cf. note 1, p. 295).

4. Ou En no Gyôja (Gyôja = pratiquant) : personnage semi-légendaire de la fin du VII^e^ siècle-début VIII^e^, ayant acquis la réputation de dominer les démons par la magie. Vénéré par la suite comme le fondateur du Shûgendo (cf. note 2, p. 264).

5. On consultera Tadao Takemoto, *André Malraux et la cascade de Nachi, La confidence de l'univers*, Conférences, essais et leçons du Collège de France, Julliard, Paris, 1989 (avec des photos et illustrations).

endroit au Japon où l'on peut contempler ainsi une cascade à partir de la mer. Regardez ! Regardez bien ! »

Et en effet, sur le flanc droit du Myôhôzan, la montagne, d'un vert presque noir, se dénudait soudain. Contrastant avec la couleur de la terre, quelque chose de blanc comme un pilier de bois cru attirait les regards, et, pour peu qu'on la fixât avec une certaine attention, cette ligne blanche se mettait à bouger faiblement. Elle semblait même s'élever en dansant, mais c'était sans doute la brume sur la mer qui, déformant la vision comme une vapeur printanière, donnait l'illusion du mouvement.

Le cœur de Tsuneko tressaillit.

Si c'était bien là la cascade de Nachi, ne venaient-ils pas de voler le secret de ce dieu lointain en l'épiant sous un angle qui leur était interdit ? Alors que la cascade ne devait s'admirer qu'en élevant le regard des bords de son bassin, alors que la divinité, habituée aux adorations les plus humbles, exaltait au-dessus des mortels son auguste présence, une légère inadvertance l'avait fait un instant découvrir à ces yeux trop humains qui l'observaient du large sa lointaine et si adorable silhouette.

Aussi bouleversée que si elle venait de commettre le sacrilège d'apercevoir, en dépit de l'éloignement, la déesse prenant son bain, Tsuneko finit par conclure que la divinité de la cascade ne pouvait être qu'une vierge.

Le maître allait-il partager ce point de vue ?

Mieux valait, peut-être, ne pas lui poser directement la question. Prudemment, elle décida de ne lui dévoiler qu'ultérieurement ses sentiments en les exprimant au travers d'un poème.

« Eh bien, rentrons maintenant ! De l'auberge, nous pourrons facilement repartir vers Nachi pour adorer la cascade. Car on ne se lasse jamais de la voir. Et lorsqu'on y prie, on a le sentiment que le cœur en ressort purifié. »

Le professeur Fujimiya croyait-il aux vertus antiseptiques de la brise de mer ? Pas une seule fois, en tout cas, il ne s'était servi de ses tampons d'alcool sur ce bateau qu'il s'apprêtait déjà à quitter en se levant précipitamment du siège plutôt instable qu'il avait occupé à la poupe.

Dès que Tsuneko eut compris combien le professeur était content du voyage, elle se sentit elle aussi devenir toute joyeuse. C'est que, même vu de l'extérieur, le travail d'un érudit aussi important que le maître ne semblait pas à proprement parler une partie de plaisir. Qu'un seul document oublié depuis longtemps vienne à réapparaître, et le grandiose échafaudage de théories patiemment ébauchées s'écroulait en une seconde ! Dans ces conditions, la meilleure solution consistait sans doute à se fier uniquement à l'intuition qui, si elle était vraiment profonde, impliquait nécessairement une véritable force prophétique offrant une vie plus longue aux constructions de l'esprit. Mais, si l'on dépassait un certain stade, on quittait alors le domaine de la science, pour entrer dans celui de l'art ou de la poésie. Le maître avait ainsi dansé toute sa vie sur une corde raide, tendue entre son esprit poétique et un positivisme minutieux entre lesquels il faisait encore le va-et-vient. Bien entendu, entre-temps, pendant toutes ces années, l'intuition du maître lui avait fait connaître de nombreuses réussites comme de nombreux échecs, mais, tout compte fait, la proportion des cas où son flair lui avait fait deviner juste se révélait plus importante que ceux qu'il avait pu résoudre par une méthode purement scientifique. Le long et obscur combat qu'à l'insu de tous il menait seul dans son bureau n'était pas de ceux que pouvait suivre jusqu'au bout quelqu'un comme Tsuneko. Mais elle était parfaitement capable de le mesurer : même si la vie intérieure du maître atteignait, sous l'effet d'un incessant entraînement intellectuel et d'une fécondation ininterrompue de ses forces intuitives, à la pureté du cristal, une fatigue dépassant les capacités humaines l'avait bel et bien rongé corps et âme. Lorsqu'un simple mortel s'efforce ainsi d'approfondir quelque chose au-delà d'une certaine limite, il s'opère finalement entre lui et l'objet de sa recherche une espèce d'osmose qui le rend souvent presque monstrueux. Et si des étudiants ignares avaient pu affubler le maître du sobriquet de docteur Momie, n'était-ce pas précisément qu'ils avaient saisi eux aussi de manière fugitive les métamorphoses qui étaient en train de se produire en lui.

Qu'un tel homme ait trouvé ce jour-là un instant de loisir, on ne pouvait vraiment que s'en féliciter, et, si l'on songeait à l'épuisement qu'entraînent des impressions trop neuves ou trop vives, il n'y avait rien à redire non plus au choix qu'il avait fait d'un endroit qu'il connaissait déjà. Plutôt que de lui rappeler la vie austère qu'il menait dans son bureau en allant au-devant de ses moindres mouvements d'humeur, Tsuneko se dit qu'il valait mieux pour elle jouer encore davantage les idiotes afin de lui libérer plus complètement l'esprit.

Mais une femme comme Tsuneko, aussitôt conçu un plan de ce genre, et si parfait fût-il, ne pouvait éviter de perdre tout naturel ni de devenir inexplicablement maladroite.

Durant le parcours entre l'auberge et Nachi, tout heureuse de se retrouver dans une voiture climatisée, elle se lança dans un vain bavardage : « Maître, vraiment, quel raffinement, vous ne trouvez pas ! Un taxi avec l'air conditionné, et dire qu'on n'en trouve même pas à Tôkyô ! Quand on pense que les gens, autrefois, devaient aller à la cascade pour se rafraîchir un peu... pouvoir prendre déjà le frais en route avant même d'arriver... on ne peut rêver d'un luxe plus insensé ! Et moi qui, à chacun de vos voyages, passe mon temps à me faire un souci monstre à l'idée de tout ce que vous devez endurer... eh bien, à en juger par celui-ci, il faut plutôt dire que, ces temps-ci, les voyages sont devenus assez agréables... »

Il s'agissait évidemment pour elle de capter l'attention du professeur qui, pris de pitié devant tant de présomption ou tant de sottise, se serait mis à lui raconter par le menu toutes les difficultés d'un voyage d'étude. Mais le maître justement n'était pas homme à se laisser aller, même au cours d'un de ses déplacements loin de chez lui, à une réaction aussi ordinaire.

Il avait rapidement fermé les yeux. Tsuneko se demanda alors anxieusement si elle ne l'avait pas froissé, mais, apparemment, il n'en était rien : derrière les lentilles violettes, les paupières fermées s'entouraient de mille petits plis, si bien qu'il devenait difficile de les distinguer au milieu des lignes formées par les rides.

Elle se dit que cette façon qu'avait le maître de se couper brusquement du monde extérieur le faisait ressembler à une sorte d'insecte. Mais cette capacité particulière lui donna ce jour-là une occasion unique de contempler le maître. Jamais elle ne l'avait fait d'aussi près ni aussi tranquillement. N'était-ce pas en effet la première fois depuis dix ans qu'elle pouvait examiner en détail ce visage sur lequel elle n'avait fait jusqu'alors que timidement lever des yeux qu'elle tenait le plus souvent respectueusement baissés ?

À bien le regarder dans les rayons de soleil qui semblaient battre des ailes à travers les vitres de la voiture, on remarquait que la poudre noire qu'il utilisait pour teindre ses cheveux blancs s'était éparpillée en dessinant, tout autour du front, une sorte de cerne à la naissance des cheveux. Or, si le professeur Fujimiya avait bien voulu s'en remettre à Tsuneko, il n'aurait jamais commis ce genre de bévues, dues uniquement au fait qu'il s'entêtait, malgré son strabisme, à vouloir tout faire sans aucune aide extérieure. Certes la laideur du maître était légendaire, mais elle reposait surtout sur l'impression qu'on retirait d'un manque de proportions dans l'ensemble de sa silhouette et d'une certaine fêlure dans le timbre de sa voix. Car, à l'observer d'aussi près que Tsuneko était en train de le faire, il était loin d'offrir une apparence si terrible. Ainsi les lèvres, par exemple, petites, douces, arquées et toutes vermeilles, avaient plutôt l'éclat, chez cet homme de soixante ans, de celles d'un adolescent. Si, avec un caractère un peu moins buté, il avait confié le soin de sa personne à des mains féminines, on aurait même pu rêver d'en faire un dandy tout à fait présentable.

Parvenue à ce stade, et mue par une sorte de sixième sens acquis au bout de longues années, elle détourna soudain son regard pour reprendre un air innocent, tandis que le professeur ouvrait les yeux sans montrer aucun signe qu'il ait pu le moins du monde soupçonner Tsuneko de l'avoir fixé intensément jusque-là, ce qui d'ailleurs était proprement impensable.

Depuis que, dans les temps les plus reculés, l'empereur Jinmu[1] s'est mis à la vénérer comme

1. Nom du premier empereur légendaire (660)-585 avant J.-C. Descendant à la cinquième génération de la déesse solaire Amaterasu, c'est le premier empereur humain, fondateur de la dynastie actuelle.

une divinité en y voyant l'image du dieu Ô-anamuchi-no-kami (Ô-kuni-nushi-no-kami)[1], la cascade de Nachi est demeurée pendant deux mille ans un endroit sacré qui, à commencer par celle de l'empereur retiré Uda, avait reçu jusqu'à quatre-vingt-trois visites impériales. Et l'empereur Kasan lui-même s'était « retiré sous la cascade » pendant mille jours.

Or, depuis les macérations purificatrices et régénératrices qu'y pratiqua En no Gyôja, elle est devenue également très connue comme lieu d'ascèse du Shûgendô[2], vénérée sous son nom d'avatar (gongen) Hirô (Cascade bondissante). Si bien que, de nos jours encore, son temple s'appelle officiellement « temple Hirô rattaché au grand sanctuaire shintô de Kumano Nachi ».

« Certes, on peut faire du tourisme sans rien savoir... » se mit à dire le maître, la tête appuyée sur son siège, de ce ton monotone et las qu'il pre-

1. C'est-à-dire « grand-maître du sol ». Cf. l'article de Hartmut O. Rotermund, « "Aux temps où arbres et plantes disaient des choses". Remarques sur les kami japonais et leurs "corps divins" », in *Corps des dieux*, coll. Le Temps de la réflexion, Gallimard, Paris, 1986. On pourra consulter encore, par exemple, du même, *Religions, croyances et traditions populaires du Japon*, 1, « *Aux temps où arbres et plantes disaient des choses* », Maisonneuve & Larose, Paris, 1988, et Louis Frédéric, *Le Shintô, esprit et religion du Japon*, Bordas poche, Bordas, Paris, 1972.

2. C'est-à-dire, littéralement, « la voie des pouvoirs surnaturels par des exercices ». Pour plus de précisions, voir l'ouvrage de Gaston Renondeau, *Le Shugendô : histoire, doctrine et rites des anachorètes dits yamabushi*, Imprimerie nationale, Paris, 1956.

nait pendant ses cours. « Mais lorsqu'on visite un site historique avec un minimum de connaissances, cela devient beaucoup plus intéressant.

« Et dans votre cas, il ne serait pas inutile d'apprendre quelque chose de l'origine des croyances qui se sont développées aux Trois Montagnes de Kumano.

« Comme on vénère à Kumano un dieu aussi important qu'Ô-kuni-nushi-no-kami, il est fort probable que cet endroit ait eu un lien profond avec le peuple d'Izumo[1]. C'est en tout cas la raison pour laquelle cette région écartée est bien connue depuis l'époque du *Nihon shoki* (*Annales du Japon*)[2]. De plus, ce pays de montagnes mystérieuses recouvertes d'épaisses forêts a depuis si longtemps évoqué le pays des morts que, plus tard, la vision de la Terre pure de Kannon est venue tout naturellement s'y greffer, superposi-

1. Ancienne province du Japon située sur la côte de la mer du Japon à l'ouest de Honshû. On pense que cette région souvent citée dans les anciennes chroniques japonaises a pu être un centre religieux et politique important rivalisant avec la cour installée dans la région de Nara (Yamato), cette dernière l'emportant finalement. Le temple shintô d'Izumo, dont le dieu principal est Ô-kuni-nushi, est un des plus anciens et des plus sacrés du Japon.

2. Littéralement « Chronique du Japon » : composées vers 720 et rédigées en chinois, ces annales relatent en suivant plus ou moins le modèle des histoires dynastiques chinoises l'histoire du Japon depuis l'origine du monde jusqu'au règne de l'impératrice Jitô (686-697), le but étant de doter la dynastie japonaise d'un cadre historique analogue à celui de la Chine.

tion qui a finalement donné naissance à la foi de Kumano[1].

« Originellement, les Trois Montagnes formaient des sanctuaires séparés, mais, diverses croyances s'étant syncrétisées, les traditions des temples et les divinités elles-mêmes ont fusionné pour faire place au culte des Trois Kumano : un seul corps en trois endroits distincts.

« À l'époque de Nara[2] déjà, se déroulaient à Nachi des cultes nationaux, tandis que des cérémonies bouddhiques s'effectuaient devant les dieux autochtones. Par ailleurs, comme on trouve dans le sûtra *Kegon* (*Sûtra de la Guirlande de fleurs*) l'indication que le paradis de Kannon, le Fudaraku[3], doit nécessairement se situer sur un littoral méridional : "Là, au sud, se trouve une montagne...", on en vint à imaginer qu'il s'agissait plus précisément des côtes s'étendant autour de la cascade, ce qui explique que la doctrine de la grâce accordée aux âmes des morts s'y soit largement développée. »

Tsuneko pensa aussitôt que ce rivage de Nachi aperçu du pont du bateau était vraiment celui de

1. On se reportera à la longue note 175 consacrée à Kumano par le professeur Bernard Frank, *op. cit.*

2. Ville située au sud de Kyôto dans la région du Yamato et qui fut capitale de 710 à 784. L'administration du pays se conforme de plus en plus étroitement aux modèles chinois, tandis que le bouddhisme s'implante solidement dans le pays.

3. Kannon : cf. note 1, p. 60. Fudaraku : le mont Potalaka situé par les Indiens sur la côte méridionale de l'Inde, résidence du bodhisattva Kannon.

la Terre Pure. Mais que dire alors de ce caprice du destin qui lui avait fait entrevoir le royaume de Kannon dès le premier matin de cet étrange voyage accompli en compagnie du maître !

« Et c'est ainsi que la théorie de la manifestation des entités originelles des bouddhas dans les divinités locales[1] a donné naissance à l'avatar de Kumano[2]. Plus tard, à la fin de l'époque de Heian, la foi vénérant dans l'entité présente dans le temple principal Hongû Shôjôden le bouddha Amida[3] l'emporta sur la vision du paradis de la Terre Pure de Kannon incarnée dans la cascade de Nachi. Et, en même temps que la pensée de la fin de la loi[4] se renforçait, la séduction exercée par la Terre Pure d'Amida mit à la mode les exercices ascétiques difficiles et austères pratiqués dans ces montagnes saintes, au point que l'empereur retiré Kasan s'y est lui-même livré à l'ascèse pendant trois ans.

1. Ou : du corps originel d'un être bouddhique laissant tomber ses traces (*honjisuijahu*).

2. *Kumano gongen*, c'est-à-dire « la manifestation provisoire [des Bouddhas] à Kumano ».

3. Amida (en sanscrit : Amitâyus ou Amitâbha) : ce bouddha a promis d'accueillir dans sa lointaine « Terre Pure » située à l'ouest et appelée la Contrée bienheureuse tous ceux qui penseront à lui et répéteront son nom avec ferveur. Cf. Henri de Lubac, *Amida*, Seuil, Paris, 1955.

4. C'est à partir de 1052 après J.-C. que la chronologie japonaise situait le début de la décadence de la loi bouddhique, période prophétisée par le Bouddha lui-même. Cette croyance millénariste ne fut pas sans influence sur le succès de doctrines comme l'amidisme (cf. note 3 ci-dessus) promettant le salut dans un paradis futur.

« Entre-temps la gestion des trois sanctuaires est passée aux mains des bonzes, et, depuis l'apparition des yamabushi[1], le shugendô s'y est développé, qui, tout en servant les divinités autochtones, prône la réclusion dans la montagne pour suivre la voie du Bouddha... »

Le cours du professeur semblait devoir s'éterniser, mais Tsuneko ne l'écoutait plus que d'une oreille, retenant seulement ce qui pourrait directement lui servir pour ses compositions poétiques.

Elle réfléchissait. Le pays natal du maître était bien ce pays de Kumano, cela ne faisait aucun doute ; comme ne faisait aucun doute non plus le fait qu'elle n'avait pas la moindre idée des circonstances qui le poussaient à éviter avec autant d'obstination la terre de ses aïeux. Mais la véritable patrie du maître n'était-elle pas plutôt cet autre monde, cette contrée éternelle des morts, toujours humide de l'obscurité des sombres verdures ? Et ne pouvait-on voir là la raison essentielle pour laquelle, l'aimant autant qu'il la craignait, il y était revenu au cours de ce voyage ? Était-il donc lui-même un être appartenant au séjour des morts ? Certes, on sentait qu'il en possédait tous les traits. Cependant, s'il vivait en refusant aussi catégoriquement le monde des hommes, n'était-ce pas également qu'il avait laissé dans ce paradis à

1. Littéralement « qui couchent dans les montagnes », abréviation de *yamabushi no gyôja* : « pratiquants du shugendô qui couchent dans les montagnes ». On dit aussi *shugenja* (« gens du shugen ». Cf. note 2, p. 264).

la terre d'émeraude quelque chose de si beau que, malgré ses craintes, il désirait à tout prix le retrouver...

Alors que Tsuneko s'absorbait dans cette vision, la voiture arriva devant le portique du sanctuaire de Nachi. Ils en descendirent tous les deux, et la bouffée de chaleur qui les atteignit de plein fouet après l'air conditionné les fit vaciller un instant tandis qu'ils commençaient à descendre l'escalier de pierre menant au temple. La lumière du soleil, à travers les rangées de cryptomères, tombait dru comme une neige incandescente.

À présent, la cascade de Nachi se trouvait devant eux. Sur un rocher se dressait un bâton en or servant pour les offrandes, et, même à cette distance, il recevait les embruns de la chute en scintillant de mille feux. Sa silhouette dorée, résistant vaillamment à la blancheur de l'eau, apparaissait par intermittence dans la fumée des innombrables bâtonnets d'encens qu'on avait allumés.

Dès qu'il aperçut le maître, le supérieur vint à sa rencontre. Après s'être respectueusement enquis de sa santé, il les conduisit au bord du bassin dont l'accès, à cause du danger de chute de pierres, était strictement interdit aux pèlerins ordinaires. La grande serrure noire de la porte laquée de vermillon, rouillée, eut du mal à s'ouvrir, et, une fois dans l'enceinte, un chemin assez dangereux conduisait jusqu'à la cascade à travers les rochers.

Tsuneko avait fini par s'asseoir sur une pierre

plate. La brume humide qui naissait de la chute l'enveloppait agréablement. Elle leva alors les yeux vers cette énorme colonne d'eau, si proche qu'elle paraissait devoir tomber sur sa poitrine.

Il ne s'agissait certes plus d'une vierge, mais d'un dieu gigantesque et effroyable.

Sur le miroir parfaitement poli de la paroi rocheuse, la cascade laissait glisser sans cesse sa fumée blanche. À l'endroit où elle apparaissait, très haut dans le ciel, les nuages d'été avançaient leurs fronts aveuglants, tandis qu'aiguille pointue, un cryptomère dépouillé de toute feuille perçait l'œil de l'azur. À peu près au milieu, l'eau blanche, vaporeuse, venait se briser sur la roche en s'éparpillant dans tous les sens : si on la fixait trop longtemps, on finissait par avoir l'impression que la paroi supérieure elle-même s'effritait, formant soudain une saillie prête à s'écrouler sur vous. Lorsque, en tendant un peu le cou, on regardait sur les côtés, on aurait dit qu'à chaque endroit où la roche entrait au contact de l'eau, une nouvelle source aussitôt jaillissait.

Dans la moitié inférieure de la cascade, celle-ci se décollait presque entièrement de l'à-pic, si bien qu'on en pouvait voir clairement l'ombre courir à la surface luisante du miroir formé par le rocher.

La chute d'eau appelait des souffles d'air tout autour d'elle. Aux flancs de la montagne voisine, la végétation, les bambous nains frissonnaient perpétuellement dans le vent, et les feuilles, sous les éclaboussures, étincelaient d'un éclat si subtil qu'il en devenait périlleux. Parcourus de bruissements, les arbres, d'une étonnante diversité dans leurs feuillages nimbés de soleil, paraissaient comme fous, mais cette démence même les rendait incomparablement beaux. Et Tsuneko se dit que la cascade n'était sans doute au fond qu'une de ces « folles » qui apparaissent parfois dans les nô.

Sans qu'elle en eût pris conscience, ses oreilles s'étaient habituées au grondement assourdissant. Elle l'avait oublié au point qu'il ne lui parvenait plus, paradoxalement, que lorsqu'elle arrêtait son regard sur le bassin tranquille et d'un vert obscur qui recueillait les eaux de la chute. Car, comme un étang sous l'averse, la surface de ce gouffre d'eaux stagnantes se hérissait sans cesse de petites vagues courant d'un bord à l'autre.

« C'est bien la première fois que je vois une cascade aussi belle ! » s'exclama Tsuneko en inclinant légèrement la tête dans l'intention de remercier le professeur de lui avoir permis d'approcher un tel spectacle.

« Pour vous, c'est toujours la première fois... » rétorqua celui-ci, debout et toujours tourné vers la chute qu'il fixait bien en face. Sa voix avait la tonalité d'un grelot qu'on agite.

Jamais la voix du maître n'avait résonné aussi mystérieusement, jamais elle n'avait été aussi pleine de refus, de méchanceté.

Était-il vraiment en train de se moquer d'elle, lui qui savait pourtant qu'elle avait été mariée, en insinuant que, psychologiquement, elle n'en était pas moins restée vierge ? Une vierge de quarante-cinq ans ! Non, décidément, c'était un peu fort !

Car, à supposer qu'elle eût été la vestale du temple Fujimiya, n'aurait-il pas dû hésiter à rire d'une chasteté qu'il contribuait lui-même à préserver ?

« Peut-être pourrions-nous partir, maintenant ? »

Sans le vouloir, elle avait pris les devants, s'apprêtait à se lever. Et c'est alors que, son pied glissant sur la mousse d'une pierre, elle serait immanquablement tombée, si le professeur, avec la rapidité inattendue d'un jeune homme, ne lui avait tendu une main secourable. Un court instant, pourtant, devant cette main pure et blanche qui s'offrait à ses yeux, elle hésita : devait-elle s'y raccrocher ?

Cette main qui, dans le vacarme de la chute, flottait, aussi sublime qu'une apparition, Tsuneko avait l'impression que si elle s'en saisissait, elle allait être entraînée dans un pays inconnu. Les contours d'une grande fleur de magnolia se dessinèrent devant ses yeux, une fleur dont les pétales vieillis parsemés d'élégantes tavelures semblaient embaumer. Cependant, le corps de Tsuneko perdait dangereusement l'équilibre, était sur le point de s'affaisser sur les rochers glissants. Et si, finalement, soumise, elle répondit à cette invitation, c'est que, tout en reconnaissant l'illusion qu'il y avait à lui donner une signification quelconque, elle baignait déjà dans une douce extase qui l'avait presque conduite au bord de l'évanouissement.

Cependant, les forces du professeur n'étaient

pas à la hauteur de la charge que représentait Tsuneko. Cette dernière, en s'appuyant sur lui, rendit périlleuse la posture du maître, et si, trébuchant tous les deux, ils étaient tombés l'un sur l'autre au-dessus des rochers, ils n'auraient pas manqué de se blesser gravement. Mais, aussitôt, le sentiment que le maître devait passer avant tout l'emporta dans le cœur de Tsuneko. Aussi parvint-elle in extremis, en s'arc-boutant toute seule sur ses pieds, à le remettre d'aplomb.

Lorsqu'ils se relevèrent, ils n'avaient plus de souffle et le sang leur était monté au visage. Tsuneko s'empressa de redresser les lunettes du maître qui menaçaient de tomber, mais, alors qu'il aurait dû, comme il le faisait d'habitude dans cette sorte de circonstances, refuser catégoriquement son aide, tout honteux, il la remercia, et ces remerciements donnèrent à Tsuneko la plus grande joie qu'elle eût jamais connue.

4

Mystérieuse matinée d'été, où, sans préméditation aucune, de nombreuses digues furent rompues, de multiples tabous abolis. Aux yeux du maître aussi, il s'agissait sans doute moins de véritables transgressions que d'un état d'esprit qui, pour une fois, le portait à tolérer la tournure prise par les événements.

Pour aller se recueillir dans le grand temple de Nachi où l'on avait transféré l'esprit divin de la céleste cascade, il fallait gravir, au plus chaud de cette journée d'été, un escalier de pierre dépassant les quatre cents marches. L'ascension en était si pénible — même en automne ou au printemps on se retrouvait tout de suite en nage — qu'en ces heures de canicule, on pouvait compter sur les doigts de la main les rares personnes assez audacieuses pour s'y risquer. Tsuneko eut d'abord tout le loisir de se lamenter intérieurement sur le manque de résistance de la jeunesse moderne en contemplant curieusement un jeune couple déjà à bout de souffle alors qu'ils n'avaient franchi que quelques dizaines de marches. Mais lorsque, à la suite du maître, elle dépassa le premier de ces petits pavillons de thé disposés pour le repos des pèlerins, elle ne savait plus elle-même très bien où elle en était.

Le maître, quant à lui, sans jamais s'arrêter un seul instant pour boire, ni se laisser prêter main-forte, montait en silence. D'où pouvait donc bien lui venir cette ténacité aussi inébranlable que stupéfiante ? Tsuneko lui avait pris sa veste, mais lui, loin d'avoir songé à se procurer la moindre canne, inclinait encore davantage ses épaules horriblement tombantes sous la dure réverbération du soleil. Aucune brise ne venait gonfler son pantalon aussi large qu'un hakama et, tel un saule balayé par le vent, marche après marche, il progressait. Le dos de sa chemise était déjà trempé, mais il lui aurait été vraiment impossible de se servir de son éventail, ayant déjà bien du mal à essuyer la sueur qui lui coulait du front, la main crispée sur son mouchoir. Le profil du maître, tandis que, tête baissée, il poursuivait ce véritable calvaire qu'il s'imposait à lui-même en fixant la surface blanche de l'escalier de pierre, parlait assez de la triste destinée d'une vie solitaire vouée tout entière à la science, et, s'il y avait là quelque chose d'éminemment respectable, il n'était pas impossible en même temps d'y voir poindre cette manie qu'il avait d'exhiber la douleur d'une tristesse sans recours. Spectacle insoutenable, mais à travers lequel, comme dans ce sel que l'on obtient par distillation de l'eau de mer, brillait malgré tout une certaine noblesse.

À le contempler ainsi, Tsuneko ne pouvait plus guère se permettre de lui révéler ses propres faiblesses. Elle sentait son cœur remonter dans sa gorge, ses genoux peu entraînés à la marche la torturaient, ses mollets lui tiraient, et ses jambes se mirent soudain à chanceler comme si elle foulait les nuages. Mais, pis que tout, il y avait cette chaleur infernale !

Les yeux aveuglés, elle était sur le point de perdre connaissance, quand, du fond de son épuisement l'envahit enfin quelque chose d'aussi limpide qu'une eau jaillissant en plein désert. Cette vision de la Terre Pure de Kumano à laquelle le maître avait fait allusion quelques instants auparavant dans la voiture, eh bien, voici qu'au bout de cette épreuve, elle avait pour la première fois l'impression de la voir réellement se profiler devant elle. Il s'agissait d'un pays ténébreux protégé par les ombrages d'une verdure toujours fraîche. Là-bas, la sueur ne coulait plus, pas plus que les cœurs ne souffraient.

Peut-être bien que là-bas... dès que cette pensée fut née dans son cœur, elle s'y cramponna comme à un bâton, et le courage lui vint de continuer l'ascension. Peut-être bien que là-bas l'attendait sa destinée : le maître et elle, se libérant de toute entrave, seraient définitivement unis, et ces liens conserveraient une absolue pureté. Cet espoir, pas une seule fois durant ces dix années elle ne l'avait conçu, même au plus secret de son âme. Mais il lui semblait bien pourtant avoir rêvé parfois qu'au travers du respect qu'elle portait au maître, un amour extraordinaire et divin avait élu sa demeure au pied de montagnes lointaines, à l'ombre de vieux cryptomères. Et cet amour, il ne fallait pas qu'il fût l'amour en usage dans le monde, l'amour ordinaire qui attache un homme à une femme. Il ne devait pas non plus être de ceux, vulgaires entre tous, dans lesquels on se fait l'un et l'autre étalage d'une beauté extérieure. Le professeur et elle, devenus deux piliers transparents de lumière, se rencontreraient quelque part d'où l'on pourrait mépriser tous les hommes vivant sur cette terre. Et ce lieu se découvrirait sans doute au bout de ces marches de pierre qu'elle était en train de gravir, à bout de souffle.

Le chant tout proche des cigales ne parvenait plus à ses oreilles ; la verdure des rangées de cryptomères à gauche et à droite de l'escalier avait disparu très loin de ses yeux. Mais elle sentait sur sa nuque le soleil tombant à pic au-dessus de sa tête, cette lumière qui, à elle seule, ressemblait au vertige, et elle eut même bientôt la sensation de se déplacer en vacillant sur un nuage étincelant.

Lorsqu'ils parvinrent dans l'enceinte du grand sanctuaire de Kumano Nachi, elle s'aspergea les cheveux avec l'eau froide de la vasque lustrale, s'humecta la gorge. Cependant le paysage qu'elle découvrit après avoir retrouvé ses esprits n'aurait pu être celui de la Terre Pure, tant il se présenta à elle dans une aveuglante réalité.

Le vaste panorama était entouré au nord par les monts Eboshigatake et Hikarigamine, au sud par la chaîne de montagnes du mont Myôhô où se trouvait le temple qui recueille les chevelures des morts. En contrebas, à travers les forêts de conifères, on apercevait la route en lacet que les cars empruntaient pour y parvenir. Seul l'est s'ouvrait légèrement sur la mer, et l'on pouvait aisément imaginer combien le soleil se levant dans cette direction métamorphosait ces ténébreuses montagnes, combien il avait dû susciter dans le cœur des gens l'admiration et la crainte. C'était la flèche ardente de la vie qui fendait l'air, lancée en plein pays de la mort. Et ce jet de lumière rouge n'avait jamais eu aucun mal — comment aurait-on pu en douter ? — à transpercer la brume légère et noble réputée pour toujours envelopper les montagnes de cette région, celle dont on parle précisément au dixième livre du *Dit des Heike*[1] : « La

1. Traduction de René Sieffert, coll. UNESCO d'œuvres représentatives, POF, Paris, 1971, p. 431. *Le Dit des Heike* ou

très miséricordieuse protection s'étendait comme une brume sur le mont Kumano. »

Ici aussi le professeur Fujimiya entretenait des relations amicales avec le supérieur, si bien qu'il les fit franchir la porte en treillis laquée de vermillon pour les guider jusque dans l'enceinte intérieure du temple.

Dans celui-ci on adorait avant tout le grand dieu Fusumi (le grand dieu Izanami)[1], et, le fait qu'on y vénérât en même temps les dieux principaux des deux autres sanctuaires, constituait précisément l'originalité fondamentale commune aux Trois Kumano. Aussi pouvait-on, lorsqu'on pénétrait jusque dans l'enceinte intérieure, observer l'alignement des six bâtiments sacrés : Takimiya, Shôjôden, Naka no gozen, Nishi no gozen (le temple principal du grand sanctuaire de Nachi), Wakamiya et Hasshinden, montrant jusque dans la forme de leurs tuiles la mâle vaillance ou la souplesse gracieuse de chacun des dieux et déesses qu'ils abritaient. L'expression « La loi sacrée est respectée dans toute la montagne » s'applique vraiment à cette région de Kumano

---

*Cycle épique des Taïra et des Minamoto* (vers 1371 pour la version la plus achevée) relate les troubles qui agitèrent le Japon à la fin du XII^e siècle et qui portèrent au pouvoir le clan guerrier des Minamoto, après leur victoire sur les Heike. Forte coloration bouddhique dans la vision d'une histoire dominée par l'impermanence des choses.

1. Dieu qui, uni à sa sœur, la déesse Izanagi, « mère de tous les kami (dieux autochtones) », est censé avoir engendré le Japon.

dont le ciel et la terre sont remplis de l'auguste présence des innombrables dieux et bouddhas qui s'y bousculent.

Ces six sanctuaires qui, inondés par le soleil d'été, se découpaient sur l'arrière-plan des montagnes couvertes de sombres cryptomères, atteignaient des nuances insurpassables dans l'éclat resplendissant des couleurs rouge et bleu.

Le supérieur les ayant laissés tous les deux seuls après les avoir priés avec une politesse un peu désuète de prendre tout leur temps, ils eurent la sensation que ce jardin leur appartenait avec son célèbre cerisier pleureur à l'âge vénérable et son rocher du corbeau. À cause de la chaleur, même la mousse était devenue toute pelucheuse, et un silence tel régnait qu'on aurait cru entendre la respiration régulière des divinités plongées dans leur sieste.

Le professeur montrant du doigt le faîte des six bâtiments isolés par la clôture vermillon attira son attention : « Regardez ! Les sculptures sur les motifs en forme de cuisses de grenouilles au-dessus des poutres : toutes sont différentes suivant le temple ! » Mais Tsuneko n'avait déjà plus l'esprit assez libre pour tourner les yeux dans la direction indiquée. Toute son attention s'était reportée sur l'attitude inexplicablement fébrile du maître. Sans doute, après s'être épongé le visage et avoir pris le plus grand soin à remettre sa veste, semblait-il avoir oublié sa pénible ascension au point de paraître plutôt frais et dispos : il n'en montrait pas moins une expression vaguement angoissée, tandis qu'il scrutait le sol autour des arbres du jardin. Tsuneko faillit lui demander s'il n'avait pas perdu quelque chose, mais se retint à temps.

Car ce que le maître sortait à présent délicatement de sa poche n'était autre que ce petit carré de soie violet qu'elle n'avait fait qu'entrevoir le matin même. Son cœur bondit dans sa poitrine. Ne se souciant nullement de sa présence, le maître déplia le carré, laissant apparaître une doublure de soie luxueuse, blanche et resplendissante, sur laquelle étaient alignés trois peignes décoratifs en buis. Baignés dans la lumière intense des rayons du soleil, on remarquait jusqu'aux fines sculptures de campanule de Chine qui les agrémentaient.

Tsuneko fut profondément bouleversée par la forme si élégante de ces trois peignes de femme. Mais, pis encore, sur chacun d'eux un caractère écrit à l'encre rouge vint frapper son regard.

« Ka », pour le premier.

On ne voyait pas bien, mais « Yo » devait être le second.

Le troisième ressemblait à « Ko ».

Un seul coup d'œil ne suffisait pas pour l'affirmer de façon certaine, mais si l'on réunissait les trois caractères, on pouvait au moins deviner qu'ils formaient un prénom féminin. De plus, ces trois lettres rouges, dont on pouvait penser qu'elles avaient été tracées de la main même du maître, avaient une telle délicatesse qu'aussi bien le « Ka » que le « Yo » ou le « Ko » s'imprimèrent instantanément dans le cœur de Tsuneko, avec une évidence tout aussi frappante que si elle avait été mise subitement en présence de la nudité d'une femme distinguée. Bien que les caractères eussent été écrits dans ces formes carrées qui n'ont rien du délié des styles cursifs, la finesse, la féminité de chaque trait laissaient deviner la passion avec laquelle le professeur avait fait courir son pinceau d'encre rouge sur les peignes de buis. Et puis, à l'évidence, cette femme secrète désignée par des lettres de cinabre, c'est depuis le début du voyage qu'elle se cachait dans le doux nid d'amour du carré de soie à la doublure blanche...

Pendant ces dix années, jamais, au grand jamais, le nom d'une femme ne s'était manifesté dans la vie du maître, et il avait fallu ce voyage pour qu'il en apparaisse enfin un ! Tsuneko ne pouvait s'empêcher d'en vouloir au maître de le lui avoir tenu caché depuis leur départ de Tôkyô et jusqu'à cet instant précis. La Terre Pure qu'elle n'avait cessé d'appeler de ses vœux avec tant de foi durant cette ascension qui l'avait mise en nage était bien loin maintenant. Ce qui, à la place, l'attendait n'était rien de moins que l'enfer, sans exagération aucune. Car pour la première fois de sa vie, Tsuneko connaissait la jalousie.

À analyser ainsi ces sentiments, l'incident peut sembler avoir duré une éternité, mais, en réalité le maître n'avait laissé les trois peignes exposés aux yeux de Tsuneko que quelques secondes seulement, et, tout de suite après en avoir extrait celui où se lisait le caractère « Ka », il avait aussitôt remis soigneusement les deux autres dans leur enveloppe de soie luxueuse, déposant le tout au fond de la poche de sa veste.

« Il faut se dépêcher de l'enterrer quelque part. Vous ne pourriez pas me chercher un endroit convenable sous un de ces arbres ? Un endroit où l'on puisse facilement creuser... »

Par habitude, Tsuneko avait répondu oui, mais elle se jugeait elle-même pitoyable d'avoir ainsi immédiatement obtempéré à un ordre du maître, alors qu'elle se trouvait à ce point furieuse contre lui. Son cœur avait beau s'y opposer, ses yeux étaient déjà en train de chercher partout à la surface du jardin...

« Finalement, le meilleur endroit ne serait-il pas au pied du cerisier pleureur ?

— Mais oui, bien sûr ! Sous les fleurs, au printemps, ce sera encore plus... »

Et avec une agilité stupéfiante, le maître s'approcha du cerisier, s'accroupit dessous, puis, décollant doucement la mousse pelucheuse, se mit sur-le-champ à gratter avec ses ongles. Maniaque du désinfectant comme il l'était ordinairement, il devait sans doute estimer que la terre sacrée de ce domaine des dieux ne pouvait être que pure.

En un clin d'œil le peigne fut recouvert, et l'élégant caractère vermillon disparut. Tsuneko aida le professeur à replacer adroitement la mousse, si bien qu'il n'y eut bientôt plus aucune trace qu'on ait creusé un trou à cet emplacement. Toujours accroupi, le maître joignit les mains pour prier, puis se mit soudain à guetter les alentours d'un air alarmé, attitude qui ne convenait absolument pas à l'homme qu'il était au quotidien et ressemblait plutôt à celle d'un criminel venant d'accomplir son forfait.

Le maître, comme si de rien n'était, se releva enfin pour sortir de son autre poche des tampons d'alcool avec lesquels il s'essuya consciencieusement le bout des doigts. Il en offrit même une poignée à Tsuneko. C'était bien la première fois qu'elle avait ainsi l'honneur de se voir proposer les tampons d'alcool du maître, et, tandis qu'elle était en train de nettoyer ses ongles salis de terre, elle finit par se dire, en respirant la froide odeur du désinfectant, qu'elle aussi s'était faite finalement la complice de ce modeste crime.

## 5

Ce soir-là, ils logèrent dans la ville de Shingû, projetant de se rendre dès le lendemain matin au temple Kumano Hayatama, pour aller ensuite en voiture dans l'après-midi faire leurs dévotions au temple Kumano Nimasu de Hongû, dernière étape de leur pèlerinage aux Trois Kumano.

Cependant, après l'incident de Nachi, qui lui avait fait découvrir les trois peignes de femme, Tsuneko se replia complètement sur elle-même. Certes, elle continuait à faire tout ce que lui disait le professeur, mais la Tsuneko nouvelle et gaie qui s'était révélée au cours du voyage avait déjà disparu : son attitude, désormais, n'était en rien différente de celle qu'elle avait dans la triste résidence de Hongô.

Ce jour-là, en tout cas, comme ils avaient terminé leur visite de la ville de Shingû, et que le temple lui-même avait été laissé pour le lendemain, ils retournèrent à l'auberge où rien de particulier ne les attendait. Tsuneko ouvrit donc le recueil de poèmes d'Eifuku Monin qu'elle avait apporté avec elle, dans l'intention de passer son temps à lire jusqu'au dîner. Il semblait bien que le maître, dans sa chambre, lisait lui aussi ou s'accordait une petite sieste.

Tsuneko restait pleine de rancœur envers le maître, et ce sentiment se prolongeait à l'infini. Lui, de son côté, avait bien vu qu'elle était devenue mélancolique, mais il ne montrait aucun désir de lui parler des peignes. Or, comme ce n'était vraiment pas le genre de sujet sur lequel elle aurait été en droit de lui demander quoi que ce soit, Tsuneko devait se contenter, dans la mesure où il ne lui disait rien, d'en conserver intact le secret.

Chose qu'elle ne faisait pratiquement jamais, même lorsqu'elle se retrouvait seule à garder la demeure de Hongô, elle profita de cet instant d'oisiveté solitaire pour se regarder dans la glace. Il ne s'agissait que d'une petite psyché bon marché, mais bien suffisante pour observer des traits qui n'avaient absolument rien de remarquable.

Quant au visage d'Eifuku Monin, comme aucun portrait ne figurait dans le livre qui lui était consacré, Tsuneko était bien en peine de s'en faire une idée. Mais ce dont elle était pratiquement convaincue, c'est que l'illustre poétesse n'avait pu avoir comme elle cette physionomie aux yeux minces, aux joues trop creuses, avec ces petites oreilles, et, pis que tout, ces dents légèrement saillantes. Alors que rien ne la rapprochait de cette femme aussi différente d'elle que le ciel peut l'être de la terre, par son environnement, sa condition sociale, sa beauté, pourquoi diable le professeur lui avait-il enjoint d'en lire les poèmes ?

Monin, en effet, fille aînée du ministre des Affaires suprêmes, Saionji Sanekane, était entrée à la cour à l'âge de dix-huit ans. Elle eut l'honneur d'y être intronisée épouse impériale, puis deuxième impératrice en titre, prenant enfin son nom d'impératrice douairière, Eifuku Monin, à la suite de l'abdication volontaire de l'empereur Fushimi. Après la disparition de ce dernier, elle se fit raser la tête à l'âge de quarante-six ans et reçut son nom bouddhique de Shinnyogen. Elle devint alors la poétesse la plus représentative de l'école de tanka Kyôgoku formée autour du nouvel empereur Hanazono, tandis que, d'un autre côté, elle continuait à s'avancer toujours plus profondément dans la voie du Bouddha. Puis, à l'écart des troubles de la Restauration de l'ère Kenmu (1333), elle connut une fin d'existence paisible au bout de laquelle elle s'éteignit à l'âge de soixante-douze ans.

L'époque qu'elle traversa avait été rendue politiquement très difficile par la division de la lignée impériale en deux branches, et, les dernières années de sa vie, notamment celles qui vont de la rébellion d'Ashikaga Takauji à la Restauration de Kenmu, puis à l'installation d'une cour à Yoshino, furent celles d'un monde réellement sans foi ni loi. Mais les tanka de Monin, nullement affectés par les troubles de l'époque ou de la société dans laquelle elle vivait, sont restés, du début jusqu'à la fin, entièrement consacrés à un effort remarquable pour enchâsser une observation des plus fines de la nature dans une langue empreinte d'une ombre légère et gracieuse, et jamais n'y fut oublié cet enseignement venu de Sadaie[1] selon lequel « la poésie doit être avant tout une élégante mélancolie ».

Une chose cependant préoccupait Tsuneko. Lorsque Monin était entrée en religion, elle n'avait qu'un an de plus que son âge actuel à elle, Tsuneko, si bien qu'elle se demandait si le maître en l'engageant dans cette voie n'avait pas voulu lui suggérer de se faire nonne dès l'année suivante.

Mais ce n'était pas tout ! Les poèmes de Monin, sélectionnés dans l'anthologie impériale du *Gyokuyôshû*, représentent un sommet du style Gyo-

1. Fujiwara no Sadaie (ou Teika), 1162-1241. Issu de la plus haute aristocratie, considéré comme le plus grand poète classique japonais, il évoluera d'un style artiste parfois obscur à la recherche d'une expression plus simple, plus pure. Il a écrit aussi, entre autres, d'importants traités de poésie.

kuyô, et l'époque où ils brillent ainsi au zénith de leur beauté correspond précisément aux années où la poétesse avait dépassé la quarantaine. La deuxième année de l'ère Shôwa (1313), année où le *Gyokuyôshû* fut présenté à l'empereur, Monin était en effet parvenue à l'âge de quarante-trois ans, et c'est ainsi qu'on peut trouver dans cette anthologie de subtils tanka comme :

*Toujours plus glaciale la tempête souffle,*
*en emmêlant la neige*
*Crépuscule froid au ciel des pluies printanières*

ou encore :

*Au pied des montagnes l'aube s'annonce dans*
*le chant des oiseaux*
*Jeux d'ombre et de lumière sur la couleur*
*des fleurs*

poèmes descriptifs somptueux typiques du style Gyokuyô et tous composés à un âge où Tsuneko tâtonnait encore misérablement.

Or si, comme on pouvait le supposer, Monin n'avait guère connu, du moins jusqu'au décès de l'empereur Fushimi, une de ces tristesses humaines qui vous laissent brisé, l'idée tant rebattue que l'art ne peut naître que du malheur se révélait être avant tout un préjugé de notre temps, et, dans ce cas, il n'y avait plus guère de doute : le maître avait voulu encourager Tsuneko à extraire une poésie véritable du calme plat qui régnait dans sa vie. Et, si cette dernière supposition était juste, il fallait admettre aussi que vouloir fouiller le secret de la tristesse du maître, chercher à soulever en vain des flots de sentiments, ne pouvait passer que pour un comportement parfaitement inadapté.

Pour soutenir l'idée que, quelle que soit l'époque ou la société, c'est en regardant de beaux paysages que l'on compose de beaux poèmes, ne fallait-il pas, du moins pour une femme, posséder, comme Monin, richesse, pouvoir et prestige, ou, si l'on était un homme, préserver une pensée ferme, inébranlable dans l'adversité ? Tsuneko comprenait profondément la beauté de certains tanka de Monin, mais cela avait pour effet de lui faire sentir encore davantage qu'elle n'avait aucune des qualités requises pour composer ce genre de poèmes, si bien qu'elle fut prise d'une envie soudaine de jeter ce livre qu'elle avait eu pourtant la chance de pouvoir emprunter directement au maître lui-même.

Mais à peine l'eut-elle jeté par terre que, vaincue par le sentiment d'avoir ainsi fait preuve d'une insigne déloyauté envers le professeur, elle le reprit, quoiqu'il lui fût désormais extrêmement désagréable de le garder en main.

Elle ne pouvait plus y voir autre chose : ces pages, pleines à ras bord de la vie somptueuse d'une femme splendide, ne contenaient qu'une succession de poèmes froids et d'une vaine perfection, sans aucune joie ni aucune tristesse. Lorsque, dans le cheminement de leurs recherches académiques, ils se voyaient engagés dans une même impasse, comment réagissaient les disciples du maître, les hommes du moins ? Telles des vagues furieuses, sans doute, ils allaient le heurter de front (en respectant toutefois les règles du savoir-vivre), et le maître écartait de lui avec douceur et générosité le choc de cette violence spirituelle.

Tsuneko, serrant sur sa poitrine le recueil d'Eifuku Monin, sortit précipitamment de la pièce. Courant presque dans le couloir, elle s'agenouilla devant les portes à glissière de la chambre du maître, lui demandant si elle pouvait entrer. De l'autre côté, le maître lui répondit par l'affirmative, de cette voix douce et perchée dont on pouvait se demander si elle était celle d'un homme ou d'une femme. Elle entra. Comme prévu, penché sur le bureau, il lisait. Un livre très épais dont il retenait avec ses doigts les pages que le ventilateur posé près de lui s'obstinait à retourner.

« Je suis venue vous rendre le livre que vous avez bien voulu me prêter.

— Vous l'avez déjà terminé ?

— Oui... c'est-à-dire... non !

— Il vaudrait mieux me le rendre après l'avoir lu, vous ne trouvez pas ? Gardez-le donc avec vous jusqu'à la fin du voyage !

— Certes... »

Elle comprit que cette réponse évasive avait eu le don de le mettre en colère, mais, prenant les devants avant qu'il ne lui fît des reproches, elle se jeta à ses pieds sur les tatamis en s'inclinant pour lui dire : « Maître, je ne pourrai jamais plus écrire de poèmes !

— Et pourquoi donc ? »

Le professeur était si interloqué qu'il en avait paradoxalement retrouvé tout son calme.

« Je n'y arrive pas. J'ai beau m'appliquer, je... » Et, à ces mots, alors que durant ces dix années elle ne se serait jamais permis de pleurer devant le maître, les larmes commencèrent à jaillir de ses yeux.

Or il se pouvait bien, au fond, que le maître ait compté au nombre des plaisirs qu'il espérait retirer de ce voyage un petit drame de ce genre qu'il n'aurait jamais pu supporter plus d'une seconde dans des circonstances ordinaires. Car, contre toute attente, brillait alors derrière ses lunettes violettes une lueur d'amusement un peu gamine, bien que, par ailleurs, sa manière de s'exprimer restât tout à fait solennelle, et son ton des plus sentencieux.

« Écoutez-moi bien ! Il ne faut jamais renoncer en cours de route. Non, une fois commencé, on ne doit jamais rien laisser tomber. N'êtes-vous pas vous aussi de ces êtres qui ne s'abandonnent que très rarement à leurs sentiments ? Eh bien, la leçon que l'on peut tirer des tanka d'Eifuku Monin, c'est précisément que la faculté de dissimuler fait partie de l'art lui-même, qu'elle en est même une des composantes les plus importantes. Jusque dans les poèmes qui semblent relever d'une inspiration subjective, il n'y a pas la moindre exception à cette règle, et le tanka moderne se trompe sur ce grand principe. Moi-même, entre autres, empoisonné par l'esthétique moderne, j'ai composé un genre de poèmes sentimentaux, mais ce n'est pas pour que vous, à qui j'ai conseillé les tanka de Monin de peur que vous n'alliez rouler dans la même ornière, en soyez finalement réduite à l'extrémité où je vous vois.

« Chez Monin aussi, il semble que rien ne transparaisse dans sa poésie, mais... » Et, feuilletant les pages du recueil que Tsuneko avait déposé sur le bureau au moment de le lui rendre, le maître poursuivit : « Ah, voilà ! Tenez, regardez ce poème par exemple dans la trentième joute poétique de l'an deux de l'ère Kagen (1304) :

*Nuit de pluie sans lune dans le ciel de l'aube*
*Le halo des lucioles luit sous les auvents*

« Dans ce type de poèmes, sous une description minutieuse de la réalité, perce une mélancolie indéfinissable. La tristesse qui, au sein même de la splendeur, se cache dans le cœur du poète, y ressort très nettement. Monin possédait une sensibilité à fleur de peau. Aussi, a-t-elle dû, pour la dissimuler, accumuler des efforts proportionnels à son excès de sensibilité, à sa trop grande vulnérabilité. Mais n'est-ce pas aussi la raison pour laquelle, dans des poèmes qui ont l'air parfaitement indifférents, son cœur se laisse étrangement deviner ? Qu'en pensez-vous ? »

Tout ce que venait de dire le professeur était marqué au coin du bon sens, mais si on devait le suivre dans son raisonnement, alors, Tsuneko n'était plus guère en droit de continuer à étaler davantage ses propres sentiments. Pis, elle ne pouvait s'empêcher de sentir quelque chose comme un nœud se durcir toujours un peu plus au fond de son cœur. Et, dans tout cela, le professeur ne lui avait donné aucun indice sur l'histoire des trois peignes !

Elle repensait à ce carré de soie mauve qui reposait encore précieusement au fond de la poche de la veste du maître, cette veste qu'à Nachi il lui avait confiée d'un air innocent, et qu'elle, Tsuneko, avait portée avec le plus grand respect pour éviter qu'elle ne se mouillât de sueur ! Rien qu'à cette idée, le sentiment qui l'avait habitée lorsque, sous un soleil de plomb, elle avait gravi en souffrant le martyre les quelque quatre cents marches de l'escalier de pierre du sanctuaire, venait de se métamorphoser en un profond ressentiment envers le maître, et elle n'y pouvait rien.

Aucun événement mémorable, cependant, ne marqua ce soir-là, et, le lendemain matin, alors qu'il faisait encore frais, ils quittèrent l'auberge pour aller prier au temple Kumano Hayatama.

« On rapporte, lui expliqua le professeur, que le dieu présent dans ce sanctuaire n'est autre qu'Izanagi no mikoto, mais, selon un chapitre du *Nihon shoki*, c'est, en réalité, un dieu formé de la salive d'Izanagi. Or, la salive étant le symbole de l'âme des morts, l'esprit de ce dieu entretient des relations étroites avec les funérailles et les services célébrés pour le bonheur posthume des défunts. »

Dans ces conditions, n'aurait-on pu déduire de

la façon particulièrement attentive dont le professeur avait enterré ce peigne de femme que sa propriétaire n'était plus de ce monde ? La nuit précédente, Tsuneko, obsédée depuis la veille par cette étrange histoire, avait vu apparaître dans un rêve — Eifuku Monin et la femme aux peignes ne faisant plus qu'une seule et même personne — le fantôme d'une défunte, vision plus noble, plus belle que tout ce qu'elle avait jamais pu voir jusqu'alors. Cette femme aux cheveux décorés de trois peignes de buis allongeait une figure mélancolique et blanche au-dessus des profondes forêts de Kumano. Les pans de sa tunique s'étiraient dans la nuit qui tardait à s'éclaircir, tandis que leurs extrémités allaient se fondre au sein du ciel nocturne. Tsuneko avait du mal à distinguer la robe, mais, dans son esprit, il ne faisait aucun doute qu'elle devait absolument ressembler aux vêtements portés par Eifuku Monin. Le col large et blanc superposait plusieurs plis d'où se détachait en flottant légèrement un visage aux traits confus, voilé comme la lune. Lorsque Tsuneko comprit que ce col aux multiples replis n'était autre que la doublure blanche et molletonnée du précieux carré de soie, la nuit le cédait déjà progressivement au jour, et cet habit uni dont la blancheur rappelait la couleur du deuil commençait peu à peu à se teindre de séduisantes nuances violettes.

Or, au moment même où elle s'était entendue crier : « Le carré de soie violet ! », elle s'était réveillée de son rêve.

Et ce matin-là encore, dans le jardin intérieur du temple Hayatama, il lui fallut revoir ce morceau de tissu !

Mais, cette fois-ci, contrairement à Nachi, l'enceinte sacrée était extraordinairement bruyante : les bateaux à hélices qui, derrière le temple, s'apprêtaient à remonter le cours de la rivière Kumano faisaient entendre un ronflement épouvantable qui, semblable aux scies électriques d'une usine à bois, envahissait le sanctuaire tout laqué de vermillon.

Et c'est ainsi que le professeur, à la faveur du bruit ambiant, put plus facilement qu'à Nachi venir à bout de son travail clandestin en enterrant prestement au pied d'un arbuste le peigne qu'il avait sorti du carré de soie violet et sur lequel on pouvait lire le caractère « Yo ».

Il ne restait plus que celui du caractère « Ko ».

Le maître, après avoir remis amoureusement le dernier peigne à l'intérieur de son enveloppe de soie, l'enfonça profondément dans la poche de sa veste. Et, une fois de plus, il ne dit pas un mot, mais, dédaignant Tsuneko qui mourait d'envie de lui poser des questions, il lui tourna le dos, son dos mélancolique aux épaules tombantes, pour sortir le premier du jardin intérieur.

## 6

Si le professeur Fujimiya s'intéressait à Eifuku Monin, on ne devait pas en rechercher uniquement la raison, tant s'en faut, dans l'œuvre de la poétesse. Car, pour l'histoire même du *Kokidenju*, l'époque du *Gyokuyôshû* représentait sans doute un intérêt capital.

À l'origine, ce qui fonde la mystérieuse autorité du *Kokidenju*, ce sont avant tout les luttes politiques. Dans le cadre de la rivalité qui opposa les écoles Kyôgoku et Nijô, prises elles-mêmes dans les intrigues suscitées par la division des deux lignées impériales, il s'agissait pour l'école Nijô de justifier son hégémonie traditionnelle en anéantissant la nouvelle école de Tamekane. Et c'est ainsi que l'on a peu à peu habillé de subtilités ésotériques une tradition dont, au départ, le contenu n'avait rien de bien remarquable. Après ces préliminaires, on en vint fatalement, comme dans le cas du fameux traité poétique *Enkyô Ryôkyô Chinjô* (*Plaidoyers de deux gentilshommes de l'ère Enkyô*), à l'expression ouverte de jalousies et de haines masquant des combats politiques ou financiers dont on aurait eu du mal à penser qu'ils se faisaient au nom de l'art. Réalités historiques dont Tsuneko elle-même avait pris connaissance un jour qu'il lui avait été permis, quoique à la toute dernière place, d'assister à un cours que le maître avait donné chez lui.

Dans la maison des Mikohidari qui descend de Fujiwara no Michinaga[1], une lutte sans merci

1. Homme d'État ayant porté le clan des Fujiwara au sommet de sa puissance, notamment par une habile politique matrimoniale avec la famille impériale. Ministre (995), régent (1016), ministre des Affaires suprêmes (1017). Cf. Francine

opposait déjà Tameyo de l'école Nijô et Tamekane de l'école Kyôgoku, quand, sous le règne de l'empereur Hanazono, Tamekane reçut l'ordre de compiler seul une anthologie impériale. Furieux, Tameyo avait protesté auprès de l'empereur en faisant valoir l'incompétence de son rival, et c'est précisément la réponse de Tamekane à cette attaque qui a permis de constituer le *Enkyô Ryôkyô Chinjô.* Tout cela n'empêcha d'ailleurs pas Tamekane de procéder rapidement — et non moins seul — à la sélection qui a donné le *Gyokuyôshû*, anthologie dont Eifuku Monin est naturellement un des poètes majeurs. Mais dans le combat entre les deux écoles, la victoire revint finalement à la plus ancienne, celle de Nijô, ce qui permit au *Kokidenju* de se voir achever. Dans ce contexte, les recherches du professeur Fujimiya s'étaient bien entendu concentrées sur l'école Nijô, et pourtant on ne pouvait nier qu'à titre personnel, il n'ait eu davantage de tendresse pour l'école Kyôgoku.

Cette atmosphère noire et humide des intrigues de l'ancienne cour, la puissance mystérieuse arrachée grâce à elles, il n'y avait aucun moyen de savoir ce qui, à l'origine, avait pu déterminer l'intérêt que le maître leur portait. Mais il était cer-

---

Hérail, traduction des *Notes journalières de Fujiwara no Michinaga, ministre à la cour de Heian (995-1018)*, Droz, Genève-Paris, 1987 (3 tomes), et *Poèmes de Fujiwara no Michinaga, ministre à la cour de Heian (995-1018)*, Droz, Genève-Paris, 1993.

tain qu'il y avait chez lui deux tendances parfaitement contradictoires. D'un côté, on pouvait remarquer sa sympathie pour l'école de Tamekane courant à sa perte, tandis que, d'un autre, il s'efforçait d'accroître sans cesse son influence en s'entourant lui-même d'une aura de mystère. Et, tout en ayant voué sa vie à une étude qui montrait assez combien les combats pour la science et l'art sont aussi des luttes pour la conquête d'avantages individuels égoïstes, il avait composé parallèlement de magnifiques poèmes débordant de tristesse.

Certes, Tsuneko admirait le professeur qui, ne craignant pas de se voir transformé en un monstrueux mutant, n'avait cessé jusque-là de manier un objet irradiant une force radioactive si prodigieuse, à savoir la beauté. Mais elle n'oubliait pas non plus qu'il ne lui en avait jamais fait partager la plus infime quantité. La beauté qui n'apparaît qu'au prix d'un dépassement des combats provoqués par les mesquines ambitions humaines ne se montre sans doute guère du côté des vainqueurs ; furtive, elle ne se manifeste peut-être que dans le camp des vaincus, de ceux qui s'acheminent inexorablement vers l'anéantissement. Or le maître, lui, détestant le déclin, ne désirait rien d'autre que s'assurer un pouvoir éternel (ne fût-ce que sous une apparence terrestre toute provisoire), et c'est cela, vraisemblablement, cette contradiction qui l'avait conduit à posséder un cœur solitaire et froid aux antipodes de celui du commun des mortels.

Tsuneko commençait à s'apaiser. Du moins avait-elle retrouvé assez de liberté d'esprit pour reconsidérer ainsi son jugement sur le maître. Cependant, à la pensée que, l'après-midi, elle devrait à nouveau se retrouver en présence du carré de soie mauve, elle se sentit défaillir.

Le temple Kumano Nimasu à Hongû est au centre des Trois Kumano, et l'on rapporte qu'il a été fondé très tôt sous le règne de l'empereur Sujin : le dieu qu'on y révère, Ketsumiko no Kami, est le même que celui du temple Kumano dans la province d'Izumo, district de Ou. D'après les explications du maître, l'influence du chamanisme des tribus d'Izumo y était encore très vivace : dans les exercices pratiqués à Kumano, on pouvait trouver en effet une distinction très importante du pur et de l'impur, ainsi que des rites de purification et d'exorcisme sans rapport avec le bouddhisme ésotérique. L'ensemble permettait d'observer une coloration qu'on ne retrouve dans aucune autre pratique du Shûgendô.

Pour se rendre à Kumano Hongû, ils auraient pu prendre un car, mais comme, en voyage du moins, le maître ne rechignait pas à la dépense, Tsuneko se sentit tout heureuse quand il lui signifia son intention de prendre une fois encore une voiture de louage climatisée.

Pourtant, ce trajet en voiture le long de la rivière Kumano, avec cette route couverte de cailloux, ne fut pas à proprement parler un voyage d'agrément ! On y croisait sans cesse des camions qui, croulant sous les bois de construction, vous enveloppaient à chaque fois d'une épaisse poussière, et, même si les vitres restaient fermées grâce à l'air conditionné, il n'y avait pas moyen de regarder tranquillement le spectacle de la rivière en contrebas.

Autrefois, le temple Hongû se trouvait au milieu de la rivière Otonashigawa, dans un site littéralement extraordinaire, mais après les ravages causés par les inondations de la vingt-deuxième année de l'ère Meiji (1889), il fut transplanté deux ans plus tard à l'emplacement actuel au bord d'une des deux rives.

Sur l'autre versant du vallon, par rapport à la route où s'avançait leur voiture, coulaient de nombreuses cascades, mais ils purent en voir une également de leur côté, une chute d'eau appelée Shirami, résurgence secondaire de celle de Nachi. Le professeur lui-même demanda au chauffeur de s'arrêter afin qu'ils puissent l'admirer, et ce fut pour Tsuneko un instant de bonheur inoubliable.

À première vue, cette cascade n'avait rien d'extraordinaire. La végétation, blanchie par les nuages de poussière que soulevaient les camions, ne brillait avec un éclat lustré qu'aux environs immédiats de la vapeur d'eau qui l'arrosait, composant un tableau d'une agréable fraîcheur. Et si l'on se rappelait par ailleurs qu'il s'agissait d'une eau pure issue de la grande cascade de Nachi, ce filet blanc qui descendait du ciel en tourbillonnant dans tous les sens avait vraiment quelque chose de sacré.

La grande cascade de Nachi !

Le matin précédent, ils avaient pu la voir au loin depuis la mer ; puis, un peu plus tard, ils en avaient reçu les embruns auprès du bassin formé à ses pieds ; et maintenant, ils étaient en train d'en observer une des résurgences cachées : Tsuneko ne pouvait que rendre grâces au professeur de lui avoir permis de partager au-delà de toute espérance l'intimité du lieu saint.

À l'endroit où la rivière se divisait, ils poursuivirent vers l'ouest en longeant la rivière Kumano, traversèrent monts et vallées, dépassèrent la station thermale de Yunomine, pour déboucher enfin à l'endroit où ce simple affluent qu'est la rivière Otonashigawa commence à régner sur la large plaine qu'elle arrose paresseusement. Là se découvrait entouré de ses arbres séculiers le sanctuaire élégant et paisible situé sur une des rives.

Descendue de voiture, Tsuneko écarquilla les yeux pour mieux se pénétrer des splendeurs du paysage de plaines et de montagnes qui s'étendait aux alentours enveloppé dans le soleil d'été. Il n'y avait presque personne dans le temple et le parfum des cryptomères se mélangeait à une atmosphère de grande pureté. Étrangement, la tradition qui faisait de cet endroit la Terre Pure d'Amida paraissait d'autant plus vraisemblable que le monde dans lequel nous vivons se trouve plongé dans l'incohérence la plus totale. Même le cri des cigales, réfugiées sous les vieux cryptomères, n'avait plus rien d'irritant pour les nerfs : c'était comme si les feuilles de bronze doré qui revêtaient l'ensemble des bâtiments s'étaient mises à résonner faiblement, léger et paisible bruissement.

Ils passèrent au-dessous du grand torii, majestueux dans son bois cru, et, à travers les cryptomères dont les larges touffes d'aiguilles recouvraient jusqu'aux branches les plus basses, ils se mirent à progresser lentement sur le chemin de gros gravier qui menait au sanctuaire. Bien que le soleil fût au zénith, ils ne souffraient guère de la chaleur, et quand, du bas des marches de pierre, ils levèrent les yeux vers le ciel, ils constatèrent que, presque entièrement dissimulé par la végétation, c'est tout juste si, par endroits, l'azur laissait passer à travers la verdure quelques rares rayons de soleil éclairant le sommet des troncs d'arbre, faisceaux de lumière jouant harmonieusement avec quelques branches d'aiguilles mortes au ton roussi.

Au milieu de l'escalier se dressait un panneau portant une citation, et Tsuneko se rappela alors le nô intitulé *Rouleaux de soie*.

« Si je me souviens bien, il s'agit de l'histoire d'un homme qui, parti de la capitale, va porter à Kumano une offrande de mille rouleaux de soie ?

— Parfaitement. Sur l'ordre de l'empereur, lui-même bouleversé par la révélation d'un rêve, l'homme se rend aux Trois Kumano, lorsque, chemin faisant, il aperçoit la fleur d'un prunier d'hiver. Se sentant inspiré, il compose un poème à l'intention de la divinité des lieux, Otonashi. Et comme à cause de cela il est arrivé en retard, on le ligote pour le punir, mais il est finalement sauvé par une prêtresse dans laquelle la déesse s'est un instant incarnée. C'est bien là le sujet de la pièce, si je ne me trompe...

— On y loue les mérites de la poésie...

— Oui, le tanka devient un prétexte pour l'enseignement du bouddhisme. »

D'après les souvenirs de lecture que Tsuneko conservait en mémoire, il devait y avoir une phrase comme : « Dans le Shôjôden réside Amida Nyorai[1] », ou encore cette autre : « Démêle, oui, jamais peignés qu'avec les mains, ces cheveux en désordre ! Peigne, oui, peigne le désordre de tes cheveux... » Mais, comme elle était décidément obsédée par les peignes, cela lui aurait été très désagréable d'évoquer tout haut ce passage. À côté de l'escalier, on pouvait voir la pagode votive couverte de mousse qu'avait fait construire Izumi Shikibu[2], et, lorsqu'ils eurent enfin achevé leur ascension, ils se retrouvèrent sur la large place devant le bâtiment principal : à droite et à gauche

1. Nyorai (en sanscrit : Tathâgata) : l'appellation « la plus glorieuse que connaisse le langage bouddhique et qui paraît signifier "Celui qui est arrivé ainsi" — autrement dit : qui a atteint à l'état suprême grâce à son adéquation totale à l'"être ainsi", à la nature vraie et ineffable des choses ». Cf. Bernard Frank, *op. cit.*

2. Dates approximatives : 978-1033. Poétesse de tout premier plan ayant passionnément chanté l'amour de façon spontanée et souvent en dehors de toute convention. Cf. René Sieffert, traduction du *Journal et des poèmes d'Izumi Shikibu*, POF, Paris, 1989, et Fumi Yosano, traduction des *Poèmes de cour*, Orphée-La Différence, Paris, 1991.

de la grande allée aveuglément blanche dans cet après-midi d'été abandonné à la solitude, avaient été plantés les balustres aux immenses pignons de bronze en forme d'oignons ayant appartenu au pont qui, autrefois, enjambait la rivière Otonashigawa. Leur ombre résistante s'imprimait sur le sol.

Le professeur, quant à lui, n'accorda qu'un vague coup d'œil au temple annexe dont les stores de bambou avaient été roulés et d'où pendaient des cordons rouges et blancs avec des pompons noirs. Il se dirigea tout droit vers le bureau d'accueil, puis, sous la houlette d'un prêtre, il pénétra en compagnie de Tsuneko dans l'enceinte intérieure.

Un malheur ne vient jamais seul, dit-on, et le prêtre, cette fois-ci, ne les quittait pas d'une semelle. Cet homme encore jeune semblait être un fidèle admirateur du maître, car il commença à lui parler entre autres de son livre *Fleur et oiseau*, sans plus pouvoir s'arrêter. Le professeur avait beau lui donner courtoisement la réplique, l'irritation qui le gagnait intérieurement se transmettait également à Tsuneko. C'est qu'il aurait voulu se débarrasser au plus vite du prêtre pour enterrer le troisième et dernier peigne.

À voir l'attitude du professeur qui, devenu tout à fait laconique, paraissait de moins en moins disposé à répondre, on pouvait deviner combien tout cela était pour lui une affaire importante, soupçonner que de longues années d'attente étaient en jeu dans l'issue de cette entreprise. Car, pour qu'un si grand chercheur montre une telle obstination dans l'accomplissement d'un acte qui relevait plutôt d'un pur amusement d'enfant, il fallait de toute façon qu'il y ait une raison à la hauteur de son acharnement. Plongée dans ces conjectures, Tsuneko se sentait la poitrine oppressée, mais, en même temps, la fascination que commençait à exercer sur elle cet être de rêve, Kayoko, dont la beauté avait dû véritablement être surnaturelle, la mit d'humeur à vouloir aider le professeur dans la réalisation de son vœu le plus cher.

Aussi, décidant qu'était venue pour elle l'occasion de se mêler une dernière fois au cours de ce voyage d'une affaire qui ne la concernait en rien, elle retint le prêtre à l'écart en lui faisant signe des yeux.

« Écoutez, je vous prie vraiment de m'excuser, mais, voyez-vous, le professeur dit toujours que, lorsqu'il se trouve dans l'enceinte intérieure d'un temple, il souhaite rester absolument seul pour se concentrer tranquillement sur ses prières, et, moi-même, qui ai l'honneur de l'assister dans ce pèlerinage, je n'ai pas l'intention de le gêner plus longtemps. Que décidez-vous ? »

Il ne se pouvait guère qu'en mettant ainsi les points sur les *i*, son interlocuteur hésitât à comprendre. Le prêtre sortit donc du jardin intérieur en compagnie de Tsuneko, qui ne perdit rien, par ailleurs, du coup d'œil plein de reconnaissance que le maître lui adressa furtivement du fond de ses lunettes violettes.

Dehors, à l'ombre de l'auvent du temple secondaire précédant le bâtiment principal, Tsuneko, le cœur battant, attendait le professeur. Elle ne se rappelait pas l'avoir jamais fait avec autant de pensées se bousculant dans son cœur. Insensiblement, elle en était venue elle-même à prier pour que les peignes de femme que possédait le maître puissent être paisiblement enterrés tous les trois sans le moindre problème dans chacune des enceintes sacrées des Trois Montagnes.

Et si, sans jalousie ni aucune tristesse, elle pouvait patienter ainsi avec un intense sentiment de bonheur, c'est que la femme aux peignes, si belle fût-elle, avait déjà sans doute quitté ce monde : à errer ainsi dans ce pays des morts aux profondes verdures, Tsuneko en était venue à concevoir à leur égard la plus grande des tolérances.

Voyant enfin, par une petite porte dérobée sur le côté de l'enceinte, le professeur sortir en s'essuyant soigneusement le bout des doigts avec ses tampons d'alcool, elle sut que tout était fini. Et, sous les rayons du soleil, les cotons blancs au bout des doigts du maître brillaient avec la pureté des fleurs de sakaki, ces grands arbres qui ornent les jardins sacrés.

Quand le maître lui raconta, après avoir fermement refusé le thé qu'on avait voulu lui offrir au bureau du temple, l'histoire des trois peignes, il était en train de déguster une eau fraîche qu'on vendait sous le nom de Yuya no mizu (Eau divine de Kumano), dans un petit pavillon de thé qui, au sein de la vaste esplanade, n'accueillait ce jour-là aucun autre client.

Tsuneko l'écoutait respectueusement alors que son cœur battait la chamade, mais le maître, comme lorsqu'il faisait un cours sur les dits de l'époque de Heian, s'était lancé dans cette histoire, que n'importe qui d'autre aurait trouvée plutôt gênante, avec le ton doctoral qui lui était unique, et sans montrer le moins du monde que tout cela pouvait paraître étrange.

Il commença par expliquer la raison pour laquelle il détestait son village natal au point de l'éviter systématiquement : cela était lié au malheur d'une femme.

Avant d'aller à l'université, à Tôkyô, le maître aimait une jeune fille de son pays prénommée Kayoko. Profondément épris l'un de l'autre, ils avaient été obligés de rompre à cause de leurs parents. Le maître était alors parti terminer ses études loin de chez lui, et, peu de temps après, Kayoko était morte des suites d'une maladie. Maladie causée par le chagrin d'un amour contrarié, ajouta encore le professeur.

Et c'est ainsi qu'ayant toujours poursuivi uniquement l'ombre de Kayoko, il avait passé sa vie en célibataire, mais ce qui n'avait cessé de le tourmenter depuis lors, c'était cette promesse qu'il avait échangée avec elle du temps où elle était encore adolescente.

Elle lui avait dit qu'elle aimerait un jour se rendre avec lui aux Trois Kumano. Mais comme il était proprement impensable qu'on les laissât partir tous les deux seuls, même pour un très court voyage, et que, par-dessus le marché, tout espoir de mariage leur était interdit à cause de l'opposition de leur entourage, le jeune homme qu'il était alors lui avait dit en plaisantant à moitié : « Eh bien, quand j'aurai soixante ans, je t'y emmènerai, tu peux compter sur moi ! »

Et c'est ainsi que, parvenu effectivement à cet âge, le maître, emportant avec lui les trois peignes symbolisant Kayoko, s'était rendu en pèlerinage aux Trois Kumano.

Ayant fini de l'écouter, Tsuneko pensa que c'était là une bien belle histoire, et elle eut même un instant l'impression que tous les secrets du maître, son célibat, sa tristesse infinie, se trouvaient désormais éclaircis. Mais, d'un autre côté, elle sentait quelque part que le mystère n'avait fait que s'épaissir, car, en y réfléchissant, la vraisemblance n'était pas ce qui l'emportait dans ce récit trop parfait. La meilleure preuve en était qu'il n'avait pas réussi à vraiment l'étonner : au contraire, la jalousie et l'inquiétude qui la tenaillaient auparavant s'étaient aussi totalement dissipées que les vapeurs d'un mirage, tandis qu'aucune des paroles du professeur ne l'avait troublée un seul instant.

L'intuition féminine, à laquelle elle n'avait jamais cru jusque-là, avait joué à plein pour lui faire prendre conscience de la part du rêve contenue dans une histoire où il fallait sans doute voir une pure fiction échafaudée par le maître. Mais, s'il s'agissait d'un rêve, ne devait-on pas plutôt admirer la force de ce serment contracté avec une chimère, cette promesse imaginaire religieusement conservée dans son cœur et que, parvenu à l'âge de soixante ans, il avait enfin accomplie en enterrant les trois peignes ? Et n'était-il pas permis également d'y voir la métaphore, en réalité assez facile, ou trop romantique, très fragile en tout cas, du travail de toute sa vie ?

Cependant ce sixième sens qui s'était brusquement affiné chez elle au cours de ces deux jours de voyage flairait maintenant quelque chose de plus. N'aurait-on pas pu penser, en réalité, qu'il ne s'agissait même pas d'un rêve ? Car il se pouvait fort bien que le maître, pour on ne sait quelle extravagante raison, ne croyant pas du tout lui-même à ce conte de fées, et encore moins à la cérémonie de l'enfouissement des trois peignes, se fût permis, à la fin d'une vie de solitude, de construire lui-même sa propre légende.

Vue sous un certain angle, c'était une légende bien banale, malgré tout, et qui ne tenait guère compte de la dureté des temps, mais si tels étaient les goûts du maître, on aurait eu mauvaise grâce à les lui reprocher. À peine, en tout cas, s'était-elle aperçue de cette possibilité qu'elle dut admettre qu'elle avait deviné juste.

Et elle avait été choisie pour témoin !

Si son hypothèse était fausse, alors, il n'y avait plus aucun moyen de justifier combien ce genre de récit raconté d'un ton si mélancolique convenait peu au professeur. Le strabisme du maître, la voix de soprano du maître, ses cheveux teints, son pantalon bouffant comme un hakama... non, on n'aurait pu comprendre combien rien de tout cela ne laissait espérer une si touchante histoire d'amour. Or Tsuneko avait appris au moins une chose dans sa vie, c'était que, quel que soit le sort d'un être humain, il ne lui arrive jamais rien qui n'ait été taillé pour lui, et dans la mesure où, jusqu'à présent, cette loi s'était appliquée parfaitement à elle-même, il n'y avait aucune raison pour qu'elle ne s'appliquât pas non plus au maître.

Au point où elle en était arrivée de ses réflexions, Tsuneko se jura que de cet instant où elle venait d'écouter ce récit jusqu'à celui de sa mort, elle ne laisserait jamais échapper, ni devant le maître ni devant les autres, le moindre indice laissant supposer qu'elle n'y croyait pas. Elle avait en effet conscience que, ne fût-ce que du point de vue de la fidélité avec laquelle elle s'était efforcée de servir le maître pendant ces dix dernières années, seule une pareille décision en constituait la conclusion naturelle. Et, en même temps, naquit chez elle une sérénité inégalable, car elle eut soudain le sentiment d'être guérie jusqu'au plus profond de son âme de ce désespoir qui l'avait saisie la veille lorsqu'elle s'était regardée dans la psyché de l'auberge. À présent dans son cœur, aussi bien le maître qu'elle-même ne vivaient plus que dans la vérité de leur être. Tout comme le personnage secondaire dans *Rouleaux de soie*, elle s'était vue bel et bien ligotée pour s'être trop donnée à la poésie, mais elle venait finalement d'être délivrée à l'instant même par la divinité de Kumano.

« Et naturellement... commença-t-elle en s'inquiétant de l'effet que pourrait produire un trop long silence. Naturellement, cette femme que vous aimiez, Kayoko, devait être d'une extrême beauté ! »

Dans le verre que le professeur tenait entre ses doigts, ce qui restait d'eau fraîche était si pur qu'on aurait dit que l'Eau divine venait de se cristalliser dans l'éclat même de sa transparence.

« Oui, elle était belle. Jamais de toute ma vie je n'aurai rencontré quelqu'un aussi beau ! »

Et les yeux torves du maître, à travers ses lunettes violettes, s'étaient alors dirigés rêveusement vers le ciel lumineux, mais plus aucune parole ne serait désormais susceptible de blesser Tsuneko.

« Comme elle devait être belle ! Rien qu'au souvenir de ces trois peignes, il me semble pouvoir l'imaginer !

— Oui, elle était vraiment belle. Mais de la vision que vous en avez, vous pourriez vous aussi essayer de faire un poème... »

Et à ces mots du maître : « Pourquoi pas, en effet ? » répondit-elle, épanouie.

## DU MÊME AUTEUR

*Aux Éditions Gallimard*

LE PAVILLON D'OR (Folio nº 649).

APRÈS LE BANQUET (Folio nº 1101).

LE MARIN REJETÉ PAR LA MER (Folio nº 1147).

LE TUMULTE DES FLOTS (Folio nº 1023).

CONFESSION D'UN MASQUE (Folio nº 1455).

LE SOLEIL ET L'ACIER (Folio nº 2492).

MADAME DE SADE, *théâtre. Adaptation de Pieyre de Mandiargues.*

LA MER DE LA FERTILITÉ. *Présentation de Tanguy Kenec'hdu.*

I. NEIGE DE PRINTEMPS (Folio nº 2022).

II. CHEVAUX ÉCHAPPÉS (Folio nº 2231).

III. LE TEMPLE DE L'AUBE (Folio nº 2368).

IV. L'ANGE EN DÉCOMPOSITION (Folio nº 2426).

UNE SOIF D'AMOUR (Folio nº 1788).

LA MORT EN ÉTÉ (Folio nº 1948).

LE PALAIS DES FÊTES, *théâtre.*

CINQ NÔ MODERNES, *théâtre.*

L'ARBRE DES TROPIQUES, *théâtre.*

LE JAPON MODERNE ET L'ÉTHIQUE SAMOURAÏ. La Voie du Hagakuré.

LES AMOURS INTERDITES (Folio n° 2570).

L'ÉCOLE DE LA CHAIR (Folio n° 2697).

PÈLERINAGE AUX TROIS MONTAGNES (Folio n° 3093).

LA MUSIQUE (Folio n° 3765).

LE LÉZARD NOIR, *théâtre.*

DOJOJI et autres nouvelles (Folio n° 3629). Textes extraits de « La Mort en été ».

*Dans la collection Biblos*

LA MER DE LA FERTILITÉ. *Préface de Marguerite Yourcenar.*

# COLLECTION FOLIO

*Dernières parutions*

| | |
|---|---|
| 4047. Ivan Tourguéniev | *Clara Militch.* |
| 4048. H.G. Wells | *Un rêve d'Armageddon.* |
| 4049. Michka Assayas | *Exhibition.* |
| 4050. Richard Bausch | *La saison des ténèbres.* |
| 4051. Saul Bellow | *Ravelstein.* |
| 4052. Jerome Charyn | *L'homme qui rajeunissait.* |
| 4053. Catherine Cusset | *Confession d'une radine.* |
| 4055. Thierry Jonquet | *La Vigie* (à paraître). |
| 4056. Erika Krouse | *Passe me voir un de ces jours.* |
| 4057. Philippe Le Guillou | *Les marées du Faou.* |
| 4058. Frances Mayes | *Swan.* |
| 4059. Joyce Carol Oates | *Nulle et Grande Gueule.* |
| 4060. Edgar Allan Poe | *Histoires extraordinaires.* |
| 4061. George Sand | *Lettres d'une vie.* |
| 4062. Frédéric Beigbeder | *99 francs.* |
| 4063. Balzac | *Les Chouans.* |
| 4064. Bernardin de Saint Pierre | *Paul et Virginie.* |
| 4065. Raphaël Confiant | *Nuée ardente.* |
| 4066. Florence Delay | *Dit Nerval.* |
| 4067. Jean Rolin | *La clôture.* |
| 4068. Philippe Claudel | *Les petites mécaniques.* |
| 4069. Eduardo Barrios | *L'enfant qui devint fou d'amour.* |
| 4070. Neil Bissoondath | *Un baume pour le cœur.* |
| 4071. Jonahan Coe | *Bienvenue au club.* |
| 4072. Toni Davidson | *Cicatrices.* |
| 4073. Philippe Delerm | *Le buveur de temps.* |
| 4074. Masuji Ibuse | *Pluie noire.* |
| 4075. Camille Laurens | *L'Amour, roman.* |
| 4076. François Nourissier | *Prince des berlingots.* |
| 4077. Jean d'Ormesson | *C'était bien.* |
| 4078. Pascal Quignard | *Les Ombres errantes.* |
| 4079. Isaac B. Singer | *De nouveau au tribunal de mon père.* |

| | |
|---|---|
| 4080. Pierre Loti | *Matelot.* |
| 4081. Edgar Allan Poe | *Histoires extraordinaires.* |
| 4082. Lian Hearn | *Le clan des Otori, II : les Neiges de l'exil.* |
| 4083. La Bible | *Psaumes.* |
| 4084. La Bible | *Proverbes.* |
| 4085. La Bible | *Évangiles.* |
| 4086. La Bible | *Lettres de Paul.* |
| 4087. Pierre Bergé | *Les jours s'en vont je demeure.* |
| 4088. Benjamin Berton | *Sauvageons.* |
| 4089. Clémence Boulouque | *Mort d'un silence.* |
| 4090. Paule Constant | *Sucre et secret.* |
| 4091. Nicolas Fargues | *One Man Show.* |
| 4092. James Flint | *Habitus.* |
| 4093. Gisèle Fournier | *Non-dits.* |
| 4094. Iegor Gran | *O.N.G.!* |
| 4095. J.M.G. Le Clézio | *Révolutions.* |
| 4096. Andréï Makine | *La terre et le ciel de Jacques Dorme.* |
| 4097. Collectif | *«Parce que c'était lui, parce que c'était moi».* |
| 4098. Anonyme | *Saga de Gísli Súrsson.* |
| 4099. Truman Capote | *Monsieur Maléfique et autres nouvelles.* |
| 4100. E.M. Cioran | *Ébauches de vertige.* |
| 4101. Salvador Dali | *Les moustaches radar.* |
| 4102. Chester Himes | *Le fantôme de Rufus Jones* et autres nouvelles. |
| 4103. Pablo Neruda | *La solitude lumineuse.* |
| 4104. Antoine de St-Exupéry | *Lettre à un otage.* |
| 4105. Anton Tchekhov | *Une banale histoire.* |
| 4106. Honoré de Balzac | *L'Auberge rouge.* |
| 4107. George Sand | *Consuelo I.* |
| 4108. George Sand | *Consuelo II.* |
| 4109. André Malraux | *Lazare.* |
| 4110 Cyrano de Bergerac | *L'autre monde.* |
| 4111 Alessandro Baricco | *Sans sang.* |
| 4112 Didier Daeninckx | *Raconteur d'histoires.* |
| 4113 André Gide | *Le Ramier.* |
| 4114. Richard Millet | *Le renard dans le nom.* |
| 4115. Susan Minot | *Extase.* |

| | | |
|---|---|---|
| 4116. | Nathalie Rheims | *Les fleurs du silence.* |
| 4117. | Manuel Rivas | *La langue des papillons.* |
| 4118. | Daniel Rondeau | *Istanbul.* |
| 4119. | Dominique Sigaud | *De chape et de plomb.* |
| 4120. | Philippe Sollers | *L'Étoile des amants.* |
| 4121. | Jacques Tournier | *À l'intérieur du chien.* |
| 4122. | Gabriel Sénac de Meilhan | *L'Émigré.* |
| 4123. | Honoré de Balzac | *Le Lys dans la vallée.* |
| 4124. | Lawrence Durrell | *Le Carnet noir.* |
| 4125. | Félicien Marceau | *La grande fille.* |
| 4126. | Chantal Pelletier | *La visite.* |
| 4127. | Boris Schreiber | *La douceur du sang.* |
| 4128. | Angelo Rinaldi | *Tout ce que je sais de Marie.* |
| 4129. | Pierre Assouline | *Etat limite.* |
| 4130. | Elisabeth Barillé | *Exaucez-nous.* |
| 4131. | Frédéric Beigbeder | *Windows on the World.* |
| 4132. | Philippe Delerm | *Un été pour mémoire.* |
| 4133. | Colette Fellous | *Avenue de France.* |
| 4134. | Christian Garcin | *Du bruit dans les arbres.* |
| 4135. | Fleur Jaeggy | *Les années bienheureuses du châtiment.* |
| 4136. | Chateaubriand | *Itinéraire de Paris à Jerusalem.* |
| 4137. | Pascal Quignard | *Sur le jadis. Dernier royaume, II.* |
| 4138. | Pascal Quignard | *Abîmes. Dernier Royaume, III.* |
| 4139. | Michel Schneider | *Morts imaginaires.* |
| 4140. | Zeruya Shalev | *Vie amoureuse.* |
| 4141. | Frederic Vitoux | *La vie de Céline.* |
| 4142. | Fédor Dostoievski | *Les Pauvres Gens.* |
| 4143. | Ray Bradbury | *Meurtres en douceur.* |
| 4144. | Carlos Castaneda | *Stopper-le-monde.* |
| 4145. | Confucius | *Entretiens.* |
| 4146. | Didier Daeninckx | *Ceinture rouge.* |
| 4147. | William Faulkner | *Le caïd.* |
| 4148. | Gandhi | *En guise d'autobiographie.* |
| 4149. | Guy de Maupassant | *Le verrou et autre contes grivois.* |
| 4150. | D.A.F. de Sade | *La philosophie dans le boudoir.* |
| 4151. | Italo Svevo | *L'assassinat de la via Belpoggio.* |
| 4152. | Laurence Cossé | *Le 31 du mois d'août.* |
| 4153. | Benoît Duteurtre | *Service clientèle.* |
| 4154. | Christine Jordis | *Bali, Java, en rêvant.* |
| 4155. | Milan Kundera | *L'ignorance.* |

*Cet ouvrage a été composé*
*par Nord Compo, Villeneuve d'Ascq.*
*Reproduit et achevé d'imprimer*
*par Bussière à Saint-Amand (Cher),*
*le 11 avril 2005.*
*Dépôt légal : avril 2005.*
*1er dépôt légal dans la collection : juin 1998.*
*Numéro d'imprimeur : 051637/1.*
ISBN 2-07-040452-8./Imprimé en France.

135622